ちくま文庫

文豪たちの怪談ライブ

東 雅夫 編著

JN166047

筑摩書房

目次

第五章　おばけずきの絆

本文イラスト／紗久楽さわ

文豪たちの怪談ライブ

はじめに

時代の変わり目――端境期には、怪談が流行《はや》るといわれる。

この世とあの世の境界領域《ボーダーランド》に出没するモノたちにとって、さだめし居心地が好い環境なのでもあろうか。

平成から令和への転換期となったここ数年も、ライブ感覚で怪談を語らう集いが、全国各地で盛況である。インターネットを通じて怪談を発信したり、共有しようとする試みも活発におこなわれている。

今を去ること百年ほど前――明治末（一九〇〇年前後）から昭和初頭（一九二五年前後）にかけての日本でも、「百物語」とか「怪談会」と銘打たれた催しが、盛んに開催されていた。

このときの主役は、若い文士たちや彼らと親しい学者、芸能人、アーティスト、ジャーナリストといった文化各界の人々だった。

明治維新と文明開化の風潮により、旧時代の遺物と蔑視され、破壊されたり片隅に追いやられていた、仄暗い「おばけ」の世界。そこに郷愁や憧憬、好奇のまなざしをそそぐ「おばけずき」な人々によって始められた百年前の怪談ライブ・ムーヴメントは、その担い手の多くが後にさまざまな分野で名を成すことで、文芸や学問、アートの世界へ波及し、反近代を志向する新たな文化のうねりを巻き起こしていった。

本書は、そんな「おばけずき」文士の一典型であり（そもそも「おばけずき」という言葉を世に広めた張本人でもある）、同好の人々から「妖怪《おばけ》の隊長」（「都新聞」掲載「怪談精霊祭」一九一四）とか「怪談の親玉」（「都新聞」掲載「怪談の会と人」一九一九）の異名を奉られた文豪・泉鏡花を中心に、彼と奇しき縁《えにし》で結ばれた文人墨客たちの交流交情、そして彼らが熱中した怪談会の実態を、令和の現在から、時を超えてルポルタージュする試みである。

第一章

硯友社の怪談

「泉が、又はじめたぜ」

懐かしい声が聞こえた。紅葉先生だ。

うっかり、おばけ話を始めたことを、苦笑まじりに、たしなめられたのだ。

箱根から東に野暮天とばけものはいない、という江戸っ子の啖呵《たんか》をそのままに、江戸東京育ちの先生は、困ったことに怪談がお嫌いだった。

それでもつい、分かっていながら、硯友社の仲間内などでそちら方面の話題が出ると、自分は前のめりで話に加わってしまう。

先生の教えを金科玉条と胆に銘じていても、粋で闊達なその仕草や物言いに心底あこがれていても、おばけずきの気質ばかりは、とうとう今の今まで改まることはなかったな……。

時に昭和十四年（一九三九）九月七日——齢《よわい》六十五歳の泉鏡花は、死の床にあった。

主治医の三角和正博士が妻のすずに告げた病名は肺腫瘍だったが、本人は最後まで、神経痛と気管支炎を併発して悪くこじらせたものと思いこんでいた。ふだんから極度に神経過敏で臆病な鏡花である。間近に迫る死の宣告は、とても堪えられないだろうという周囲の判断であった。

六日の夜、ようやく本人の同意を得て酸素吸入が施され（酸素吸入は危篤患者の治療だと拒み続けてきたのである）、容態がやや回復。久しぶりに熟睡することができた。深い眠りの底で鏡花は、たとえば右に記したごとく、大恩ある亡き師・尾崎紅葉の温容に、ふたたび接したのかも知れない。

文学結社「硯友社」を率いて明治文壇の寵児となった紅葉に、鏡花こと泉鏡太郎が弟子入りを果たしたのは、明治二十四年（一八九一）十月のことだった。ちょうど一年前、満年齢ではまだ十六歳で郷里（石川県金沢市）から上京後、知り合いの学生下宿などを転々とする貧窮放浪の生活をおくった後、ようやく意を決して、牛込区横寺町の紅葉邸の門を敲《たた》いたのであった。

見《まみ》えしは初めてなるに、何となく御面顔《おんかおばせ》、心のうちにありありと初見参《ういげんざん》とは思われず。憚《はばか》り多き事ながら、夢にて見しに変《かわ》らせ給わず。憶起《おもいおこ》す、故郷《ふるさと》にて色懺悔《いろざんげ》を読みし時より、我日本《わがひのもと》の東《あずま》には尾崎紅葉先生とて、文豪のおわするぞ。と崇敬日に夜に止《や》む能《あた》わず。
（泉鏡花「初めて紅葉先生に見《まみ》えし時」一九一〇）

紅葉の出世作『二人比丘尼色懺悔《ににんびくにいろざんげ》』（一八八九）を読んで文学に開眼してこのかた、夢に見るほど心酔し憧れていた文豪と、ついに対面が叶《かな》った緊張と感激で固まってしまった鏡太郎少年に向けて、紅葉は「お前も、とうとう小説に見こまれたな」と切りだし、「都合が出来たら世話をしてやってもよい」と告げたという。即座に弟子入りを許されたのである。

翌日あらためて横寺町に出向いた鏡花に、紅葉は「狭いが玄関に置いてやる。荷物を持って来な。……それから夜具はあるまいな」と言葉をかけた。「夜具はあるか？」と訊かれたら、「ありません」とは恥ずかしくて、とても言えないだろう。だから先生は、わざと「あるまいな」と仰有ったのだ——後年、鏡花は万感の謝意とともに、洒脱で思いやり深い師の言葉を回想している。

こうして鏡花は入門後の三年余、紅葉邸の玄関番として住みこみ、師から言いつけられる雑務に従事しながら、作家修業の日々を過ごす身となった。

紅葉が新聞に連載中の原稿を預かって、街角の郵便ポストに投函する際、確かに中へ投じることができたか心配のあまり、いつも赤いポストの周囲をぐるぐる廻らずにいられなかった……などという逸話には、後年の神経症的な奇行奇癖を先触れするものがある。あるとき、その様子をたまたま通りかかった紅葉に見咎められ、「馬鹿野郎！　何をしている」と一喝されたそうだが、そうした歯切れ良い叱責の言葉にも、恐懼すると同時に、どこか歓びを感じずにいられぬ若き日の鏡花であった。

文壇で飛ぶ鳥落とす勢いの紅葉のもとには、鏡花に続いて小栗風葉、柳川春葉、徳田秋聲らが相次いで入門、いずれも作家として次第に頭角を顕わし、紅葉門下の四天王などと称されることになる。

紅葉は弟子たちの原稿に入念な朱筆を施し、的確なアドバイスを与え、硯友社人脈などを活用して、作品の売り込みにも熱心だった。鏡花のデビュー作となった長篇「冠彌左衛門」（一八九二）も、紅葉の盟友・巖谷小波の仲介で京都「日出新聞」紙上に連載されている。ところがこの作品、同紙の読者には総じて不評だったようで、新聞社から幾度も連載打ち切りの要請があったという。けれども紅葉は、愛弟子の首途《かどで》を汚してはならぬとの思いからか、頑として要求に応じず、無事に全四十二回の連載を全《まっと》うさせている。

鏡花も師の期待に応えるべく精進をかさね、明治二十八年（一八九五）に「夜行巡査」「外科室」の両短篇を相次ぎ「新小説」誌上に発表、これが「深刻小説」と呼ばれて評判となり、鏡花は一躍、新進作家として注目を集める存在となった。また、これに先立ち「なにがし」の筆名で発表された「義血侠血」と「予備兵」（共に一八九四）の両短篇を綯《な》い交《ま》ぜにした戯曲「瀧の白糸」が、川上音二郎一座によって無断上演されるという事件が、やはりこの年に起きている。後に新派の人気演目として知られることになる芝居だが、紅葉による猛抗議の過程で、両篇が紅葉・鏡花の子弟コンビによる合作であることが明かされ、世間の耳目《じもく》を集めることとなった。

ところで本章の冒頭にも触れたように、万事に江戸前の紅葉は、おばけ話なんぞは野暮の骨頂とでも思っていたのか、怪談方面には理解を示さなかったらしい。たしかに右に掲げた鏡花の初期作品にも、後年の作風とは違って、幽霊や妖怪の類《たぐい》はほとんどといってよいほど登場することがない。

とはいえ鏡花もさるもの。先生に厭な顔をされても怯《ひる》むことなく、紅葉が唯一体験したという不思議話を、後に随筆「春着」（一九二四）の中で披露しているのだ。こんな話である――。

尾崎紅葉の怪談――泉鏡花「春着」より

その唯一《ただひと》つの怪談は、先生が十四五の時、うららかな春の日中《ひなか》に、一人で留守をして、茶の室《ま》にいらるると、台所のお竈《ヘッつい》が見える。……竈の角《かど》に、らくがきの蟹のような、小さなかけめがあった。それが左の角《かど》にあった。が、陽炎《かげろう》に乗るように、すっと右の角へ動いてかわった。「唯《ただ》それだけだよ。しかし今でも不思議だよ。」との事である。――猫が窓を覗《のぞ》いたり、手拭掛《てぬぐいかけ》が踊ったり、竈の蟹が這ったり、ひょいと賽《さい》を振って出たようである。春だからお子供衆《こどもしゅう》――に一寸《ちょっと》……化《ばけ》もの双六《すごろく》。

……

最後に言及される「化もの双六」とは、江戸時代に流行った妖怪玩具の一種である。

なるほど紅葉の実見談自体が、あたかも陽炎の彼方に揺らぎたつ童話めいた雰囲気を湛《たた》えているではないか。器怪たちのメルヘン。怪談嫌いの紅葉だが、その一方で、桃太郎の昔話を妖しく書き替えた絵物語『鬼桃太郎』（一八九一／創元推理文庫版『文豪妖怪名作選』所収）のような怪作も手がけていることを想起させる話だ。

妖怪童話の先覚者といえば、先述の巖谷小波もその一人で、「稲生物怪録」に取材した『平太郎化物日記』（一九一五／毎日新聞社版『稲生モノノケ大全　陰之巻』所収）などを残しているが、その小波と同郷で、彼に勧められて硯友社に加わった江見水蔭も、怪談に好意的な先輩だった。次に掲げる「怪談偽造の前」（「騒人」一九二七年八月号掲載）は、水蔭が門人たち（その中には妖怪民俗学の先覚者で、後述の「冒険世界」などにも怪談を寄稿していた磯萍水《いそひようすい》の名もある）と片瀬江ノ島に仮寓した際の実見談。

ちなみに、この水蔭宅には鏡花も紅葉ら硯友社一門と訪れているが（一八九六年七月一日）、腹痛のため夕刻に単身帰京したそうで、問題の幽霊屋敷を目にしたかは定かでない。

江見水蔭の怪談——「怪談偽造の前」

怪談は好きである。しかし神経作用の幻視の他に幽霊の実現という事は、自分としては未《いま》だ曾《かつ》て認めないのみならず、直接それを自分が見たという人にも永年出会《でくわ》した事が無いので有った。

幽霊実見者は必らず第三者で——私の知っている何某が是々の機会で云々。これは怪談の紋切形で、若《しか》もその話の筋は型に嵌《はま》っている。多少の変化は有るとしても、出所は皆同一で、又アノ話かと大概失望させられるものばかりなのだ。

直接自分が見たという話。それにしても、神経作用の幻視、それで解釈がつくものばかり。自分としてはそれで今日まで来ているので——怪談に就《つい》ては何等の新材料を有しない事を、最初にお詫びしておくのである。

が、自分が経験したので、今日までに幽霊その者に直面した事は無いのであるが、理屈では解釈の出来ぬ不思議な事件、それには二三度出会っている。

と云っても大した事件では決して無いので、しかし神経作用とか、幻視とか、それで手軽く片付けるにはチト片付け切れぬ事件なので、その内の一ッを記すのである。

自分が片瀬に浪居《ろうきょ》したのは明治二十九年の事で、その時分には、電車は無し、藤沢から俥《くるま》の他は（普通八銭、雨天十銭、夜十二銭）乗合船で片瀬川を下るのであるが、どうかすると俥が無いので、夜遅いのに徒歩で一里弱を帰る事も少なくないのであった。

浪居には、大沢天仙《おおさわてんせん》、磯萍水《いそひょうすい》、竹貫佳水《たけぬきかすい》、伊藤望蜀《いとうぼうしょく》、それから羽太鋭治《はぶとえいじ》なども同居した事があった。

不図《ふと》誰やらが言い出した。

『藤沢と片瀬との中間で街道に添うた一民家の前は、何《な》んだかドウも気味が悪い。別に何という目立った物も無いのだけれど、あの家の前まで来ると、いつでもゾーッとして来るのが不思議で成らない。』

するとそれを聴いた悉く《ことごと》の人が、さながら吸寄《すいよ》せられる様に凝結《かたま》って承認した。自分も第一に承認した。それが夜に限らない、昼間でもその通りなので――普通の百姓屋が街道に添うてある。唯それだけで、古井戸があるとか、柳の大木があるとか、或《あるい》はその家の周囲に樹木が繁茂していて、昼猶《なお》暗しというのであるとか、自然に人をして陰惨な気を生ぜしめる様な、何等かの道具立があるのなら格別。一切そんな景物が無いにも関《かかわ》らず、その家の前を通る時に限って、何んとも云えぬ不気味さを感じるので、それが一人ならず二人三人、皆その凄気《せいき》——鬼気《きき》に触れるという事が、全く不思議でならなかった。

今でも腰越《こしごえ》に病院を持っている××というドクトルが遊びに来た時に、世間話の末にその不思議な民家に就《つい》て語った処が、ドクトルは急に顔色を変えて、『あなた方にも感じますか。アノ家の前は全く不気味ですよ。それもその筈で、実はアノ家から強盗殺人犯を出したのですがね。』と語り出した。

平和な村から強盗殺人犯を出したという事は、全く我等には意外で有った。『おまけに死刑に成ったのですよ。ヤ、それに就て私は、気味の悪い話……左様、怪談と云えば怪談とも云えましょうが。』

ドクトルは明治初期に東京へ遊学して医科大学の選科生と成っていた。

或日解剖室へ——時間外で有ったが唯一人で入って、そこに横《よこた》えられていた屍体《したい》数箇の間を過ぎた時に、殆《ほとん》ど直覚的にその死人の一体が、自分の知っている者の様に感じられて成らなかった。それで面部を覆うてある白布をヒョイと取って見た。すると、それは、小学校時代から知っている同じ片瀬村の某。たしかにその男に相違無いので有った。

彼は市ケ谷監獄内で死刑に成って、それから此所《ここ》へ運ばれて来ていたので。既に一部は解剖の実験に使用されて、後は翌日まで遺《のこ》されていたという事が知れて見ると、ドクトルは何んとも云えぬ悲哀を催されて、思わず念仏を唱えずにはいられなかったそうだ。

親元その他の身寄からは、屍体引取に来なかったのだ。それで無縁として当然大学へ廻《ま》わされたのであろうが、如何《いか》に悪人でも死の刹那《せつな》には、屹《きっ》と故郷の人々を思い出して、誰にでも一目逢いたかったろう。何か言い遺したい事も有ったのだろうが、それが出来ずに死んだのだ。

もし、霊の存在が事実とすれば、別に用もない自分を此所へ入らしめたのも、死者の意志の動きかも知れないのだ。今こうして此所に自分が旧友の死顔を見るという事は、人智を以て解釈の出来ぬ、或る神秘の働きに相違ないのであろう。ドクトルはそう深く感じたという。

『それからアノ家の人達は、段々不幸がつづきましてね、今は遠縁の者が留守番にいる位でしょう。近所ではお化《ばけ》が出るなんて云っていますがね。それが他所《よそ》から来て何も事情を知らない貴君達にまで、同じ様に不気味さを感じさしたという事だけでも、怪談の一ツと云えましょうね。』

ドクトルの物語はそれだけであったが、これを種《たね》に多少の恋愛味でも加えて、怪談偽造を企てたら好いと思いながら、未だ其儘《そのまま》で今日に至っている。

朋輩たる四天王の中では、柳川春葉がかなりの「おばけずき」で、後述する鏡花を中心にした怪談会にも顔を出している。ここには鏡花の「春着」から、短いが印象的な話を掲げてみたい。

柳川春葉の怪談——泉鏡花「春着」より

つい、その頃、門へ出て——秋の夕暮である……何心《なにごころ》もなく町通《まちどお》りを視《なが》めて立つと、箒目《ほうきめ》の立った町に、ふと前後《あとさき》に人足《ひとあし》が途絶えた。その時、矢来の方から武士が二人来て、二人で話しながら、通寺町《とおりてらまち》の方へ、すっと通った……四十《しじゅう》ぐらいのと二十《はたち》ぐらいの若侍《わかざむらい》とで。——唯見《と》るうちに、郵便局の坂を下《くだ》りに見えなくなった。ああ不思議な事がと思い出すと、三十幾年の、維新前後に、おなじ時、おなじ節《せつ》、おなじ門で、おなじ景色に、おなじ二人の侍を見た事がある、と思うと、悚然《ぞっ》としたと言うのである。

このくだりに続けて鏡花も「此《これ》は少しくもの凄い」と評しているように、なにげない日常の光景から突出する不条理な味わいが出色であろう。

春葉の実家は牛込区にあり、紅葉の玄関番となる以前から神楽坂界隈は、なじみの土地であった。もっとも鏡花は同じ文中で、春葉の愉快な虚言癖についても言及しており、この話についても明治十年（一八七七）生まれの春葉に、果たして維新前後の記憶があるかは微妙なところかも知れない。

紅葉門下四天王の中では、鏡花と同郷で同じ小学校（馬場一番丁の養成小学校）に通っていた徳田秋聲が、皮肉にも最も怪談に関心が薄かったようだ。しかしそんな秋聲も、迫真の「神隠し」実見談を残しているのだから面白い。昭和八年（一九三三）の「アサヒグラフ」第十八巻二十二号に掲載された「屋上の怪音」である。

徳田秋聲の怪談――「屋上の怪音」

西南戦争で世の中が何《な》んとなくざわついていたのをかすかに憶えている。近処の原っぱで子供が日の丸の旗なんかたてて、戦争の真似《まね》をしているのを、姉の手にひかれて見に行ったのを思い出したが、五つか六つの時だから、それ以上の事はもうボンヤリして了《しま》った。

それに私はひどく泣き虫だったので、戦争ごっこだって遠い処から見るだけで、一緒になってワイワイやった事はない。遊ぶのはいつも女の子ばかりだった。身体《からだ》の弱かったせいも無論あるが、一体《いったい》に子供時代の甘い追憶と云うものを私は少しも持っていない。

私の父は女房運の悪い人だったので、私は父の三人目の後妻《ごさい》に生《うま》れた。と云っても家庭は円満だったが、父も母も子供には大した感心《かんしん》は持っていなかったのではないかと思う。そして本なんか余り読まなかった人のようだし、カチカチ山だの桃太郎の話はコタツの中で聞いた様に思うが、その外《ほか》の話はして貰ったかも知れないが、今は憶えていない。

どうも話が散漫だが、子供時代の事で忘れられないばかりではなく、今だって不思議に思うのは天狗の話だ。……尤《もつと》もこれは泉鏡花の畠《はたけ》で、泉は随分天狗の話を知っているし、またあれに聞いたらもっと面白い話をするかと思う。

これは私が聞いた話ではなく、実際見た話だから忘れないのかも知れない。天狗……突飛《とっぴ》な様《よう》だが、実際に金沢地方では「天狗にさらわれる」と云って、狐や狸に化かされるのを云うのではなく、あくまで天狗にさらわれると云って、私なぞも随分恐ろしい思いをしたものである。

私の家《うち》のすぐ裏に、たしか十七八だったと思うが、余り頭のよくない男の子がいた。これが夕方御飯をたべてから、どこへ行ったのか、十時頃になっても帰って来ない。さあ大変だと云うので近処の者が集まって、大騒ぎをして探しまわったが、さっぱり行辺《ゆくえ》が知れない。その家《うち》の妙見《みようけん》さんにはお灯《あかり》が夜更《よふけ》にアカアカとついていたのを私は兄に連れられて見に行ったので憶えている。私も子供心に大変な事になったものだと思った。そして大人の人も天狗にさらわれたのではないかと云ってみんな心配して方々《ほうぼう》を探しまわっていた様だったが、十一時になっても十二時になっても分らない。

その内に屋根の上で沢庵石《たくあんいし》を落《おと》した様な凄い音がしたので、ソレ天狗だと云うので皆《み》んな青くなったものだ。

私の兄が近処の勇気のある男と二人で、屋根へ上《あが》って見る事になって、ハシゴをつたって上って行った。

ところが、屋根の上に探しまわっていた息子が、……たしか秋の事、いや初秋だったかも知れない。その息子が口一ぱいに赤い木の実や草の葉なんかをほうばって「天狗の伯父さんに御馳走になっておいしかった。又行くんだ」と云って中々《なかなか》降りると云わない。で兄が紐で背負《せお》って降りたのだが、家の中へ連れて来てからも正気にかえる迄は時間がかかった様に思っている。

実に今思うとたわいのない話の様だが実際私の子供時代にはこんな事が沢山《たくさん》あった。殊《こと》に今云った様な天狗の話はまだまだ沢山にある。

前田家に出入《でい》りしている人で長山と云う人がいるが、この人が子供の時友達がやはり天狗にさらわれて大騒ぎをやった事がある。

丁度《ちょうど》端午の節句《せっく》の時分で、笹餅《ささもち》をこしらえるので、長山さんは友達四五人連れで、医王山《いおうぜん》――土地の人はお山と云うが――へ笹《ささ》をとりに行った。弁当を山でたべて、沢山笹もとれたので、サア帰ろうと云う時になって、友達の一人が見えない。いくら探しても見つからないので、先へ帰ったのだろうと思って、お山をおりてその友達の家《うち》へ行って見るといない。

又八方へ手分けして探してもどうしても見つからない。一月たち、二月たち、たしか半年もたってからだったと思うが、越後路《えちごじ》をトボトボと帰って来るのを見かけた人があって、いや大変な騒ぎだった。

夜、二階を地震の様に天狗がゆすぶったとか、雨戸へ石をぶつけたので表へ出て見ると何にもいなかったとか、愛宕山の麓《ふもと》にある天狗を祠ってある社の番小屋に、毎晩天狗がお酒をのみに来るとか、いやまだある。

円八《えんぱち》と云う「あんころもち屋」が金沢の市中《しちゅう》にあった。一寸《ちよつと》うまいあんころを売る店で、今では停車場なぞでも売っているが、その円八の奥座敷に、天狗が来る室《へや》があって、そこへお酒だの御馳走なぞを並べておくと、いつの間にかそれがなくなって了《しま》うのだ。…………どう云うものだか、金沢にはこの天狗の話が沢山あるが、誰一人その姿を見たものがないのだから面白い。然《しか》し姿を見た者がないからと云って、その話を全部笑ってしまえない事があるから、未だに私は不思議だと思っている。

今の子供達に、こんな話をして聞かせても本当にしないだろうが、私達の子供時代には大人までがこんな話をまことしやかに信じていた様だ。

子供時代の思い出と云うと、どうもこの天狗の話と、身体《からだ》が弱かったので、おこりと云う一種の風土病に毎年きまったように冒《おか》された恐ろしい記憶と辛い記憶が、最先《まっさき》によみがえってくる。

だから私には甘い揺籃《ようらん》時代の楽しい思い出がどうもはっきりしないのだと思う。

四天王の残るひとり小栗風葉は、文士たちによる怪談会記事の先駆となった「不思議譚」(「趣味」一九〇八年四月号掲載。出席者は馬場孤蝶、与謝野寛、小栗風葉、鈴木鼓村、諸氏)に参加して、次のような話を披露している。

小栗風葉の怪談——「不思議譚」より

僕の祖父《じじ》に当《あた》るものが婚礼か何かへ行った帰りに、提灯をぶら下げながら淋しい田舎道にかかると、向《むこう》から新造《しんぞ》の美しいのが島田に結《ゆ》ってやって来たそうです。どうも奇怪《おかし》な奴だと思っていると、連れて行ってくれと云うんだそうです。必定《てっきり》、狐に違いない、蠟燭でも奪《と》りに来たのだろうと思って、己《おの》れと云い様《ざま》、島田を引っ攫《つか》んで夢中で家まで引きずって来て、オイ、早く開《あ》けんか、今狐を捕まえて来たんだ、と云うので、家《うち》の者は吃驚《びっくり》して戸口を開けて、見ると、一生懸命に提灯の尻を捕《つか》んでいたそうです。

この妖狐談が掲載された「不思議譚」には、いかにも文豪怪談会らしいやりとりが見いだされるので、次に掲げておこう。

「不思議譚」の怪談（黄雲生）

△一葉《いちよう》女史のお母さんもよく其様《そん》な事に逢った人でした、と馬場氏が語りつづけた。何でもある晩、懇意な婦人が尋ねて来たので、あなたは御病気だと聞きましたが、お見舞にも上りませんで御無沙汰しています、此頃《このごろ》、如何《いかが》です、と聞くと、もう余程よくなりました、と話して何処《どこ》へか行ってしまった、其時其《そのその》婦人はなくなったそうです。

△これについて鼓村氏は小栗氏に談《はな》しかけた。泉さんはよく見るんだそうですね、

何でも何時《いつ》か青山の練兵場《れんぺいじょう》を通っていると、女が蛇《じゃ》の目傘《めがさ》をさしかけて鏡を出して鬢《びん》の毛などをかきあげている。妙な奴だと思ってよく見てると一寸《ちょっと》顔をこちらへ向けたので、気を付けて見ると顔が卵のようで眼も鼻も口もないので吃驚《びっくり》したと云う事でした。それから泉さんはよくポストの周りを廻ってそれから入れるそうじゃありませんか。

△泉君には色々な事があります、併《しか》し始めは何か正当な理由があるのですが、それが次回《つぎ》からは習慣となってやるのです。ポストの周《まわり》を廻るのは、入れてから後《あと》で廻って見るので、紅葉先生が横寺町《よこでらまち》にいられた時分に、先生の原稿をポストへ入れに行って、此《こ》の原稿は非常に大切な貴重なものだから、若《も》し箱の外へ落ちて居るような事があっては済まないと云うので、入れた後でポストの周りを三度廻ったのです。これが癖になって毎度《いつ》も廻るようになったのでしょう。これに就いて面白い話があるのです。泉君はあの通り意気に出来てますから、ポストの丁度前の内に娘が二人あったのが、泉君が郵便を入れに行くというと、窓から覗《こん》いて見るのです。泉君の方では夢中ですから少しも気が注《つ》かない。ある日も斯様《こん》な事があって二人の娘が窓から見ながら笑っている。其所《そこ》へ湯帰りに先生が出逢《でく》わしたのである。先生はあん

な気性ですから、泉！　泉！　何をしてるんだ。外聞《がいぶん》が悪いじゃないか、と怒鳴《どな》られたので吃驚《びっくり》したと云う話があります。

英文学者・文芸評論家として知られた馬場孤蝶が語る、樋口一葉の母の見霊談に始まり、箏曲家にして怪談界隈の名物男でもあった（後述）鈴木鼓村による鏡花ののっぺらぼう怪談（！）、さらにそれを受けて風葉が、私が先に記した郵便ポストの逸話の意外な裏話を語る……「意気に出来てます」とは、当世風に申せば「シュッとしている」好男子という感じだろうか。

第二章

百物語の新時代

酸素吸入とやらのおかげで、ずいぶんと呼吸《いき》が楽になり、しばらく熟睡できた。

願わくは、吹き出すのが温気ではなく冷気ならば、海辺で浜風に吹かれるがごとき心地よさだろうに……こんなことなら、大仰な療治は臨終患者のようで縁起でもないと拒んだりせずに、三角博士《せんせい》の勧めにさっさと従えばよかった。

いや、そういう今も、まだ夢うつつの渦中なのか。

ここは金沢か……昏《くら》いお堀の水が見える。前をゆく儚《はかな》げな女人の後ろ影も……。

母上⁉……違う、あれは、そうだ、あのときの娘さんではないか。

私の身代わりになって入水《じゆすい》した、あの夜の……。


明治二十七年（一八九四）に発表された鏡花の「黒壁」（ちくま文庫『文豪怪談傑作選 泉鏡花集』所収）は、連載二回だけで中絶した未完の短篇だが、これは鏡花が初めて超自然の主題を真っ向から扱った小説であり、怪談文芸の視点から眺めるとき、なかなかに重要な意味合いを有する記念碑的作品といって過言ではない。

舞台となるのは故郷・金沢の郊外に実在する「黒壁」と通称される魔処。実際にいかなる場所であったのか、日置謙編著『加能郷土辞彙』改訂増補版（一九五六／初刊は一九四二）より引用する。

クロカベヤマ　黒壁山　石川郡三小牛《みつこうじ》の領山である。古木繁茂して魔所と称せられ、小祠を立ててあつた。或《あるい》はいう。前田利家《としいえ》金沢入城の際、本丸が魔所であつたのを、この山に移らしめたのであると。亀尾記にも山に社祠があって参詣の人まあると記する。山脚《ふもと》に洞窟を作り、九万坊《くまんぼう》権現と称して祈禱を行う所としたが、明治六年淫祠として破却を命ぜられ、尋《つ》いで三十五年金沢の天台宗薬王寺がその傍に移った。

黒壁山薬王寺は、現在も同地に健在である。本堂裏手の急峻な崖道を降り、深山幽谷さながらな渓谷の流れに沿った隘路《あいろ》を上流へ向かうと、ほどなく左手に、これまた急峻な石段が、山の中腹に鎮座する祠へと続いている。往年の「淫祠」の気配を今なお濃厚に留めた場所だ。

この祠にも寺の本堂にも、羽団扇の寺紋が大きく掲げられている。羽団扇は天狗のシンボル。九万坊大権現（地元では「クマンボさん」の愛称で親しまれている）と呼ばれる天狗信仰を奉じる寺院が、金沢一円には今でも散在しているのだった。

黒壁と天狗については、鏡花も後年の短篇「飛剣幻なり」（一九二八）などで言及しているが、より端的にこのテーマを描いた作品に、金沢出身の幻想作家として鏡花と双璧を成す文豪・室生犀星の「天狗」（一九二二／ちくま文庫『文豪怪談傑作選　室生犀星集』所収）という、たいそう薄気味の悪い短篇があることを付言しておく。

さて、鏡花の「黒壁」は、天狗ならぬ「丑《うし》の時詣《ときまいり》」の恐怖譚である（らしい）。物語の語り手は、好奇の念に駆られて深夜、独りで黒壁へとやって来る（完全に心霊スポット探訪のノリである）。そして路傍の巨大な一本杉に、丑の時詣に用いられる呪いの五寸釘が点々と打ち込まれているのを発見するのだ。

幹の中央に貼り付けられた紙片には――「巳の年《一二三》、巳の月《四五六》、巳の日《七八九》、巳の刻《十十一十二》、出生《十三十四》。二十一歳の男子《十五十六十七十八十九二十廿一》」と呪う相手が特定されており、打たれた釘は二十本に達していた。

どうやら今夜が満願の日らしい。

その呪われた当事者が、自分の友人である美少年だと気づいて愕然とする語り手。

友人は「一種の魔法づかい」である年上の妖女と情交のあげく、身の危険を感じて出奔、語り手の家に潜伏していたのだった。

そのとき、魔処の闇の彼方から、燈火が近づいてくる。白装束に身をつつんだ妖女だ。近くの洞穴に隠れて様子を窺う語り手の眼前で、壮絶な呪いの儀式が始まり……。

物語はここまでで中断しており、このあと鏡花がどのような展開を考えていたのかは不明である。とはいえ、一種の神通力をあやつる妖女と年下の美少年という組み合わせは、代表作のひとつである「高野聖」（一九〇〇）をはじめ、多くの鏡花作品に見いだされるモチーフであり、夜道で妖しい女人と遭遇するというパターンも、それこそ没後に発見され遺作として発表された無題の断片（一九三九／『鏡花全集』にも「遺稿」の仮題で収録）に至るまで、幾度となく繰りかえされる設定である。

ちなみに、伊豆修善寺の奥の院へ向かう深夜の参道で、謎めいた女人と出会《でくわ》す「遺稿」には、なじみの按摩が語った話として同種の遭遇譚がいくつか盛り込まれており、その中には「丑の時詣」の女にまつわる怪談まであって、しみじみ「三つ子の魂百まで」を実感させる。

それればかりか、同篇には「紀州に棲まるる著名の碩学、南方熊楠氏」の龍燈研究に関する言及までが含まれており、鏡花晩年の民俗学への接近ぶり（後述）を如実に窺わせるのだけれど……話を本筋に戻そう。

実は鏡花の「黒壁」には、これまで述べてきたこととは別に、たいそう注目すべき特色が認められるのである。まずは、その冒頭部分をご覧いただきたい。

席上の各々方《おのおのがた》、今や予が物語すべき順番の来《きた》りしまでに、諸君が語給《かたりたま》いし種々《くさぐさ》の怪談は、いずれも驚魂奪魄《きょうこんだつぱく》の価値《あたい》なきにあらず。しかれども敢《あえ》て、眼の唯一《ただひと》つ個なるもの、首の長さの六尺なるもの、鼻の高さの八寸なるもの等、不具的仮装的の怪物を待たずとも、ここに最も簡単にして、しかも能《よ》く一見《いっけん》直ちに慄然《りつぜん》たらしむるに足《た》る、いと凄まじき物躰《ぶったい》あり。他なし、深更《しんこう》人定まりて天に声無き時、道に如何なるか一人の女性に行逢《ゆきあい》たる機会是《これ》なり。

要するに、どんな異形のばけものよりも、夜道で独り歩きの女性と遭遇するほうが怖ろしい……と語り手の「予」は主張するわけだが、注目すべきは、いきなり「席上の各々方」すなわち、今この場に御参集の皆さん、と唐突に話が始まり、しかも「私が物語をすべき順番」「皆さんがお話しになった色々な怪談」という言葉が連なる。これは明らかに「百物語」とか怪談会と呼ばれる場を前提にした設定なのである。

怪談会とは文字どおり、参加者が怪談を語り合う集いのことだが、その中でも一定の法式に則って開催されるものを、古くから百物語と呼び慣わしている。

江戸怪談文芸の幕開けを告げる名著として知られる、仮名草子作者・浅井了意の怪異小説集『伽婢子《おとぎぼうこ》』（一六六六）の中に、百物語の法式を具体的に説明しつつ、一篇の怪異譚としても成り立っている「怪《かい》を話《かた》ば怪至《かいいたる》」という作品がある。これは中国渡来の『五朝小説』に収載された『龍城録』の一篇「夜坐談鬼而怪至」を翻案したものだが、百物語の法式に関する部分は了意のオリジナルである。次に、その全篇を拙訳により紹介してみる。

浅井了意の怪談──「怪を話ば怪至」

昔より人の言い伝えた怖ろしい事、怪しい事を蒐《あつ》めて百話の物語をすれば、必ず怖ろしい事、怪しい事が起こるという。

百物語には法式がある。月の暗い夜、行灯《あんどん》に火をともすのだ。その行灯には青い和紙を貼って、百筋の灯心（灯油を燃やすための芯）をともし、ひとつ物語を語り終えるごとに、灯心を一筋ずつ抜き消してゆくと、座中が次第に暗くなり、青い紙の色が様変わりして、なんとなく物凄くなってゆく。それでもなお語り続ければ、必ずや怪しい事、怖ろしい事が出来《しゅつたい》するのだそうな。

下京《しもぎょう》あたりに住まいする者が五人集まり、「いざ、百物語をしよう」と法式のとおりに火をともし、一同揃いの青い小袖を着て車座になり、語り始めたところ、早くも六、七十話に及んだ。時に臘月《ろうげつ》（陰暦十二月）の初め頃、雪まじりの烈風が吹きつけ、いつにない寒さに、思わず髻《もとどり》（髪を頭頂で束ねた部位）まで凍みとおるほど、ゾッと震えあがる心地がする。

見れば、窓の外に火の光がちらちらと、さながら螢の大群が飛びまわるごとく幾千万となく乱舞し、ついには座中に飛び入り、丸く集まって鏡か鞠《まり》のようになったかと思うと、また分かれて砕け散り、今度は白く凝固し直径五尺（約一五〇センチ）ばかりと化して天井に突き当たり、畳の上にどっと落下し、雷鳴さながらの轟音とともに消え失せた。五人全員が倒れ伏して気絶したものの、騒ぎを聞いて駆けつけた家中の人々に助け起こされ、息を吹き返して後は、特に変わった様子もなかった。

諺《ことわざ》にいわく、「白昼、人の噂をするものではない。噂話は良からぬことを生む。暗夜に霊鬼の話をするものではない。鬼《おに》を語れば怪異が起こる」とは、まさにこのことであろう。作者もまた、物語は百条に満たないけれども、これにて筆を措くことにする。

百物語と呼ばれる一種の怪談イベントが、いつ頃どのようにして生まれたのかについては、よく分かっていない。武家の子弟の肝試しに発するとか、戦国大名に仕えた「お伽衆」と呼ばれる人々に由来するとか、さらには仏教儀式のひとつである「百座法談」と関わりがあるとか、諸説がある（詳しくは拙著『百物語の怪談史』を御参照いただきたい）。

いずれにせよ、百物語という言葉が広く知られるようになったのは、戦国の世が終わりを告げ、江戸時代が始まる十七世紀後半あたりと考えられよう。怪談ならぬ笑話集である仮名草子『百物語』（一六五九）や、延宝五年（一六七七）に刊行された作者不詳の怪談集『諸国百物語』など、百物語を書名に冠した出版物が、この頃から登場しているからだ。その後も『古今百物語評判』（一六八六）『御伽百物語』（一七〇六）

『太平百物語』（一七三二）『万世百物語』（一七五一）『新選百物語』（一七六八）『近代百物語』（一七七〇）『絵本百物語』（一八四一）『狂歌百物語』（一八五三）等々、特に怪談方面で百物語を冠する書物が江戸時代を通じて刊行され、百物語は怪談本の代名詞と化してゆく。

それと並行してリアルサイドでの百物語も、町人文化の勃興とともに、盛んに催されるようになったと考えられる。武家の座興や肝試しとしてではなく、文人墨客をはじめとする趣味人たちの浮世離れした遊びの集いとして。

天明五年（一七八五）に刊行された『狂歌百鬼夜狂』は、そうした文化系イベントとしての百物語の面影を今に伝える貴重な書物である。これは四方赤良《よものあから》（大田南畝《なんぽ》）、平秩東作《へずつとうさく》、山東京伝ほか十五名の狂歌師が、同年十月十四日の夜、江戸深川の某家で実際に百物語を催行し、百種の妖怪をお題に百首の狂歌を詠むという趣向で企画編纂された、前代未聞の即興おばけ歌集なのだ。どんな歌が詠まれたのかというと――

さかさまに月もにらむと見ゆるかな野寺《のでら》の松のみこし入道　東作

首ばかり出《いだ》す女の髪の毛によればつめたき象《きさ》のさしぐし　赤良

日月《じつげつ》にたとふ眼《まなこ》のみつあればひとつは星のいりしなるべし　京伝

ちなみに同書については石川淳が、エッセイ「狂歌百鬼夜狂」（一九五二）で、フランス十九世紀末のサンボリストと対比しつつ、次のごとき卓抜なオマージュを捧げている。

それにしても、狂歌の百物語という趣向は、青春のあそびとして、どうも messe noire に似る。これはいかなる魔の祭か。狂歌百鬼夜狂一冊、これ魔法の書か、ウソツキの書か、幸福の書か。ただわたしの目前には、よく歴史的時間をくぐり抜けて来たところの、一冊のうすっぺらな古本が残っているだけである。

引用中の messe noire とは、悪魔崇拝者による「黒弥撒《くろミサ》」のこと。ほかにも「青春のあそび」「魔の祭」など、これら魅力的なパワーワードは、それから百年余を経た明治・大正の文士たちによる百物語ブームにも、おそらく当て嵌まるところがありそうだ。

とはいえ、その間には断絶がある。黒船の来航に始まる幕末から明治維新にかけての騒然とした時代には、かくも浮世離れして旧態依然な「おばけずき」イベントなど、一向に出る幕はなかったのだから。

ひるがえって鑑みるに、なにゆえ鏡花は、作家人生で初めて手がける怪談作品「黒壁」の冒頭で、よりによって百物語などというマニアックな設定を、なんの前置きもなしに持ち出したのだろうか。

たとえば素人の手すさびならば気随気儘、おのれの個人的な趣味にはしることもありえよう。しかし鏡花は作家デビューして二年目、師・紅葉の厳しい指導のもと研鑽を重ねていた身である。プロの物書きとしての自覚は十二分にあったはずだ。

とすれば唯一考えられるのは、物語の冒頭に百物語という設定を持ち込むアイデアが、俗にいう「摑みはオッケー」たりえると、鏡花が判断していた可能性だろう。

ここで、次に掲げる時系列に御注目いただきたい。

明治二十六年(一八九三)

十二月二十五日、浅草公園の花屋敷（遊園地）に建つ奥山閣《おうざんかく》で「やまと新聞」社主・條野採菊が主催した百物語怪談会が開かれる（参会者は三遊亭円朝、尾上梅幸、南新二、三宅青軒、金屋笠仙、談洲楼燕枝ほか十名余）。

明治二十七年（一八九四）

一月四日より「やまと新聞」紙上で、前年末に催行された怪談会にもとづく連載「百物語」が始まる（～二月二十七日付紙面で完結）。毎回、日本画家の水野年方が描く挿絵が掲載された。

七月、扶桑堂から「やまと新聞」での連載企画をまとめた単行本『百物語』が刊行される。

十月、鏡花、「黒壁」の連載第一回分を「詞海」第三輯九巻に発表。

十二月、鏡花、「黒壁」の連載第二回分を「詞海」第三輯十巻に発表。

「やまと新聞」は明治十九年（一八八六）十月に創刊された庶民向けの日刊紙（いわゆる小新聞《こしんぶん》）で、時事論説の類よりも芸能娯楽記事に力を入れ、とりわけ三遊亭円朝の落語速記の連載や、月岡芳年・水野年方らの新聞錦絵が評判となり、「明治二十二年頭には二万を越える発行部数を誇る人気新聞に成長していた」（土屋礼子「小新聞の新たな試み——初期の『都新聞』と『やまと新聞』」）という。これには、社主である條野採菊の人脈が物をいったらしい。

採菊は本名・伝平、山々亭有人《さんさんていありんど》の名で幕末に戯作を手がけ、明治に入ると「東京日日新聞」の創刊に関わるなどジャーナリストとしても活躍。また鏡花とも関係の深い文芸誌「新小説」創刊にも関与して、みずからも小説や随筆を同誌に寄稿している。梨園にも顔が利き、新聞記者時代の岡本綺堂に目をかけて、綺堂が歌舞伎作者としてデビューするきっかけを作ったことでも知られている。また円朝とは家族ぐるみの交流があり、採菊の三男・健一（後の日本画家・鏑木清方）を、円朝は自分の取材旅行に同行させたりもしている（鏑木清方「円朝と野州の旅をした話」参照）。

その清方は、採菊と「やまと新聞」について、名著『こしかたの記』（一九六一）の「やまと新聞と芳年」の章で、次のように記している。

「やまと新聞」は恐らく父の、相当練った腹案を実践に移したものであったろう。今この新聞を回顧して見ると、そこには尠《すくな》くも三つの特色があったことは見遁《みのが》せない。一世の名人円朝の創作人情噺を、その頃漸《ようや》く発達して来た速記術に依《よ》って毎日連載すること、次にはその頃全盛期にあった巨匠月岡芳年が円朝の挿絵を担当すること、もう一つは社長の採菊が小説、劇評、雑報に続いて筆を執ることであった。父の奮闘は当然としても、円朝と芳年とを独占出来る確信は、この新聞計画の大きな力であったに違いない。

ちなみに清方は、明治二十六年十二月の百物語会にも父のお供で同席しており、浅草花屋敷の経営者・山本金蔵の長男でジャーナリストの山本笑月から、「厚手の鳥子紙に彩色絵入、筆がきの冊子、大和錦の表紙を附けた二冊揃いの美しいの」（『こしかたの記』所収「烏合会」）をプレゼントされている。これは清方がその二年前、弱冠十四歳で水野年方に入門していたことから、当時「やまと新聞」にも関与していた笑月が気を利かせたのだろう。百物語の会場が花屋敷内の奥山閣に決まったのも、笑月の紹介によるものかも知れない。

この奥山閣は、当時としては珍しい五階建の楼閣で、明治二十年（一八八七）に本所の材木商・丸山伝右衛門のもとから花屋敷に移築、翌年四月から公開され評判にな

左端の十二階（凌雲閣）の右隣に見えるのが奥山閣。手前は浅草寺境内。

扶桑堂版『百物語』彩色口絵（水野年方・画）

ったという。屋上に木造金箔塗りの鳳凰が、風見鶏よろしく鎮座していたことから「鳳凰閣」の別称もある。明治二十三年（一八九〇）開業の有名な淩雲閣（十二階）とともに浅草の人気建築物となったが、後者と同じく関東大震災で喪われた。

これすなわち、現在でいうなら東京スカイツリーの展望階で怪談ライブが開かれるようなものだろう。いかにも新聞社が主催する新時代の百物語の幕開けにふさわしい会場というほかはない。

それでは実際に、どのような会であったのか。

先にふれた山本笑月の著書『明治世相百話』（一九三六）所収「大通《だいつう》、百物語の会」に、このときの模様が活写されているので、次に全文を掲げてみよう。

山本笑月の怪談会ルポ――「大通、百物語の会」

百物語の催しは度胸試しとあって、昔はずいぶん行われたが今は絶えた。これはそんな殺風景でなく当時の大通連の百物語。明治二十五年十一月、浅草公園奥山閣の広間で條野採菊翁の主催、夕刻から集まった連中は三遊亭円朝、五代目菊五郎を始め、南新二、金谷竺仙《ママ》、三遊亭円遊、西田菫坡その他で約十人。

床の間には円朝の持参した芳年筆の女幽霊の一幅、古釣瓶《つるべ》へ薄《すすき》と野菊の投げいれ、わき床にはあしと柳の盆栽、別室にはお約束の灯心十余筋をいれた灯明皿を置いて型通りの道具立て、万端整ったところで場所柄だけに、古寺《ふるでら》めいた凄味は少しもない。

『粋興奇人伝』や、『三題ばなし』『楽屋評判記』などに名前の載っている連中、催主を始め老巧の人々、精々凄味を付けた怪談ぶりに一同怖毛《おぞけ》をふるったかどうか、あいにくこちらは茶菓やなにかの世話で一向聞くを得なかったが、なんといっても玄人《くろうと》の円朝と、怪談は家の芸たる菊五郎の両人に落《おち》を取られ、他は笑声のもれるくらいで大した凄味はなかったらしい。

中途で茶の間へ逃げ込んで来た円遊、例の大きな鼻の頭の汗をふきながら、「驚いた驚いた、こんな苦しいことはねえ、こっちが凄味をつけてやっていても、肝腎のところでどっと来るのだからやり切れねえ、もう怪談は懲《こ》り懲《ご》りだ」と空也《くうや》餅《もち》をやけに頰張る。いかさまステテコを売り物にお笑い専門の人気男、怪談ときては「成田小僧」や「干物箱」のようなわけには行くまいと大笑い。

引用者附記　文中、開催日を「明治二十五年十一月」とするのは、笑月の記憶違いか（近藤瑞木「『百物語』の成立」に指摘あり）。

このとき速記者によって記録された参会者の談話は、翌明治二十七年（一八九四）一月四日から二月二十七日までの二ヶ月間近く「やまと新聞」紙上で連載され、七月に扶桑堂から瀟洒な単行本として刊行されている（同書は二〇〇九年に国書刊行会から『幕末明治　百物語』のタイトルで復刊された。一柳廣孝と近藤瑞木の両氏による解説・註釈は委細を尽くしたもので、連載時と単行本での記事の異同や、参会者のプロフィールなど、学恩多大であった。記して謝意を表したい）。

ここには国書刊行会版から、笑月も指摘しているように当日の双璧であったらしい円朝の話（一月六日掲載）と梅幸（五世尾上菊五郎）の話（一月九日掲載）、それに当日は病欠し自演自記の原稿を後日送ってきたという講談師・二世松林伯円によるやや長めの話（一月二十日〜二十三日掲載）を採録する。

三遊亭円朝の怪談――『百物語』より

内藤新宿に、玉利屋《たまりや》と申す貸座敷がございましたが、この玉利屋へ繁々《しげしげ》通いました、坂の下のある法華寺《ほつけでら》の和尚《おしよう》が、借金で首が廻《まわ》らぬのか、他《た》に仔細があっての事かそこは存じませんが、自殺を致しました。この和尚《おしよう》さんが、玉利屋の相方に執着《しゆうじやく》でも残ッていたか、夜な夜な玉利屋へ、この和尚《おしよう》の妄念《もうねん》が出《で》るというので、玉利屋の店は客が減って参りましたから、玉利屋でも心配を致して、田川《たがわ》という代言《だいげん》の先生にその咄《はな》しを致すと、先生は、

「箱根《はこね》からこっちに、野暮《やぼ》と化物《ばけもの》は無いと昔から云う。況《まし》てや追々開明《おいおいかいめい》に赴《おもむ》く今日《こんにち》、そんな事があッて堪《たま》るものか。それが所謂神経《いわゆるしんけい》だ」

と申すのを、

「否《いや》、そうで無いから、一晩被為入《ひとばんいらしつ》て御覧《ごろう》じろ」

「ソンなら往《い》ッて見様《みよう》」

と、田川先生がその晩に御出《おいで》になって、いつも得手物《えてもの》の出る座敷へ通《とお》って、行燈《あんどう》へ燈心《とうしん》を沢山《たくさん》入れて明るくしていると、その燈心が段々めり込んで、灯《あか》りが暗くなるに随《した》がってどこともなく陰気になりますから、搔立《かきたて》ると、その時は一寸《ちよつと》明るくなりますが、直《じき》に燈心《とうしん》がめり込んで、暗くなると、次第次第に陰気になって参ると、体がぞくぞく致す様だから、

「これは不可《いか》ん。これは変だ。燈心《とうしん》は不可《いか》ン。蠟燭にしよう」

と八百善形《やおぜんがた》の燭台へ蠟燭を二挺燈《ちょうとも》して、明るくして置《おき》ますと、又《また》蠟燭の芯《しん》が段々《だんだん》めり込んで、朦朧薄暗《ぼんやりうすくら》くなりますから、

「これは不可《いか》ン。これは不可ン。モソット大きい蠟燭を」

というので、少し大きい蠟燭に取替《とりかえ》ましたが、矢張段々芯《やはりだんだんしん》がめり込《こん》で、暗くなりますから、

「これは不可ン。余程変だ。予《わし》は帰る」

と下へ参ッて時計を見ると、モウ一時でございます。流石《さすが》の田川先生も、途中も気味が悪いという念も出る。玉利屋でも是非《ぜひ》泊《とま》ッて往《ゆけ》と申すので、風通しの好《よ》い下《した》座敷《ざしき》へ、蚊帳《かや》を釣《つ》ッて寐《ね》ました。スルと、蚊帳が自分の身体《からだ》へ巻附《まきつ》く様《よう》でございますから、「大概《おおかた》風の為《た》めに、蚊帳が巻附くのであろう」と思いますから、手を延《のば》して、向《むこ》うへ蚊帳を押《おし》ますと、間も無く又、元の通りに蚊帳を押《おし》て参るから、田川先生も弥々《いよいよ》変だと存じて、首を揚《あ》げて密《そっ》と見ると、真《ま》ッ黒《くろ》な細長い手で、蚊帳を押《おし》ておッたから、この時には流石の田川さんも、慄《ぞっ》と致したそうでございます。

尾上梅幸の怪談――『百物語』より

予《わたく》しは饒舌附《しやべりつけ》ませんから、書取《かきとつ》て御催《おんもよお》し主の御手許《おてもと》へ上げて置《おき》ましたが、今晩は永機《えいき》宗匠《そうしよう》が差支《さしつか》えだそうですから、予《わたくし》が永機宗匠に聞《きい》た咄《はな》しを、宗匠の代理に致しましょう。

以前劇場《しばい》がまだ葺屋《ふきや》町堺《さかい》町にございます時分の事で、葺屋町の小道具に、清《せい》という人がありました。極貧的ではありましたが、鳥渡好男子《ちよつといいおとこ》で、咽《のど》が器用で、富本が行《ゆか》れるという女に好《すか》れる質《たち》でありましたが、前の女房も好《すか》れて持ッた女でありましたが、その女房が妊娠中に、友達の交際で御旅へ遊びに参りました。御旅と申すと、唯今《ただいま》の本所千年《ほんじよちとせ》町で、ここに八幡の御旅所《おたびしよ》がございましたので、御旅、弁天、松井町などと申す岡場所のあッた頃でございます。その御旅の引手茶屋の女中と心易くなりまして、家に尻が落付《おちつか》ぬので、女房はそれを苦労にして、到々《とうとう》死んでしまいました。スルトかの女中を跡へ直しましたが、程無くこれも懐妊を致して、易々と産を致しました。その頃は産婦が巣にいる間は、産籠《さんかご》と申《もうし》て籠の中へ這入《はい》っているのだそうでございます。ある晩の事で、清公が芝居へ往《い》ッた留守に、籠の産婦が水が飲度《のみたく》なッたので、勝手へ水を飲《のみ》に参ッて帰ッて見ると、産籠の中に見馴《みなれ》ない色青ざめた女が赤児を抱《だい》ておりますから、変だとは思いましたが、気丈な女と見えて、その赤児を無理に引《ひっ》たくりますと、その女が掻消《かきけ》す様に無くなってしまいました。そこへ清公が帰ッて参ッたから、今これこれでございました、と咄《はな》すを、清公は胸にギックリ当《あた》ッたので、翌日から病人になッたそうでございます。

松林伯円の怪談――『百物語』より

第一回

諸君のお咄《はなし》は実録にて、しかも面白い事計《ばか》り。その中へ小生《わたくし》の話は、何か昔の草双紙《くさぞうし》めくとお笑いもありましょうが、これは全くの事実にて、いささかも小生《わたくし》が見て来たような虚《うそ》ではありません。さて長口上は御退屈、早速本文を説出《ときだ》します。

今は昔《むか》し、下野国河内郡薬師寺《しもつけのくにかわちごおりやくしじ》と申所《もうすところ》は、日光東街道《にっこうひがしかいどう》として、旧跡の多い所であり、当所の隆行寺《りゆうぎようじ》と云う寺には、弓削《ゆげ》の道鏡の古墳があります。その他《た》千年余《ねんよ》の宝物《ほうもつ》などもあり、太古をしたう人は、今も杖をとどめて、古墳を探します。それはさて置き、この薬師寺駅の東に、田中村《たなかむら》と申所《もうすところ》がありまして、この村の豪士に野口伝五左衛門と云《いう》、旧家は則《すなわ》ち、小生伯円《わたくしはくえん》が実の姉が嫁《か》したる家にて、只今は姉も亡き人になりましたゆえ、一ト年《ひ》小生《としわたくし》も墓参の為、筑波山《つくばさん》の見物《けんぶつ》をかけて、下野常陸《しもつけひたち》の地方へ旅行致し、かの野口の家に滞在して、一ツの怪談を聞出しました。

弘化《こうか》三年秋の末に、この家へある日の夕景に、年頃三十七八とも見ゆる、人物のよろしい比丘尼《びくに》が訪ね来《きた》りて、

「わたくしは諸国の霊場巡拝の尼でありますが、今日は余程の道にて労《つか》れ、殊《こと》に少々病が起《おこ》り、誠に難義でありますゆえ、何卒《どうぞ》一夜の御宿を願います。御大家を見込みてのおねがい、けっして不足は申《もうし》ませねば、物置小屋にてもくるしからず」

と申《もうし》ますゆえ、早速小者が奥へ取次《とりつぐ》と、主人の野口は慈善家故《ゆえ》、

「それは何より御安い事だ。サァサァ、上へお通りなさい」

と小者や下女に申附《もうしつけ》、丁寧に世話をなし、奥の離れ室へ招待《しようだい》し、やがて夕飯をすすめたるに、漸《ようや》く一椀を食し、又浴室へ案内せんとせしに、尼は、

「イエイエ、お湯は御免を蒙《こうむ》ります」

と、やがて風呂敷包《ふろしきづつみ》より経巻を出して、静かに読経《どつきよう》の外《ほか》余念無き有《あり》さまに、主人

は「奥ゆかしき尼御前《あまごぜ》」と心に敬い、その室へ出《い》で来《きた》り、四方山《よもやま》の物語の末に、

「尼御前は御言葉も江戸の様子。殊に昔は左《さ》こそと思わるる美人の末《すえ》。すべて高尚なるその風情《ふぜい》。失礼ながら由《よし》ある方の果《はて》と愚案しますが、もし苦しからずば、御身の上のお咄《はなし》を御聞《おきか》せ被成《なすっ》ては如何《いかが》でござります」

と尋ねに、尼はしとやかに、

「御深切なる御尋ね、さりながら、仔細のありて、身の上咄《ばなし》もする事ならず。御主人の推量の如く、江戸に産《うま》れて、ある大諸侯に召仕《めしつかわ》れ、何不自由無く年月を送りましたが、今を去る十八年前、廿年《はたち》の時より出家して、見る影も無き乞食尼。死ぬにも死なれぬこの身の罪業。せめては諸国の霊場を、それからそれと巡拝して、所《とこ》ろ定めぬ捨小舟《すておぶね》。憂きに漂う尼なれば、語って益無き身の来歴。これにて御免下されたし」

と打《うち》しおれたる容貌《かんばせ》に、主人は強《し》いて問いもせず、「お休みあれ」と会釈して、納戸の方《かた》へ立帰《たちかえ》る。その夜もいたく更行《ふけゆ》きて、頃しも秋の末なれば、風に数散る木の葉の、バラバラと音も哀れに、山寺の鐘は四更《しこう》を告《つぐ》る頃、遙かに聞《きこ》ゆる奥の一室、かの旅尼が最悲《いとかな》しげなる、虫よりも細き声にて、「南無阿弥陀仏《なむあみだぶつ》、南無阿弥陀仏《なむあみだぶつ》」

と、次第に苦しき念仏の声は、消えたり又は聞《きこ》え、かくの如く数回なれば、主人を始め眠りを覚《さま》し、家内の者も二三人、「不思議な尼が念仏の、非常の苦声は故《ゆえ》こそあらめ」と云《い》い合《あわ》さねど、離れ家の障子の蔭に忍び来て、中《うち》のようすを窺うとは、夢にも知らぬ旅尼が、正面の床の間に旅行李を置き、その上へ小《ちい》サキ位牌をかざり、その身は殊勝に墨染衣《すみぞめのごろも》、珠数を手にかけ、「南無阿弥陀仏、南無阿弥陀仏」ト、又もや仏名《ぶつみょう》を唱えておりました。

第二回

尼は又もや苦しき声を押《おさ》えて、「南無阿弥陀仏」も苦痛の体《てい》。暫時《しばら》くあって、尼はようよう胸を押え、苦しき息をホッと吐《つ》き、

「もうし奥様。イヤナニ妙香院殿知山涼風大姉尊霊《みょうこういんでんちやまりょうふうだいしそんれい》よ。それ程憎しと思召《おぼしめ》す、私のこの身体。ナゼ早く冥途へは引寄せて下さらぬぞ。十八年の永の月日。行方《ゆくえ》定めぬ旅枕。あらゆる霊場を尋ね、最も尊き御仏を礼拝なすも、私の罪消《ざいしょう》のみを祈るに非《あ》らず。せめて貴嬢《あなた》の後世安楽御成仏遊《ごせいあんらくごじょうぶつあそ》ばす様《よう》と、世に望み無き尼が身は、朝暮《あけくれ》忘れぬ普門品《ふもんぼん》。女人解脱《にょにんげだつ》を御仏《みほとけ》へ、願いまいらす甲斐も無く、この身を苦しめ玉《たま》うのは、

余りと申せば貴嬢より、私がお恨み申《もうし》まする。モウよい加減に許してたべ。御勘忍遊ばしませ」

と誰に語るか訴《うつた》うるか、尼が苦痛の念仏の間に、掻口《かきく》説《ど》きたる言葉のはしはし。障子の蔭に聞《きき》いる人々、理由《わけ》は知らねど怖気《こわげ》立《だ》ち、思わず「アッ」と声を立《たつ》れば、尼は驚き、衣紋《えもん》を繕《つくろ》い、手早《てばや》く位牌を行李に納む。主人《あるじ》野口を始め、家内四人が一間へ這入《はい》れば、愈々《いよいよ》尼は恥《はずか》しむ。その有様に、主人は声かけ、

「イヤイヤ決して心配に及ばず。お宿を申したその時から、宵にいろいろ御様子を伺いましても、何事もお隠し被成《なさ》るる尼御の素性。理由《わけ》ある事とその儘《まま》に、納戸の中《うち》で眠られず、丑満頃《うしみつごろ》から奥の間の、苦しき声の御念仏。家内の眼を覚《さま》し、余りの不思議に失礼ながら、一間《ひとま》の中《うち》を伺えば、最前よりのこの体裁。何か仔細が無くてならぬ。尼御前よ、モウ隠すにも及びますまい。懺悔に罪も消《きえ》るとやら。お物語《ものがた》り成被《なさり》ませ」

と主人の言葉に、家内も共々「尼が来歴聞きたし」と問詰《といつ》められて、旅尼は漸々《ようよう》重き顔を揚《あ》げ、

「今迄《いままで》丁度十八年、深くも包む因果咄《いんがばなし》。御主人始め、皆さんがお進めに黙止難《もだしがた》く、

浅間《あさま》しくも又恥かしく、又た恐《ま》ろしいこの身の素性、お咄《はな》し申すその前に、一寸御《ちよつとお》目《め》に掛《かけ》る物あり。これぞ今年で十八年、夜《よ》の丑満《うしみつ》の時分になると、私《わたく》しの胸を責悩《せめなや》ますその種は、これこの通りの物なり」

と尼が諸肌押脱《もろはだおしぬげ》ば、コハ抑如何《そもいか》に、コハ如何《いか》に、尼が乳房の左右の上より、乾《ほ》しかためたる如くに見ゆる二本の腕。白骨にもならず、肉皮《にくかわ》もその儘《まま》、爪も生《はえ》たる形《かた》ち、さながら細大根《ほそだいこん》の如《ごと》く、その色青黒にして、死物《しぶつ》の如く、活物《かつぶつ》の如く、野口伝五左衛門始め、悴《せがれ》も嫁（即ち伯円の実姉）も、只茫然《ただぼうぜん》と見詰《みつめ》たり。尼はようよう涙を払い、

「サ、これよりはこの腕《かいな》のお咄《はな》し、事長くとも聞いてたべ」

と語り出しまする物語りは、左《さ》の通りでございます。

明治二十七年を去る事殆《ほと》んど六十六年前《ねんぜん》、頃《ころ》は文政十年の頃、東国にて大椽《だいじよう》を領し玉《たま》う大諸侯あり。奥方の外《ほか》に愛妾《あいしよう》二人、公達姫君《きんだちひめぎみ》も多くありて、よく家政を修め玉《たま》えば、江戸、国共に平安無事、誠に目出度君《めでたききみ》にぞまします。しかるに文政十年の頃より、奥方は、仮初《かりそめ》の病の為に臥玉《ふしたま》うに、次第に重き症《しよう》となり、今は早や頼み少なくなり玉《たま》えば、主公を始め一家中、俄《にわか》に心配大方ならず。元より富貴《ふうき》の諸侯の事

とて、その頃名高き名医の配剤、又は尊き神社仏閣、加持や祈禱も怠りなく施し玉《たま》えど、死生命《しせいめい》ある世の譬《たと》え、命数に限りあれば、今日臨終と云うその日はいつぞ、文政十二年の弥生《やよい》の中旬《なかば》、世界は今ぞ桜時、嵐にもろき奥方の、花の姿も散り際《ぎわ》の、名残《なごり》を告《つげ》んと表《おもて》より、君公始《くんこうはじ》め数多《あまた》の女中、屛風《びょうぶ》の蔭にしおしおと、涙と共に座したりけり。

第三回

この時君侯は、今息を引取《ひきとろ》うという奥方に向《むか》われ、

「三歳《みとせ》この方御身《かたおんみ》の病気、予も寝食《しんしょく》を忘るる計《ばか》り、これ迄《まで》心を尽《つく》せしが、ここに命運尽き果てて、今日御身に別るる悲しみ。火宅《かたく》を去って、安楽界へ行く御身より、残る予が心の中《うち》はいか計《ばか》り。せめては後世の冥福は、財を惜まず行う程に、決して心を残さずに、迷わず仏果を得《え》玉《たま》え」

と君侯は、自ら奥方の胸のあたりを撫《なで》さすり、介抱してぞおわしける。この時奥方漸《よう》くに、苦しき息をホッと吐き、虫より細き声音《こわね》にて、

「誠に難有《ありがた》き今のお言葉。三年間の病中に、残る方《かた》無きお手当を受け、死ぬるに何《な》

んぞ迷いましょう。この上のお願いには、両人ある御愛妾の中に、雪子《ゆきこ》は最も縁深く、妹《いもと》のように思います。何卒雪に跡々の、頼みの事も言置《いいお》きたく、どうかここへ呼んでたべ」

と仰せに、君侯も心得て、雪子を病間へ召《めさ》れたり。奥方は両眼を見開きて、

「オオ雪か、よう来て玉った。妾《わらわ》は最う死ぬ程に、そなたはこれから万々年《ばんばんねん》、吾儕《わなみ》に代《かわ》りて殿様を、御大切《ごたいせつ》にお世話して、今迄《いままで》よりか百倍の、御寵愛《ごちょうあい》を戴いて、軈《やが》て立派に系図を拵らえ、奥様に昇進せよ。君子（今一人の妾の名なり）に寵《ちょう》を奪われな。心得たか」

との遺言に、雪子は驚き、

「これは又勿体無《またもったいな》いその御言葉。私《わた》くし風情《ふぜい》が奥様などと」

「イイヤイヤ、遠慮に及ばず。吾儕《わなみ》は死ねばそなたが出世、妾仏果《わらわぶっか》を得《う》るよりも、そなたが当家の奥方と、尊敬《そんきよう》さるるを祈ります。それに付いて頼みがある。その事は外《ほか》ならず、一昨年大和《やまと》の吉野《よしの》から庭へ移せし八重桜、丁度満花《ちょうどまんか》と聞きましたが、病の床《とこ》の出る事ならず。今日臨終の思い出に、椽迄《えんまで》出て花を見たい。私はそなたに背負《せおわ》れて、アノ椽先《えんさき》まで行《ゆき》たい程に、ここへ来て背負うてたも」

と不思議やな、枕も上《あが》らぬ大病人《たいびょうにん》が、判然《はっきり》と言語もはかり、是非《ぜひ》におぶってくれヨとあるに、雪子元来優しき性質、只《ただ》モジモジと涙ばかり、君公は打頷《うちうなず》き、「奥が桜に思いを残し、一ト目見たしと生前《しょうぜん》の頼み。又気に入りの雪の肩背負れて行たしと、これも又病婦の望み。コリャコリャ雪、望みの通りに致してやれよ」と殿の一言《いちごん》、雪子は「ハッ」と奥方の病床に静かに座し、

「どう致すのでござります」

「オオこうするの」

と奥方は中腰に立玉《たちたま》い、雪子の背に取附《とりつ》いて、細き両手を首筋から、乳房《ちぶさ》の辺りへ差入れて、雪の肌《はだえ》に冷めたき腕《かいな》、奥方ニッコリ笑い玉《たま》い、「これにて望みは叶いたり。庭前《ていぜん》の桜より、この花に心が残りて死にきれず。今こそ念願成就せり。アラ嬉しや」

トその儘に、敢無《あえな》く息は絶《た》え玉《たま》う。時に奥方三十三歳。さても君公始めとして、兼《かね》て覚悟の上ながら、臨終際の不思議さに、只々呆《ただただあき》れて言葉無し。かくと聞《きく》より医師方も、追々出仕のその上にて、雪子の肌に取付《とりつき》し、両手を静かに離さんと、奥方の尊体《そんたい》を後ろへ廻りて抱きかかえ、前から一人、手首を取り引《ひか》んとせしに、こは如

何《か》に、奥方の両腕は雪子の肌に固着して、どの様になすとても離すの術《すべ》無し。その日は空敷《むなしく》かれこれの評定《ひようじよう》に時を移し、早や翌日は、御同家《ごどうけ》幷《ならび》に分家方《ぶんけがた》へもそれぞれ報知せねばならず、しかるに前に述べたる如く、死物《しぶつ》は活物《かつぶつ》に着いて離れず、雪子は次第に身体労《しんたいつか》れ、

「よくよく深き因縁なれば、この儘《まま》殺し下さらば、奥さまと御一緒に冥土《めいど》とやらへ行きます」

と苦しき頼みは中々《なかなか》に、聞入《ききい》れ得《う》べき事にも非《あ》らず。遂《つい》には君侯の英断に、その頃名高き蘭医を召され、極内々《ごくないない》の御頼みに、余儀無く蘭医は診察して、世に浅猿《あさま》しき事ながら、雪子の肌に固着せし、奥方の両手をば残して、遂に切断せり。嗚呼《ああ》この貴婦人は、その身大家の姫と産《うま》れ、妙齢にして諸侯の内室、常に翠帳紅閨《すいちようこうけい》の中《うち》に眠り、世憂《よのう》き事も知らずして、栄華の夢も見尽して、病《やまい》の為《ため》にこの世を去るは、定命《じようみよう》なれば是非《ぜひ》なけれど、慎むべきは嫉妬の一念、死しての後《のち》に手足《しゆそく》を異にし、自ら求めて五体不具、醜《みにく》き死骸《しがい》を埋葬され、噂《うわ》さを世々に残すとは、浅猿《あさま》しかりける次第なり。

その後雪子は壮健なれど、我物ならぬ死腕《しにうで》の、この身にまつわりいる事故《ゆえ》、入浴

なすも人目《ひとめ》を憚《はばか》り、いつしか君侯に暇《いとま》を乞い、尊き聖人《ひじり》の教化《きょうげ》を受け、頭《かしら》を丸め墨《すみ》染《ぞめ》の、衣《ころも》に替る尼法師。花の姿も風情無き、名を脱雪と改めて、諸国の霊場を巡礼して、一《ひとつ》には奥方の悪霊解脱《あくりようげだつ》、二《ふたつ》にはこの身の罪障《ざいしよう》消滅守らせ玉《たま》えと、明暮《あけくれ》に仏に仕え、念仏三昧《ねんぶつざんまい》。行方《ゆくえ》定めぬ旅から旅、十八年の星霜も、夢路を辿る悲しさも、未だ未だ恨みが晴れぬかして、夜毎に時も丑満《うしみつ》の、大陰極《たいいんきわま》る頃に至り、死したる怪しき両の腕《かいな》が、この身の胸を〆附《しめつけ》る、その苦しさも一時計《いっときばか》り、永《なが》の年月《としつき》馴れたれど、死ぬにも死なれぬ身の因果。お咄《はな》し申すも恥《はず》かしき、永物語《ながものがた》りも主君の御名前、名乗るは故主《こしゅ》へ不忠の限り。聞《きい》て益無《えきな》き事なれば、許してたべ、ト許《ばか》りにて、又も時《し》雨《ぐ》るる尼が袖、聞く人哀れを催したり。その後尼は如何なりしか存ぜず。

いまの伯円の話は、ラフカディオ・ハーンこと小泉八雲が「因果ばなし Ingwa-Banashi」と題して再話したことで有名である（一八九九年刊『霊の日本 In Ghostly Japan』所収／汐文社版『文豪ノ怪談ジュニア・セレクション 呪』に田代三千稔訳を収録したので読み較べていただきたく）。八雲は扶桑堂版『百物語』を所持しており、代表作『怪談 Kwaidan』（一九〇四）所収の「むじな Mujina」も、『百物語』第三十三席（話者の御山苔松は経歴未詳）を典拠としている。

八雲の例に限らず、「百物語」の連載は大きな反響を呼んだらしい。一月二十五日分の前書き（単行本版では省かれている）には「この御化咄《おばけばな》しが御意《ぎよい》に適《かな》い、為《た》めに意外の紙数を増加せしめたるは、本社の満足これに過《す》ぎず。しかるに予もかかる咄《はな》しを聞《きき》たり、かかる事に際会《さいかい》せりとて、寄送《きそう》せらるる物《もの》続々あり。故《ゆえ》に、これを本欄へ掲《かかぐ》る事とせり」――要するに、この怪談連載記事は大好評で、読者からも多くの投稿が寄せられた。そこで連載の延長を決めたというのである。

当時の文壇の中心に位置する硯友社に所属し（百物語参加者の中には師・紅葉の知人もいた）、しかも大のおばけずきでもある鏡花が、「やまと新聞」によるメディアミックスな百物語企画をめぐる一連の動きを、全く知らなかったとは考えにくい。「黒壁」発表のタイミングから見て、むしろ虎視眈々と注目していたのではないか。さらに想像をたくましくするならば、鏡花はこの連載にみずからも投稿することを念頭に「黒壁」の稿を起こしたのではないかとすら思えてくるのである。

「御催《おんもよお》しの百物語りも、諸大家先生方が色々面白きお話しの跡《あと》と申し」（第六席）

「諸君のお咄《はなし》は実録にて、しかも面白い事計《ばか》り。その中へ小生《わたくし》の話は、何か昔の草双紙めくとお笑いもありましょうが、これは全くの事実にて」（第十四席）
「さて、私《わたくし》の順番でございますが」（第二十五席）
扶桑堂版『百物語』に収められた談話に認められるこうした語りだしと、先に示した「黒壁」冒頭部分の特徴的な語りの調子には、たいそう共通した「場の空気」が感じられないだろうか。
少なくとも、「黒壁」を起草したとき鏡花の念頭にあったのが、漠然とした怪談会ではなく、ピンポイントで「やまと新聞」連載の「百物語」であった可能性は、時系列を勘案しても高いように思われる。今まさに世間で評判となっている「百物語」イベントを、鏡花はタイムリーな話題として（発表はいささか遅ればせとなったが）自作に取り込もうと思いついたのではないのか……。
ここで否応なく想起されることがある。
「やまと新聞」で「百物語」の連載が始まったのとほぼ時を同じくする明治二十七年一月九日、金沢在住の鏡花の父・泉清次が五十三歳で急逝しているのだ。腕の良い彫金師だが、職人気質で気が向かねば仕事をしなかったという清次の死は、残された家族（鏡花の祖母と弟妹たち）が、すぐにも窮乏にさらされることを意味した。

　急ぎ帰郷した鏡花もまた、いまだ作家として無名に近い駆けだしの身、筆一本で家族を養う目途は到底つかなかった。絶望のあまり深夜、金沢城のお堀端（百間堀）を徘徊し、いっそこのまま水中に身を投げようかとすら思いつめたという。たまたまそのとき後ろ姿を見かけた若い女性が、その夜のうちに近くの淵で入水自殺をした……どこまでが事実かは定かでないものの、鏡花はこのときの異様な内的体験を「鐘声夜半録」（一八九五）や最後の完成作品となった「縷紅新草」（一九三九）に記しており、生涯忘れがたい印象を植えつけられたとおぼしい。

「鐘声夜半録」の草稿（旧題は「夜明まで」）と鏡花の書信を読んだ紅葉は、すぐさま返信を送り、「生の困難にして死の愉快なるを知りなどと浪《ミダ》りに百間堀裏の鬼たらしむを冀《ねが》うその胆《きも》の小なる芥子《けし》の如く其《その》心の弱きこと芋殻《おがら》の如し」と手厳しく叱咤し、「苟《いやしく》も大詩人たるものはその脳金剛石の如く、火に焼けず、水に溺れず刃《やいば》も入る能《あた》わず、槌も撃つべからざるなり、何ぞ況《いわん》や一飯《いっぱん》の飢《うえ》をや。（略）／汝《なんじ》の脳は金剛石なり。金剛石は天下の至宝なり。汝は天下の至宝を蔵《おさ》むるものなり。天下の至宝を蔵むるもの是豈《これあに》天下の大富人ならずや。（略）近来は費用つづきて小生も困難なれど別紙為換《かわせ》の通り金三円だけ貸すべし／倦《う》まず撓《たゆ》まず勉強して早く一人前になるよう心懸《こころが》くべし」と、裂帛の気迫と弟子を思いやる真情みなぎる激励の言葉を書き送った。

鏡花もまた、師の愛ある励ましに応えて、実家に滞在しながら次々と作品を書き送り、それが結果的に翌年の「深刻小説」群と「瀧の白糸」事件によるブレイクに繫がったわけである。

こうした激動の一年に直面したことで、「百物語」に発する怪談小説執筆の野望がいったん頓挫し、「黒壁」も連載二回のみで未完に終わったのだと考えることはできないだろうか。しかしながら、同篇に見いだされる「魔処」や「妖女」や「怪談会」といったモチーフは、その後も鏡花の中で熟成発酵をかさね、「妖怪《ばけもの》年代記」（一八九五）「赤インキ物語」（一八九六）「百物語」（同）「龍潭譚」（同）「五本松」（一八九八）「怪談女の輪」（一九〇〇）「高野聖」（同）「春狐談」（同）「湯女の魂」（同）といった初期の怪奇幻想譚へ展開されてゆくことになる。

右に名を挙げた「百物語」は小説でも怪談でもなく、小石川区大塚町の貧乏長屋に転居した鏡花のもとに友人たちが集い、「夏季にばけものを」詠んだ句会を催すさまを綴った小品で、明治二十九年（一八九六）七月二十六日付「北國新聞」にまず投じられ、同年八月十日の「文藝倶楽部」に再録されている。

実はこれに先立つ七月二十五日に、富豪として知られた鹿島清兵衛が歌舞伎新報社と共催で、史上稀にみる規模の百物語怪談会を催しているのである。

この絶妙なタイミングは決して偶然とは思われない。鏡花の百物語に寄せる関心が、依然として衰えていなかった一証左といえるのではなかろうか。

それはさておき、いかなる怪談会であったのか、「東京朝日新聞」明治二十九年七月二十八日付雑報欄に「花火見物と百物語」のタイトルで掲げられた記事の全文を掲げてみる。

朝日新聞記者による怪談会ルポ――「花火見物と百物語」

玄鹿館《げんろくかん》及び歌舞伎新報社は相連合して一昨々日、両国の川開きを機とし、いずれも知己の人々を招待して、花火見物と百物語の遊戯とを催したり。今その模様を記さんに、当日午後六時頃、大伝馬《おおでんま》三艘（一は玄鹿館にて祭礼の囃子《はやし》をなし、一は新報社にて新橋の紅裙連《こうくんれん》を載せあり、一は東京音楽部にて芝居にて遣《つか》う鳴物を奏す）を新富町の川岸《かし》より漕ぎ出して、材木町の川筋を行く。来賓は学者、新聞記者、小説家、劇評家、画家、狂言作者、その他俳優、落語家等雑種の人物を交えて百有余名もありしならん。なお両国に達して柳橋の亀清楼より用意の別船にて来会せしも多かりき。同夜十時過ぎ花火の終ると共に船を上手《うわて》へのぼせ、向島に到りて予定の場所なる寺島の喜多川へ一同落着《おちつき》たるは十二時頃なり。土手からこの家に行くまでの角々に掛行燈《かけあんどう》ありて画《えが》ける幽霊の指さして道案内をなすもあり、席の入り口には百万遍執行蛇山庵室《ひゃくまんべんしぎょうへびやまあんじつ》と記したる紙をさげあり、座敷には近代の名家が筆になりたる地獄或《あるい》は幽霊の図画を飾りたり。馳走には白木の盆に載せたる蓮飯《はすめし》、ビクより鮑貝に取《とり》分《わけ》たる下物《さかな》などあり。やがて百物語の始まるや、来賓の内順番にて一名ずつ設けの木戸を入りて離座敷に行く。その路々には木の蔭藪の間より怪猫の睨めるあり、大入道の目を光らせるあり、幽霊の立姿《たちすがた》、人間の片足や細い手のヌッと出たるもあれば、バラバラと雨を降らせる所もあり。この外《ほか》石塔、流れ灌浄《かんじょう》などありし。最後に暗き座敷に至る。この内には蚊帳を釣り、正面の床の間には位牌髑髏《どくろ》を飾り、その前に鉦《かね》と木魚《もくぎょ》を供えありて、此処へ入りし者は必ずこれを敲《たた》いて帰るという趣向なり。お剰《まけ》に入口の盆提灯は電気にて明滅する仕掛なりき。斯《か》くして一同は遂にここに夜を徹し翌朝五時頃散会したり。この時宵に見たる道案内の幽霊、美麗なる娘と変《かわ》りおりしは思いつきなり。その代り、便器《しびん》に酒を入れ虎子《おまる》に稲荷鮓《いなりずし》を盛るなどは少し化《ばか》されの気味あり。時節柄と云い場所柄と云い、大きに不感服。しかしここらが前以てお断りありし悪洒落《わるじやれ》のところかも知れず。またこれが秋の末、冬の初めなどにてありたらんには一層凄くもあり興も深かりしならんという人あり、如何《いかが》にや。来賓の一番迷惑せしは蚊の多かりしならんが、これも初めより世の通《つう》どもをいじめんとの下心なりしやも測りがたし。兎《と》に角《かく》陰暦十五夜の月はよし、夜明《よあけ》には蓮の匂いもあり、中々面白き遊びにてありしという。某子句あり、曰《いわ》く鐘ないて幽霊は蚊に食われけり。

文中の「玄鹿館」とは鹿島清兵衛が経営する写真館で、その開業披露のために催されたのが、このイベントであったという。「今紀文」と豪遊ぶりを謳われた資産家らしい大がかりな趣向の、手間暇カネを注ぎ込んだ催しだったことが実感されよう。招待客の中には文豪・森鷗外も含まれていて、鷗外は後年、この会での見聞にもとづく短篇小説「百物語」（一九一二）を「中央公論」に発表している。もっとも同篇で語り手の「僕」は、客の多さと仕掛けの幼稚さに辟易し、肝心の怪談が始まる前に会場を後にするのであるが……。

ここでは参加者のひとりでジャーナリストの鶯亭金升《おうていきんしょう》が、当夜の怪談会の模様を臨場感たっぷりに活写した一文（出典は演劇出版社版『鶯亭金升日記』一九六一）を、ご覧いただこう。

鶯亭金升の怪談会ルポ

電気応用で凄い川開き「百物語」鹿島大尽の思い出

江戸の昔の川開きの頃は、両国川に写し絵のうろうろ船を浮べて、滑稽なお化《ばけ》をうつして居た。ノンキな芸人も有ったが、当時の寄席は怪談百物語で客を呼ぶのに努めた。明治の川開きに、面白くて凄い百物語の全盛な催しをしたのは、新川の鹿島清兵衛さんであった。新橋の名妓ぽん太を根曳《ねび》きして、金銭を湯水に使った盛りの時に、玄鹿館と言う道楽半分の写真屋を開業したので、其《そ》の披露を両国の川開きへ持込み、当夜は屋形船を出して、陽気な花火見物をしたが「徹夜のつもりで来て下さい」と言う案内なので「何《ど》んな二次会が有るのだろう」と楽しみにして出かけて見ると、花火が済んでから「百物語」をやりますと言うので、これは妙だとお客は喜んだ。やがて船は上流へ上って行き、向島の鹿島の別荘へ案内されたけれど、船から上って田圃路《たんぼみち》をぶらぶら行く中に、何処が別荘の入口やらわからず、後の一組は迷児《まいご》、まごまごして居ると、向うに燈籠らしいものが見える、近寄って見れば、絹行燈に幽霊がお出でお出でをして居る、絵が描いてあるので「此処《ここ》だ此処だ」と一同其《その》道を行くと、会場へ着いた。両国で遊んで時を費したので、恰度お誂えの丑《うし》満《みつ》頃だが、広い座敷に大勢ガヤガヤ集まって居るのだから、淋しくない、庭前には高座が出来て円左、遊三、円遊、燕枝（皆故人）の面々が代る、代る上って、怪談をやる、蓮の飯でお弁当が出ると、籤取《くじと》りで一人ずつ順々に、庭を廻ると言う事になって、初めて凄くなって来た。第一番の籤に当ったのは、昔の本社の劇通記者杉贋阿弥《がんあみ》氏であったが、氏は評判の臆病だけに閉口して、モジモジすると「是は面白い」と大騒ぎ。詮方なく枝折戸《しおりど》を開けて外へ出ると、突然松の梢からバラバラと雨が降って来てアッと首をちぢめながら、踏出《ふみだ》せば蒟蒻《こんにゃく》が敷いてあるので、グシャリと来て気味わるく、つづいて藪の中の化猫に吃驚《びっくり》（電気で眼の光る仕掛け）、泉水には土左衛門が浮《うい》て居る、獄門の晒首《さらしくび》がある、途中幾度も胆をちぢめ、最後に離れ座敷へ入ると、古い蚊帳が釣《つつ》てあって青い顔をした男がウンウン唸って居るのが見える凄さ。床の間にある帳面へ名を書いて引下《ひきさ》がろうとすると、天井から手が出て、置物の髑髏の眼からパッと光りがさすので、杉氏は青くなって逃げ帰った。電気応用の進まぬ時代に、金に明《あか》して仕掛けを工夫し、芝居の道具方を使って拵えたのであるから、実に凄いものが出来た。当時脅された人も脅した人も、多く故人になって、川開きは年々変らないが、洒落た催しをする人はなくなった。

文豪・鷗外が作品の素材にしたこともあってか、この歴史的な百物語イベントについては、森銑三「森鷗外の『百物語』」（一九七一）や戸板康二「『百物語』異聞」（一九七二）などの考証があり、近年では国文学者の中村次郎氏が「森鷗外と百物語」（「芸文稿」第三号掲載）「明治二十九年の百物語」（「明治大学日本文学」第三十六号掲載）「虚構の百物語」（「幽」第十三号掲載）など一連の論考で、丹念な文献資料の掘り起こしと検証作業を進めている。

特に「虚構の百物語」で「従来知られていた資料に主催者（玄鹿館との共催）とし

て見える歌舞伎新報社とは、その名の通り「歌舞伎新報」という雑誌を発行していた出版社で、前年の明治二十八年から玄鹿館（鹿島清兵衛の写真館）の傘下にあった。当然、「歌舞伎新報」には多く百物語関係記事が出ており、戸板康二による簡潔な紹介「『百物語』異聞」（文春文庫ほか『見た芝居・読んだ本』所収）がある。中でも当日参加の名士たちに後日語ってもらった談話を「百物語」と題して連載しているのは、前々年に「やまと新聞」に連載された百物語（『幕末明治百物語』国書刊行会）との関連からも注目される」と指摘されているのは見のがせない。

つまり「歌舞伎新報」サイドとしては、二年前に開催されて話題を呼んだ「やまと新聞」の「百物語」に倣って、柳の下の泥鰌《どじょう》を期待したのだろう。ところが思惑に反して、第一六四九号（一八九六年八月七日発行）から第一六五六号（同年十月十八日発行）までの全九回（第一六五一号は二話掲載）で、さしたる反響を呼ぶこともなく終了したらしい（これには日刊紙と雑誌の違いも考慮すべきだろうが）。思惑違いといえば、連載開始時の前書きにあるように、会場の混雑ぶりと藪蚊の多さに配慮して、招待客にその場で怪談を語らせることはせず、後日、寄稿や談話を仰ぐ形にしたことも、記事の臨場感を殺《そ》ぐ一因になったと考えられる。全九回の語り手と表題は以下のとおり

――依田学海「天狗と幽霊」／岡野紫水「朧月夜に身の毛立つ」／田辺太一「御船蔵」／片岡市蔵「小平次」／若菜貞治「大磯の秋」／松林伯知「首と狐」／談洲楼燕枝「玉蜀黍の踊・雲光院の湯灌場」／鈴木芋兵衛「狐を友の山猿が胆を冷したは剣の光」／大沢緑陰「髪長姫」。

以上の中から本書には、鷗外の「百物語」にも実名で登場し、また尾崎紅葉と親しく鏡花とも面識があった漢学者・依田学海の「天狗と幽霊」を次に掲げる。

依田学海の怪談――「天狗と幽霊」

老人だけに私《わたくし》は古い怯《こわ》いお話を担《かつ》ぎ出します。自体私の生国《しょうこく》は下総佐倉《しもうささくら》、其《その》藩士の一人でありましたが、頃は慶応二年（今よりは三十四年前《ぜん》）、まだ私は三十歳ばかりの時の事。隣国常陸《ひたち》は御存《ごぞんじ》の通り水戸の領分でありましたが、この水戸の浪人をば其頃《そのころ》天狗天狗と仇名《あだな》をしておりました。しかるに此《この》天狗が次第次第に跋扈《ばっこ》しまして、当時に喧《やかま》しかった攘夷論《じょういろん》を唱え、横浜の居留地を討たんと謀《はか》り、ついては軍用金調達と称《いいな》して、近在の豪家豪農《ごうかごうのう》へ押借強盗《おしがりごうとう》に入《い》り込《こ》み、財宝を掠《かす》め取ることが、此所《ここ》にも彼所《かしこ》にもというようでありました。而《しか》も其口《そのくち》には攘夷の説を採《と》って、実に此《この》神聖なる日本の国土に、夷狄《いてき》の者共の足を踏込《ふみこ》ませるは汚《けが》らわしく、且《かつ》将来我国《わがくに》の為《ため》には害はあるとも、決して利のある事はあるまい。であるからして吾等はいち早くまず其《その》害を除かんとするのであるが、さしあたっての所望は軍用金、之《これ》を諸民よりして必らず出すべきである。もし之《これ》を拒むに於《おい》ては国賊として天誅《てんちゅう》すると威《おど》しかけました。

其《その》徒党は啻《ただ》に一組でなく二組にも三組にも別れておりました。其勢《そのいきおい》は実に破竹の勢《いきおい》で横行しまして、水戸藩の到底之《とうていこれ》を制し切れないほどでありました。のみならずその様《よう》な兇徒《きようと》をば、却《かえ》って密《ひそか》に助力する者さえある有様《ありさま》である。全体此《この》徒党は純然たる天狗 即《すなわち》 水戸浪士ばかりではありません。他方より集りましたものもあり、又通例の百姓でも帯刀《たいとう》を許された者などが、いずれも高袴《たかばかま》に大小いかめしく、口に名義を借りて暴行し、段々領外に出で我が佐倉の部分まで手を延ばしはじめ、矢張《やはり》五人七人が一組になりまして、我が方《かた》へ強迫に遣《や》って参る。之《これ》を水戸藩に掛合《かけあい》をつけ、我藩《わがはん》から兵を出《い》だして追出《おいだ》そうと謀る者もありましたが、抑《そもそも》 水戸は徳川家の御連枝《ごれんし》であり、兎《と》も角《かく》も其藩《そのはん》と名の付く彼等であって見れば、此様《このよう》な事に彼と我との間に不和を生じては、却《かえ》って我藩《わがはん》の為にならぬとも云えないというので、まず曖《あい》昧《まい》に所置することになっておりました。

彼等は其故《それゆえ》ますます勢《いきおい》を増して、我が領内に入込《いりこ》んで弥々《いよいよ》乱暴は募《つの》るばかりであるのを、黙視するは実に我藩の恥ではあるまいかと、有志の者三五人、其頃《そのころ》私は代官の役を勤めておりましたが、其事《そのこと》について尋《たず》ねて参り、種々《しゅしゅ》と議論に及びました。実に愉快な論で私も同意いたしました。さらばとても事に之《これ》を執政《しゅつせい》に建白するがよいと申しました。すると果して執政の宅に参りまして、公然彼等を追討する事が出来無いならば、何卒内々《ないない》の命令にても我等へ下ろさるるようにと願いました。執政も之《これ》を聴かれ、なるほど理のあることと思われて、然《しか》らば暴徒追討を汝等《なんじら》に命ずるであろう。しかしながら初《はじ》めから武器を以て之《これ》を制するは、事荒立ってよくない事であるから、其《その》民家に押入《おしい》るを窺《うかが》って、之《これ》を詰問し説破《せっぱ》して後追帰《のちおいかえ》せという命に、森鉛之助《もりえんのすけ》、岩崎啓介《いわさきけいすけ》などを頭《かしら》にて六七人の面々は年は少《わか》し、別《べつ》して剣道柔術に通じておるものでありましたから、是等《これら》が主《しゅ》となり、且《かつ》当時の私の名は依田七郎《よだしちろう》と申したが、此者《このもの》を頭《かしら》にしたいという願《ねがい》が許されました所から、私が総首領となり数人《すにん》を従えて、当佐倉城《さくらじょう》より六七里《り》も離れてある、土屋村《つちやむら》という所に出ておりました。

此所《このところ》は藩の倉庫のあって、領分の米穀《べいこく》を積み蓄《たくわ》える所であるから、定めし之《これ》を覘《ねら》う事であろうというので之《これ》を防ぎ、且《かつ》は彼等を説破し其掠奪《そのりやくだつ》を懲《こ》らしてやろうという意気組《いきぐみ》で護《まも》っておりましたが、其《それ》を知ってか知らぬのか、暫時《ざんじ》は浪人共の襲来がありませんでした。其閑《そのひま》はありとはいいながら、ただ遊ぶも由無《よしな》い事と、各《おのおの》三組ばかりに立別《たちわか》れ、多くは夕方から出て夜中《やちゆう》村々を越え、山内林中《さんないりんちゆう》の五六里《り》近辺の周囲を巡廻して歩くのであります。

そうしてある内に、ある時之《これ》より一里ばかりも先の成田村《なりたむら》という所、此所《ここ》にはかの不動尊もあり、且賑《かつにぎやか》な所で、旅籠屋《はたごや》其他《そのた》の金持《かねもち》が住んでいる所でありますが、其所《そこ》から夜中の注進がありまして、水戸浪士数人当地の旅宿清水屋《りよしゆくしみずや》に逗留《とうりゆう》して、例の金策を始めるとあるに、ござんなれいで議論して追帰《おいかえ》さん。もし聴かぬ時はやっつけるまでだと其時《そのとき》は夕方でありましたが、彼是《かれこれ》の支度《したく》に手間取り、昔の四《よ》つ時《どき》、今の十時頃でありました。森鉛之助、岩崎啓助の二《ママ》人と共に土屋村を立って、元より車の無い時でありますから、急いで歩いて行っても時は経《た》ちまして、まだ成田村の手前の下台村《しもだいむら》という所に来かかった頃はもう今の十一時過ぎでありましたろう。此所《ここ》に明神《みようじん》の社《やしろ》がありまして、之《これ》を右に見て、松杉の茂る森をくぐり、大きな池を周《まわ》って村を過《す》ぎるのでありましたが、頃《ころ》は十一月の末、仲冬《ちゆうとう》の夜《よ》とて肌寒く、残月は天に上って其光《そのひかり》は池の面《おも》に映り、樹々の梢《こずえ》は斑《まばら》に、積み重なった枯葉の上に霜も見えて、冴え冴えたいかにも物凄い晩でありました。

ふと見ると我が行《ゆ》く手にあたって白い物がちらつく、何《なん》でも人影のようである。街道筋でも無い此辺《このへん》に、ましてや深夜、人ならばどういうものであろうか、社の方から此方《こなた》へ来かかる様子がいかにも怪しいと思いました。元より吾等《われら》は暴徒追討を謀り、此通《このとお》り巡廻しているのであるから、所謂《いわゆる》天狗に出会《でくわ》すのは此方《このほう》の望む所で、少しも恐れる所は無いが、幽霊に会うというはあまり面白からぬゆえに、何とも無く凄い其有様《そのありさま》に、皆慄《ぞ》っ然として思わず身震《みぶるい》も出ました。

なおよく眸《ひとみ》を定め見るとどうも女の姿であるから、一層に身の毛もよ立《だ》つばかりでありました。段々と池の方へ向かって行く様子。怯《こわ》さは怯いが其性体《そのしょうたい》を見無いで、逃げ出すのも恥であるから、之《これ》を捕えて見ようではあるまいかと、一同駈出《かけだ》して例の岩崎は、其《その》怪しの物の後《うしろ》から組付《くみつ》いて、月の光に見るとまだ十七八の醜《みにく》からぬ眉目《みめ》容姿《かたち》、島田《しまだ》髷《わげ》は根が弛《ゆる》んで、鬢《びん》のほつれは寝《ね》白粉《おしろい》の禿《は》げた顔へかかっている、素足のままのしどけ無い風采《とりなし》に、粗末ながらも絹物《きぬもの》を着ているという。夜半《よなか》といいかたがたなるほど幽霊と見るも道理、又狂人かとも誤《あやま》たれました。

岩崎の申しますには、幽霊ではないが女である、いかが取計《とりはか》らうべきや。とかくは問糺《といただ》して見るより詮はあるまいと、之《こ》れを社前へ連れ来《こ》させました。社とて田舎《いなか》の事でありますから、見る影も無い崩れかかった縁《えん》に腰をかけて、忍び提灯《ちょうちん》に火を点じて之《これ》を見ますと、なるほど美しい少女で、何様《なにさま》幽霊でも狂人でも無い。一体手前はかかる深夜に及び、而《しか》も女の身で此寂《このさび》しい所へ何しに参ったと訊ねますと、御免下さいましといって泣いておるばかりであります。から私はなるべく物柔《ものやわらか》に、我等は怯《こわ》い者では無い、佐倉の藩の者であるが、此度《このたび》水戸浪人が暴行をするについて、其《それ》を取締《とりしまり》の為《ため》に此辺《このへん》を巡廻するものである。決して恐ろしい者では無いぞ、と言諭《いいさと》した所が少女は泣きながら、実は妾《わたくし》は難義な事が出来ました為《ため》、とても生きてはおられません故に、此《この》池へ身を投げようと致すものでございますというに驚いて、死ぬとはよくよくの事でなくてはなし難《がた》いのであるに、一体どういう事情《わけ》で其様《そのよう》な短慮な事をするか、語ってよい事ならば聞きたいと申しますと、私はつい此《この》成田の不動堂の近辺におりまする、清水屋と申す旅籠屋の娘でございますが、昨今水戸の浪人が私方《わたくしかた》へ泊込《とまりこ》みまして、其頭分《そのかしらぶん》の人が妾《わたくし》をば是非《ぜひ》妾《めかけ》に貰受《もらいう》けたい、もしそれがなり難《がた》ければ、此《この》村から軍用金を千両出せと、二つに一つという難題に、実の所、妾《わたくし》は同村におりまする、山口某《やまぐちなにがし》の悴《せがれ》と許嫁《いいなずけ》の約束がございまして、近々其方《きんきんそのほう》へ片づきまする事になっております故、此事《このこと》を話しますと、たとい約束があっても、まだ嫁《ゆ》かぬ内《うち》であるから、此方《このほう》へ遣《つか》わせと責めますのに、親父も亦妾《またわたし》に申しまするには、此村中《このむらちゅう》の難義をば其方《そなた》一人の身に負《お》うて、厭《いや》でもあろうがどうか一度妾《めかけ》になって行ってくれとのことに、妾《わたくし》はとても其約束《そのやくそく》のある方《かた》を除いては、他へ参りまする心もございませんし、さりとて今此身《このみ》があらばふりかかる難義も恐ろしく、いっそ死んでしまおうと存じまして、此《この》池へ身を投げる覚悟でございましたと、話すのを聞いて、さては其《その》浪人と言うは真実水戸藩の者では無く、私利私欲の為其様《ためそのよう》な所業に及ぶ者に相違ないと知り、少女に段々と言い聴かせ、我等も之《これ》より其方《そなた》の家へ其《その》浪人と対談に出かける途中であるから、其方《そのほう》の事はどうにでも取計《とりはか》らうてやるほどに、今の様《よう》な不心得は思い止まって、吾等《われら》の道案内をしてくれろと頼《たのみ》ますと、漸《よう》く承知いたしまして、涙をおさめて案内に立ち再び此所《ここ》を出《い》で彼所《あなた》へ行って見ますと夜半《よなか》の事でありますから、四隣《あたり》も寂寞《ひっそり》としていて何所《どこ》も彼所《かしこ》も寐鎮《ねしず》まっております。清水屋の門《かど》に立って戸を敲《たた》きますと、漸《ようや》くに店の者が開けまして、知らぬままに駈《かけ》出《だ》した少女を見て驚き、吾等を伺《うかが》って怪しむのを、少女は云々《しかじか》の事情《わけ》で案内に立たせ、吾等は此家《このや》に止宿《ししゆく》している水戸浪士と称するものと対談に来た者であるから、此由《このよし》を彼等に申伝《もうしつた》えてくれろと申しますと、さて家内は俄《にわか》に騒ぎ立つ。浪士に知らしたと見え、彼等も用心の身拵《みごしらえ》にか稍《やや》あって此方《こなた》へという。通る坐敷の正面に六人の浪士、皆刀を脇へ引付《ひきつけ》ていざといわばという見得であります。頭領と名乗る者は年の頃三十二三、大戸《おおと》川治郎《かわじろ》右衛《え》門《もん》といい、同名熊次郎《どうみようくまじろう》は其《その》弟とか、之《これ》は二十七八と見受けました。席定まって私から切出《きりだ》して、諸君は水戸の御浪士と聞及《ききおよ》ぶ。吾等は下総佐倉の藩士依田《よだ》、岩崎、森の三人であります。さて承《うけたま》われば攘夷論を口にし、横浜よりして外人を退居させせんとの御計画あって、軍用金調達の為、此辺《このへん》へも御依頼に来られしとの事であるが、左様《さよう》でござるか。いかにも左様、有志の者六人かく罷越《まかりこ》したりというに、それにつき御意得《ぎよいえ》たき事は、さる国家の大事を謀り、命を矢的《やまと》に立てらるる其許《そのもと》にして、此家《このや》の娘を召使《めしつかい》に遣《つか》わせよと望まれたは、いかなる御所存か一向に解し難《がた》い事である、此儀《このぎ》は如何《いか》なるやとの問《とい》に答えて、そは元より酒席の戯言《ぎげん》にして、一々取立《とりた》てていうべき事でなしとある。いかにも左様の事とは此方《このほう》も愚察《ぐさつ》いたす。さてまた軍用金調達の一条につき伺《うかが》いたきは、誠《まこと》攘夷の必要ありと認むるならば、御身達の唱え出したまわぬ前に、既に幕府に於《おい》て之《これ》を説き、且陪臣《かつばいしん》の諸君方が立騒《たちさわ》ぐにも及ばぬ事ではござらぬか。よし又諸君の挙果《きよはた》して得たりとすれば、私事《わたくしこと》ならぬ公事《おおやけこと》なる上は、其《その》軍用金は水戸家与《あずか》って力あれば、強《し》いて之《これ》を村民より取立《とりた》つるにも及ばぬ事。仮に是非とも金子入用《きんすにゆうよう》の次第とすれば、更《さら》に又水戸家へ願《ねがい》出づるも理なき事にはあるまじきに、何なれば故なくしてかかる乱暴狼藉《ろうぜき》をしたまうぞと詰《なじ》るに之を打消して、只管《ひたすら》攘夷論を唱えて強く外人を非難しましたが、問答数刻に亘《わた》って、兎《と》に角《かく》我が方《かた》より断乎《だんこ》として、以来軍用金調達に応ずることを拒絶し、改めて明朝余談《よだん》をいたすであろうと約し、吾等《われら》は他《た》の旅店《りょてん》に一泊しまして、翌朝《よくちょう》再《ふたたび》清水屋へ行って見ますと、かの偽浪士は未明《みめい》に出立して、影も形も無いという有様《ありさま》。

　ここに一条の埒《らち》は明きましたが、其後《そののち》かの清水屋の娘は思い通り山口某へ嫁《か》して、安穏《あんおん》に其日《そのひ》を送ったものでありましょう。私も今は六十余《よ》、向《むこう》も現存《げんぞん》すれば四十余《よ》の姿となっていようと思います。右百物語について思い寄れるまま、力《りき》みかえった大の男を恐れぬ代《かわり》として、繊弱《せんじゃく》な少女を幽霊と思って怯《こわ》がったと言う、それだけのお話であります。

鏡花は晩年の中篇「薄紅梅」(一九三七)で「文界の老将軍——佐久良藩の碩儒《せきじゅ》で、むかし江戸のお留守居役と聞けば、武辺、文道、両達の依田学海翁」の面影を、懐かしげな筆致で作中に登場させている。

なお、「歌舞伎新報」では「天狗と幽霊」のほか、学海が百物語会に際してものした「煙火行」と「鬼趣行」の漢詩二篇も併載されていることを申し添えておく(「鬼趣行」は、ちくま文庫版『文豪怪談傑作選　森鷗外集』に収録)。

第三章

われらが青春の怪談会

また、うつらうつらしていたのだろう。

間近な気配に薄目を開けると、思いがけない人の温顔があった。

柳田さんではないか。

心配そうに、こわばった表情で、一心にこちらを見つめている。

公私ともに多忙を極める身で枕頭に駆けつけてくれたとは申しわけないことだ

……気がつけば、柳田さんの背後には、いくつも馴染みの顔が見える。

これは一体どうしたことか。私の病状は……そんなにも深刻なのか……。

日本民俗学の父・柳田國男と鏡花が出逢ったのは、明治三十年（一八九七）頃と推定されている。場所は東京帝国大学の学生寮。鏡花とは同郷の友人で、柳田とも面識があった哲学科の学生・吉田賢龍の部屋である。このときのことは、柳田晩年の回顧録『故郷七十年』（一九五八）に、以下のとおり詳しく語られている。

吉田君は泉鏡花と同じ金沢の出身だったので、二人はずいぶんと懇意にしていた。よくねれた温厚な人物で、鏡花の小説の中に頻々と現われてくる人らしい。私が泉君と知り合いになるきっかけは、この吉田君の大学寄宿舎の部屋での出来事からであった。

大学のいちばん運動場に近い、日当りのいい小さな四人室で、いつの年でも卒業に近い上級生が入ることになっていた部屋があった。空地に近く、外からでも部屋に誰がいるかがよく判るような部屋である。その時分私は白い縞《しま》の袴《はかま》をはいていたが、これは当時の学生の伊達《だて》であった。ある日こんな恰好で、この部屋の外を通りながら声をかけると、多分畔柳《くろやなぎ》芥舟《かいしゅう》君だったと思うが、「おい上らないか」と呼んだので、窓に手をかけ一気に飛び越えて部屋に入った。偶然その時泉君が室内に居合せて、私の器械体操が下手だということを知らないで、飛び込んでゆく姿をみて、非常に爽快に感じたらしい。そしていかにも器械体操の名人ででもあるかのように思い込んでしまった。泉君の『湯島詣』という小説のはじめの方に、身軽そうに窓からとび込む学生のことが書いてあるが、あれは私のことである。泉君がそれからこの方、「あんないい気持になった時はなかったね」などといってくれたので、こちらもつい嬉しくなって、暇さえあれば小石川の家に訪ねて行ったりした。それ以来、学校を出てから後も、ずっと交際して来たのである。

時に鏡花二十四歳、柳田（当時の姓は松岡）は二十二歳で、東大の法科に通う学生であった。鏡花の「湯島詣」（一八九九）には、右と照応する次のくだりがある。

一番窓に近い柳沢は、乱暴に胸を反《そら》して振向いたが、硝子越《がらすごし》に下を覗いて見て、

「龍田《たつた》か。」

「誰か来ているかい。」

「根岸の新華族だ、入れ。」と云って座に直る。

同時に、ひょいと窓の縁に手が懸《かか》った、飛附《とびつ》いて、その以前、器械体操で馴《な》らしたか、身の軽さ、肩を揺り上げて室の中に、まずその瀟洒《しょうしゃ》なる顔を出したのは、龍田、名を若吉というのである。

梓《あずさ》を見て笑《えみ》を含み、

「堪忍してやれ、神月《こうづき》はもう子爵じゃあない。」といいながら腕組をして外壁に附《くッ》

着《つ》いたままで居る。

柳田は、鏡花に軽快な身ごなしや容姿を褒められたことが嬉しくて、「暇さえあれば小石川の家に訪ねて行ったりした」という。小石川の家とは、前章でふれた小品「百物語」のにわか句会が催された大塚の長屋を指すが、ただそれだけの理由で、畑違いの境遇にある鏡花と意気投合し、足しげく鏡花宅に通ったというのは、いささか不自然ではなかろうか。その後の柳田の行動パターンから推して（後述する佐々木喜善の例を参照）、そこには彼の関心を強く惹きつける何かがあったはずだ。

両者とも、それについて具体的な言及は何も残していないが、察するに、最もありそうなのは「おばけ」の話題で盛り上がった可能性ではないかと私は思う。

鏡花に劣らず柳田もまた、大のおばけずきであった（初期の談話「幽冥談」「怪談の研究」などを参照。共に『文豪怪談傑作選　柳田國男集』所収）。

しかも両者には、生来の幻視家気質とでも呼ぶべき共通点が認められる。後に柳田が「幻覚の実験」（一九三六）というエッセイで明かしている幼年期の幻視体験は、鏡花作品の一場面さながらだし、鏡花の小品「幼い頃の記憶」（一九一二）に横溢する時空を超えたロマンティシズムは、若き日（まさに鏡花と出逢った時期にあたる）の柳田が、大峰古日《おおみねふるひ》などの筆名で文芸誌に発表した夢幻的な恋愛詩の数々（その一篇「影」は、鏡花の「星あかり」と共に汐文社版『文豪ノ怪談ジュニア・セレクション　影』に収録）と驚くほど共通した詩趣を湛えているのだ。次に両篇を並べて掲げてみる。

幻覚の実験（柳田國男）

これは今から四十八年前の実験で、うそは言わぬつもりだが、あまり古い話だから自分でも少し心もとない。今は単にこの種類の出来事でも、なるべく話されたままに記録しておけば、役に立つという一例として書いてみるのである。人が物を信じ得る範囲は、今よりもかつてはずっと広かったということは、こういう事実を積み重ねて、始めて客観的に明らかになって来るかと思う。

日は忘れたが、ある春の日の午前十一時前後、下総《しもうさ》北相馬郡布川《ふかわ》という町の、高台の東南麓にあった兄の家の庭で、当時十四歳であった自分は、一人で土いじりをしていた。岡に登って行こうとする急な細路のすぐ下が、この家の庭園の一部になっていて、土蔵の前の二十坪ばかりの平地のまん中に、何か二三本の木があって、その下に小さな石の祠《ほこら》が南を向いて立っていた。この家の持主の先々代の、非常に長命をした老母の霊を祀《まつ》っているように聞いていた。当時なかなかいたずらであった自分は、その前に叱る人のおらぬ時を測って、そっとその祠の石の戸を開いてみたことがある。中には幣《へい》も鏡もなくて、単に中央を彫り窪《くぼ》めて、径五寸ばかりの石の球が嵌《は》め込んであった。不思議でたまらなかったが、悪いことをしたと思うから誰にも理由を尋ねてみることができない。ただ人々がそのおばあさんの噂をしている際に、いつも最も深い注意を払っていただけであったが、そのうちに少しずつ判って来た事は、どういうわけがあったかその年寄は、始終蠟石《ろうせき》のまん丸な球を持っていた。床に就いてからもこの大きな重いものを、撫《な》でさすり抱え温《あたた》めていたということである。それに何らかの因縁話が添わって、死んでからこの丸石を祠にまつり込めることに、なったものと想像することはできたが、それ以上を聴く機会はついに来なかった。

今から考えてみると、ただこれだけの事でも、暗々裡に少年の心に、強い感動を与えていたものらしい。はっきりとはせぬが次の事件は、それから半月か三週間のうちに起ったかと思われるからである。その日は私は丸い石の球のことは、少しも考えてはいなかった。ただ退屈を紛らすために、ちょうどその祠の前のあたりの土を、小さな手鍬《てくわ》のようなもので、少しずつ掘りかえしていたのであった。ところが物の二三寸も掘ったかと思う所から、不意にきらきらと光るものが出て来た。よく見るとそれは皆寛永通宝《かんえいつうほう》の、裏に文の字を刻したやや大ぶりの孔《あな》あき銭であった。出たのはせいぜい七八箇で、その頃はまだ盛んに通用していた際だから、珍しいことも何もないのだが、土中から出たということ以外に、それが耳白《みみじろ》のわざわざ磨《みが》いたかと思うほどの美しい銭ばかりであったために、私は何ともいい現《あらわ》せないような妙な気持になった。

これも附加条件であったかと思うのは、私は当時やたらに雑書を読み、土中から金銀や古銭の、ざくざくと出たという江戸時代の事実を知っていて、そのたびに心を動かした記憶がたしかにある。それから今一つは、土工や建築に伴なう儀式に、銭が用いられる風習のあることを少しも知らなかった。この銭はあるいは土蔵の普請の時に埋めたものが、石の祠を立てる際に土を動かして上の方へ出たか、または祠そのものの祭のためにも、何かそういう秘法が行われたかも知れぬと、年をとってからなら考えるところだが、その時は全然そういう想像は浮ばなかった。そうしてしばらくはただ茫然とした気持になったのである。幻覚はちょうどこの事件の直後に起った。どうしてそうしたかは今でも判らないが、私はこの時しゃがんだままで、首をねじ向けて青空のまん中より少し東へ下ったあたりを見た。今でも鮮《あざや》かに覚えているが、実に澄みきった青い空であって、日輪のありどころよりは十五度も離れたところに、点々に数十の昼の星を見たのである。その星の有り形なども、こうであったということは私にはできるが、それが後々の空想の影響を受けていないとは断言し得ない。ただ間違いのないことは白昼に星を見たことで、（その際に鵯《ひよどり》が高い所を啼《な》いて通ったことも覚えている）それをあまりに神秘に思った結果、かえって数日の間何人《なんぴと》にもその実験を語ろうとしなかった。そうして自分だけで心の中に、星は何かの機会さえあれば、白昼でも見えるものと考えていた。後日その事をぽつぽつと、家にいた医者の書生たちに話してみると、彼等は皆大笑いをして承認してくれない。いったいどんな星が見えると思うのかと言って、初歩の天文学の本などを出して来て見せるので、こちらも次第にあやふやになり、また笑われても致し方がないような気にもなったが、それでも最初の印象があまりに鮮明であったためか、東京の学校に入ってからも、何度かこの見聞を語ろうとして、君は詩人だよなどと、友だちにひやかされたことがあった。

話はこれきりだが今でも私は折々考える。もし私ぐらいしか天体の知識をもたぬ人ばかりが、あの時私の兄の家にいたなら結果はどうであったろうか。少年の真剣な顔つきからでもすぐにわかる。不思議は世の中にないとはいえぬと、考えただけでもこれをまに受けて、かつて茨城県の一隅に日中の星が見えたということが、語り伝えられぬとも限らぬのである。その上に多くの奇瑞《きずい》には、もう少し共通の誘因があった。黙って私が石の祠の戸を開き、または土中の光る物を拾い上げて、ひとりで感動したような場合ばかりではなかったのである。信州では千国の源長寺が廃寺になった際に、村に日頃から馬鹿者扱いにされていた一人の少年が、八丁のはばという崖の端を遠く眺めて、「あれ羅漢《らかん》さまが揃って泣いている」といった。それを村の衆は一人も見ることができなかったにもかかわらず、さてはお寺から外へ預けられる諸仏像が、ここへ出て悲歎したまうかと解して、深い感動を受けて今に語り伝えている。あるいはまた松尾の部落の山畑に、壻《むこ》と二人で畑打《はたうち》をしていた一老翁は、不意に前方のヒシ（崖）の上に、見事なお曼陀羅《まんだら》の懸かったのを見て、「やれありがたや松ヶ尾の薬師」と叫んだ。その一言で壻は何物をも見なかったのだけれども、たちまちこの崖の端に今ある薬師堂が建立せられることになった。この二つの実例の前の方は、あらかじめ人心の動揺があって、不思議の信ぜられる素地を作っていたとも見られるが、後者にいたっては中心人物の私なき実験談、それもいたって端的にまた簡単なものが、ついに一般の確認を受けたのである。その根柢《こんてい》をなしたる社会的条件は、甚《はなは》だしく、幽玄なものであったと言わなければならない。

奥羽の山間部落には路傍の山神石塔が多く、それがいずれもかつてその地点において不思議を見た者の記念で、たいていは眼の光った、せいの高い、赭色《あかいろ》をした裸の男が、山から降りて来るのに行き逢ったという類の出来事だったということは、『遠野物語』の中にも書き留めておいたが、関東に無数にある馬頭観音の碑なども、もとは因縁のこれと最も近いものがあったらしいのである。駄馬に災いするダイバという悪霊などは、その形が熊《くま》ん蜂《ばち》を少し大きくしたほどのもので、羽色がきわめて鮮麗であった。この物が馬の耳に飛び込むと、馬は立ちどころに跳ね騰《あが》ってすぐ斃《たお》れる。あるいはまた一寸ほどの美女が、その蜂のようなものの背に跨《また》がって空を飛んで来るのを見たという馬子もある。不慮の驚きに動顚《どうてん》したとは言っても、突嗟《とっさ》にそのような空想を描くような彼等でない。すなわち馬の急病のさし起った瞬間の雰囲気から、こんな幻覚を起すような習性を、すでに無意識に養われていたのかも知れぬのである。

わが邦《くに》の古記録に最も数多く載せられていて、しかも今日まだ少しも解説せられていない一つの事実、すなわち七つ八つの小児に神が依《よ》って、誰でも心服しなければならぬような根拠あるいろいろの神秘を語ったということは、この私の実験のようなものを、数百も千も存録して行くうちには、まだもう少しその真相に近づいて行くことができるかと思う。『旅と伝説』が百号になったということが、ただ『徒然草』のむく犬のようなものでないのならば、今度は改めて注意をこの方面に少しずつ向けて行くようにしたらよかろうと思う。いわゆる説明のつかぬ不思議というものを、町に住んでいて集めようというのはやや無理かも知らぬが、それでも新聞や人の話、または今までの見聞記中にもまだ少しずつは拾って行かれる。実は私も大分たまっているつもりだったが、紙に向ってみると今はちょっとよい例が思い出せない。そのうちに折々気づいたものを掲げて、同志諸君の話を引き出す糸口に供したいと思っている。

幼い頃の記憶（泉鏡花）

人から受けた印象と云うことに就《つ》いて先《ま》ず思い出すのは、幼い時分の軟らかな目に刻み付けられた様々な人々である。

年を取ってからはそれが少い。あってもそれは少年時代の憧《あこが》れ易い目に、些《ちょ》っと見た何の関係もない姿が永久その記憶から離れないと云うような、単純なものではなく、忘れ得ない人々となるまでに、いろいろ複雑した動機なり、原因なりがある。

この点から見ると、私は少年時代の目を、純一無雑な、極《ご》く軟らかなものであると思う。どんな些《ちょ》っとした物を見ても、その印象が長く記憶に止まっている。大人となった人の目は、もう乾《ひ》からびて、殻が出来ている。余程《よほど》強い刺撃《しげき》を持ったものでないと、記憶に止まらない。

私は、その幼い時分から、今でも忘れることの出来ない一人の女のことを話して見よう。

何処《どこ》へ行く時であったか、それは知らない。私は、母に連れられて船に乗っていたことを覚えている。その時は何と云うものか知らなかった。今考えて見ると船だ。

汽車ではない、確かに船であった。

それは、私の五つぐらいの時と思う。未だ母の柔らかな乳房を指で摘《つま》み摘みしていたように覚えている。幼い時の記憶だから、その外《ほか》のことはハッキリしないけれども、何でも、秋の薄日の光りが、白く水の上にチラチラ動いていたように思う。その水が、川であったか、海であったか、また、湖であったか、私は、今それをここでハッキリ云うことが出来ない。兎《と》に角《かく》、水の上であった。

私の傍には沢山《たくさん》の人々が居た。その人々を相手に、母はさまざまのことを喋っていた。私は、母の膝に抱かれていたが、母の唇が動くのを、物珍らしそうに凝《じ》っと見ていた。その時、私は、母の乳房を右の指にて摘んで、ちょうど、子供が耳に珍らしい何事かを聞いた時、目に珍らしい何事かを見た時、今迄貪《むさぼ》っていた母の乳房を離して、その澄んだ瞳を上げて、それが何物であるかを究《きわ》めようとする時のような様子をしていたように思う。

その人々の中に、一人の年の若い美しい女の居たことを、私はその時偶《ふ》と見出した。そして、珍らしいものを求める私の心は、その、自分の目に見慣れない女の姿を、照れたり、含恥《はにか》んだりする心がなく、正直に見詰めた。

女は、その時は分らなかったけれども、今思ってみると、十七ぐらいであったと思う。如何《いか》にも色の白かったこと、眉が三日月形に細く整って、二重瞼《ふたえまぶた》の目が如何にも涼しい、面長な、鼻の高い、瓜実顔《うりざねがお》であったことを覚えている。

今、思い出して見ても、確かに美人であったと信ずる。

着物は派手な友禅縮緬《ゆうぜんちりめん》を着ていた。その時の記憶では、十七ぐらいと覚えているが、十七にもなって、そんな着物を着もすまいから、或《あるい》は十二三、せいぜい四五であったかも知れぬ。

兎《と》に角《かく》、その縮緬の派手な友禅が、その時の私の目に何とも言えぬ美しい印象を与えた。秋の日の弱い光りが、その模様の上を陽炎《かげろう》のようにゆらゆら動いていたと思う。

美人ではあったが、その女は淋しい顔立ちであった。何所《どこ》か沈んでいるように見えた。人々が賑《にぎ》やかに笑ったり、話したりしているのに、その女のみ一人除《の》け者《もの》のようになって、隅の方に坐って、外《ほか》の人の話に耳を傾けるでもなく、何を思っているのか、水の上を見たり、空を見たりしていた。

私は、その様を見ると、何とも言えず気の毒なような気がした。どうして外の人々はあの女ばかりを除け者にしているのか、それが分らなかった。誰かその女の話相手になって遣《や》れば好いと思っていた。

私は、母の膝を下りると、その女の前に行って立った。そして、女が何とか云ってくれるだろうと待っていた。

けれども、女は何とも言わなかった。却《かえ》ってその傍に居た婆さんが、私の頭を撫でたり、抱いたりしてくれた。私は、ひどくむずがって泣き出した。そして、直ぐに母の膝に帰った。

母の膝に帰っても、その女の方を気にしては、能《よ》く見返り見返りした。女は、相変らず、沈み切った顔をして、あてもなく目を動かしていた。しみじみ淋しい顔であった。

それから、私は眠って了《しま》ったのか、どうなったのか何の記憶もない。

私は、その記憶を長い間思い出すことが出来なかった。十二三の時分、同じような秋の夕暮、外口の所で、外《ほか》の子供と一緒に遊んでいると、偶《ふ》と遠い昔に見た夢のような、その時の記憶を喚《よ》び起《おこ》した。

私は、その時、その光景や、女の姿など、ハッキリとした記憶をまざまざと目に浮べて見ながら、それが本当にあったことか、また、生れぬ先にでも見たことか、或は幼い時分に見た夢を、何かの拍子に偶《ふ》と思い出したのか、どうにも判断が付かなかった。今でも矢張《やは》り分らない。或は夢かも知れぬ。けれども、私は実際に見たような気がしている。その場の光景でも、その女の姿でも、実際に見た記憶のように、ハッキリと今でも目に見えるから本当だと思っている。

夢に見たのか、生れぬ前に見たのか、或は本当に見たのか、若《も》し、人間に前世の約束と云うようなことがあり、仏説などに云う深い因縁があるものなれば、私は、その女と切るに切り難い何等かの因縁の下に生れて来たような気がする。

それで、道を歩いていても、偶《ふ》と私の記憶に残ったそう云う姿、そう云う顔立ちの女を見ると、若《も》しや、と思って胸を躍らすことがある。

若し、その女を本当に私が見たものとすれば、私は十年後か、二十年後か、それは分らないけれども、兎《と》に角《かく》その女にもう一度、何所《どこ》かで会うような気がしている。確かに会えると信じている。

柳田との出逢いから三年近く経た明治三十三年（一九〇〇）に発表された「湯女の

魂」は、同年発表の「高野聖」と同じく、先の「黒壁」の直系に位置づけられる幻怪な妖女譚だが、その冒頭近くに印象的な場面が出てくる。街道沿いの茶屋の亭主と、主人公の大学生・小宮山とが、次のような会話を交わすのである。

「御亭主、少し聞きたい事があるんだが。」

「へい、お客様、何でございますな。氷見鯖《ひみさば》の塩味、放生津鱈《ほうじょうづだら》の善悪《よしあし》、糸魚川《いといがわ》の流れ塩梅《あんばい》、五智《ごち》の如来へ海豚《いるか》が参詣を致しまする様子、其の鳴声、最些《もそっ》と遠くは、越後の八百八後家《はっぴゃくやごけ》の因縁でも、信濃川の橋の間数《まかず》でも、何でも存じて居りますから、ははは。」

と片肌脱《かたはだぬぎ》、身も軽いが、口も軽い。小宮山も莞爾《にっこり》して、

「折角《せっかく》だがね、先《ま》ずそれを聞くのじゃなかったよ。」

　土地の物識りが嬉々として遠来の旅人に語り聞かせる地誌や名産、風俗や伝承……柳田にせよ、あるいは明治の「妖怪博士」として知られた仏教哲学者・井上円了にせよ、怪談や不思議現象の研究と探訪の旅は不可分であった。かれらの旅の途上でも、

右のような会話が頻繁に交わされたであろうことは、たとえば柳田の「北国紀行」（一九〇九）における按摩のエピソード――「夜は按摩に附近の口碑《こうひ》などを多く語らしむ。鏡花の小説の淵源するところあるを解す」にも明らかだろう。
鏡花は後の戯曲「夜叉ケ池」（一九一三）にも、「湯女の魂」の学生たちの後身ともいうべきキャラクターを登場させている。「暑中休暇に見物学問」の旅を続けた帰りがけ、越前山中の夜叉ケ池に足を伸ばした文学士の山沢学円は、麓の琴弾谷《ことひきだに》で、鐘楼守に身をやつした親友の萩原晃と思いがけない再会を果たす。それに先立ち、学円が鐘楼守の娘・百合と交わす会話から引こう。

学円　一人、私《わし》の親友に、何かかねて志す……国々に伝わった面白い、また異《かわ》った、不思議な物語を集めてみたい。日本中残らずとは思うが、この夏は、山深い北国筋《ほっこく》の、谷を渡り、峰を伝って尋ねよう、と夏休みに東京を出ました。――それっきり、行方が知れず、音沙汰《おとさた》なし。

「不思議な物語」採集調査の旅の途上、琴弾谷を訪れた晃は、たまたま百合と知り合い、白髪の老人に変装して、昼夜に三度、霊鐘を撞《つ》く身の上となっていた。

晃 僕は、それ諸国の物語を聞こうと思って、北国筋を歩行《ある》いたんだ。ところが、自身……僕、そのものが一条《ひとくだり》の物語になった訳だ。――魔法つかいは山を取って海に移す、人間を樹にもする、石にもする、石を取って木の葉にもする。木の葉を蛙にもするという、……君もここへ来たばかりで、もの語《かたり》の中の人になったろう……僕はもう一層、その上を、物語、そのものになったんだ。

ここに描かれる萩原晃の姿が、怪談奇聞を愛し諸国探訪の旅を好んだ若き日の柳田を彷彿せしめることは申すまでもあるまい。事実、勉誠出版版『柳田國男事典』（一九九八）の「小説に描かれた柳田國男」の項にも、花袋や藤村の諸作と並んで「夜叉ケ池」が掲げられ、『遠野物語』の著者としての柳田の心意を理解する鏡花が柳田に擬して萩原を描く」と記載されているように、すでに研究者の間でも定説化されていると見てよかろう。

そしてここに登場する晃と学円と百合の関係性が、「湯女の魂」における学友コンビと湯女お雪（雪野）のそれを、「もう一層、その上を、物語、そのものに」深化せしめたものであることも歴然である。若き日の柳田が「恋の詩人」と称され、そのりゅうとした風采が人目を惹くものであったこともまた、花袋をはじめとする友人知己の回想などで周知となっている。実際に柳田が旅先で、これら一連の物語の原型となるような艶っぽい出来事に遭遇し、その土産話を聴いて触発された鏡花が、持ち前の想像力をたくましくして一連の山中怪異譚を構想した可能性についても、一考の要があるのではなかろうか。またそれゆえにこそ、韜晦《とうかい》癖のある柳田は後年の回想で、こうした方面に一切の言及を避けたのではないのか。

一方の鏡花も、柳田との個人的交流の詳細には触れていないものの、エッセイの中で「郷土学の総本山、内々《ないない》ばけものの監査取《とり》しまり」（「木菟俗見」一九三一）などと、おばけずきサイドから敬愛の念を表明しており、柳田の著作だけでなく、彼が主宰する「郷土研究」誌まで定期購読するほど熱心な読者であったとおぼしい（先述の南方熊楠への関心も、そこに由来するものだろう）。

そして鏡花は、柳田の著作から得た知的刺戟を自作に活かすことにも、実に積極的だった。「夜叉ケ池」と並ぶ戯曲の代表作「天守物語」（一九一七）と柳田の「獅子舞考」(一九一六)、明らかに柳田をモデルにした邦村柳郷博士まで登場する晩年の大作「山海評判記」(一九二九)と「オシラ神の話」(一九二八)、河童小説の逸品「貝の穴に河童の居る事」(一九三一)と『山島民譚集』(一九一四)……柳田民俗学の成果はリアルタイムで、鏡花の怪奇幻想文学に反映されていったのである。学問と文芸それぞれの分野における両巨人の絶妙なコラボレーション!　これは近代文学史上の一大奇観と呼ぶにふさわしいのではないか。

そうした目に見える形でのコラボの端緒というべきが、柳田の『遠野物語』(一九一〇)刊行と、その書評として書かれた鏡花「遠野の奇聞」(同)なのだが、話をそこへ進める前に、もう一組の「おばけずき」コンビ——水野葉舟と佐々木喜善の運命的な出逢いについて記しておかねばなるまい。

時に明治三十九年(一九〇六)十月十七日、雨のそぼ降る夜。七月に上梓した詩文集『あららぎ』が文壇で注目を集める新進作家・水野葉舟のもとへ、ひとりの文学青年が来訪した。岩手県の遠野出身で今は早稲田の文科に籍を置き、作家をめざしているという佐々木喜善である。東京ッ子の葉舟には、喜善が訥々《とつとつ》と話す東北弁がよく聞き取れず、初対面ということもあって、ぎごちないやりとりがしばらく続く。しかし話題に困った葉舟が、故郷の話に水を向けると、喜善はにわかに能弁となる。後に葉舟はこのときの対話を、短篇小説「北国の人」（一九〇八）で、次のように臨場感たっぷりに再現している（文中での喜善の呼称は「荻原」）。

「……それはそうと変な事を聞くようですがね、お国の方では迷信がひどくはありませんか。お怪談《ばけばなし》なんぞが……前《せん》に僕は誰《た》れかに聞いたっけ、そんな話は寒い国程盛んだって……」私もつい話にうかされて来る。

「盛んです。……そんな話ばかりですよ」

私が菓子を一つ摘《つま》んで食べると、荻原も心置きなく手を出して、一つ摘んだ。だんだん熱して来て、目に見える程、様子が変った。

「やっぱり、陰鬱な故《せい》かしら」……

「どうですか。国ではまだ巫女だとか、変な魔法を使うと言う女などが沢山いましてね」荻原は一直線に話を進めようとする。

「魔法？……何です、それは」

「何ですかね、蛇だとか、色々な毒虫を見ると、何か呪文《おまじない》のような事を言って、直ぐそれを殺してしまうのです。私の祖母《おばあ》さんもやりますよ」

「不思議ですね、それをするのは女だけですか？」

「ええ女だけです、それも、その家の系統があるのです。……」

「若い女でもやるんですか？」

「やっぱり老人《としより》の方です」

荻原は初めのおどおどしていた風がすッかり消えてしまった。独りで興に乗って来て話しつづける。その顔を見ると平常、底の底に押しこまれていた感情が一時にぱっと、上に出て来て、それに花を咲かせたようだ。


（中略）


荻原の目に、陰鬱な火のような表情があらわれた。心が燃えて、烈しく慄える様子が見える。その話もごつごつしていながら、そのうちに自《おのずか》ら抑揚の調子が出て来て、人を魅する力がこもっている。彼は感情の高まった声をして、

「その山では、私の家によく来る隣村の猟夫《りょうし》がこんな目に逢った事もありますよ。夜待《よまち》と言って、夜中山に籠って猪を撃つ事がありますが、それに行っていると、も

う夜明に近いと思う頃に、山の頂上《いただき》の方で、

「あ痛あッ！……と言う声が一声聞えたそうです。それが家にいる老母《としより》の声だったので、留守に何か悪い事が無ければいいがと思って、夜が明けるとすぐ大急ぎをして帰って来て見ると、家では梁《はり》にさげてあった鉈《なた》が落ちて、その母《おっか》さんが死んでいたそうです。それが丁度その声の聞えた頃だったとか言うので、その男は猟夫を止めてしまいました。」……

「それからまだこんな話もあります」……と言うので、荻原は思い出しては、追っかけ追っかけ自分でも夢中になって話しつづける。

それで思わず夜が更けてしまった。私もつり込まれて聞いていたが、ふっと気が付くと、下ではもう寝静まっている。雨はまだ止まないと見えて、ざあざあ、まっすぐに烈しい音をさせて降っている。

私が不意に、外の音を聞くような顔をすると、荻原は話しかけた話をぱったり止してしまって、不思議そうに、

「何ですか？」

と聞く。

「いいえ、何でも無いが、雨の音がひどいですね」

と言うと、これもにわかに気が付いたように外の音を聞く。すると、急に襟元が寒いような風をして、ちらとおびえた顔付をすると、

「私だって変なものを見た事があります」


ちなみに雨の夜、不意に来訪した客人と対坐して怪談が始まるというのは、近世の百物語怪談集でおなじみの設定である。葉舟がそこまで意識していたか否かは定かでないが、事実、この雨夜の出逢いを契機として、両者は急速に「おばけ話」に傾倒、若い文士仲間と頻繁に怪談会を開くようになる。もっともこちらは「やまと新聞」や「歌舞伎新報」のオフィシャルなそれとは違い、偶発的で内々の集いだったようだ。いかなる雰囲気の場だったのか、水野葉舟が「日本勧業銀行月報」明治四十二年（一九〇九）八月号と九月号に発表した「怪談会」をご覧いただこう。

怪談会（水野葉舟）

四十二年七月二十七日の夜郊外の自分の家には数人の友人が集まって、左の話を

した。

その数人の人と言うのは、M—某氏、S—某氏、I—某と自分及他二三人である。

さて、ここにその人々の話された話を諸君にお伝えする。

一

先《ま》ず、I氏が話した。この私とはI君の事である。

私の叔父に当る人だが、明治二十三年頃だが、姫路から東京に出て独逸《ドイツ》語などを勉強していた。二三年経つと肺を病《わずら》って死んで仕舞った。その病気になった時だった。私の祖母（その叔父の母に当る人）がこんな夢を見た。叔父が現われて来て、こんな事を言った。

「私が、昨日ここに帰って来て、襖《あけ》を開ると座敷に姉さん（I君の母に当る人）が、まっ二つに切られて死んでいた」

で、妙な事を言うと思っていると、別の日に祖母さんは又こんな夢を見た。口を開こうとしたら、歯がガクッと抜けたので、慌てて両手で、それを受けた。こんな夢を見たと言う話があって、間もなく、その叔父は死んだ。

ところが叔父が死んで間もなくだった。私の母が姉を生んで少し経ってからの夜ひょいと、その死んだ叔父が訪ねて来た。そして生れたばかりの赤児を（私の姉を）、暫く遊ばせていたが、少し経ってから、叔父は、母に向って
「私はこの子の弟になって生れて来る」と言ったが、気が付くと夢だった。で妙な夢だと思った。
すると翌年母は孕んだ、生れたのは私だった。そして私の顔が非常によく死んだ叔父に似ていると言う事である。

二

次いで、M君が話した。

自分の父が死んだ頃の話だが、父の姪になる人がこんな事を話した。

丁度叔父さんが死んだと言う、通知を受けた前日だった。事実とも、現《うつつ》とも、夢とも、何分《なにぶん》はっきりしないが、叔父さんが旅の仕度で来られて、そして頻《しき》りに草臥《くたび》れた、草臥れたと言って玄関で草鞋《わらじ》を解いておられた。

ふと、気が付いたら、何物も無かったので、狐にでもつままれたように思った。

すると、その翌日死亡の通知が来た。

三

M君について、S君が話し出した。

この話は、私の友人から聞いたが部屋を借りようと思って捜した。牛込の弁天町の或家に空間があったので、行って見ると六畳の綺麗な室だった。で、略《ほぼ》、それを借りると言う事に決めた。で、間代《まだい》はいくらだと聞くと、思召《おぼしめし》と言う。では一円五十銭でもいいかと言う。いい来てくれさえすればいくらでもいいと言う。それで引き移る事に決めた。

ところが、その日に一所に行っていた友達が、その室の中を見ていながら、ふと床の間の上に乗って見ると、何処ともしれずゾッとして、何とも言えず嫌な気分がした。で、その家を出ると、頻《しき》りと借り手に止せ止せと言って、その室に行く事をよさせた。それで、その男は止める事になった。

次にその家に来た人は、夫婦に三つ位の女の子を持った人達だった。この一家は何の事もなくこの家に入った。

或る日の事、その細君がふとその座敷に入って来て見ると、その床の間に火の玉が二つもつれ合っていた。それを見て、キャッと言って次の三畳の部屋に飛び込んだ。

丁度、そこに三つになる子がいて、飛び込んで来た阿母《おば》さんと顔を見合わせると、驚いて声を上げて倒れた。すると、その子の半身が真黒になっていたと言う事だ。

も一つ、この家で話がある。或る日の夕方、町の人達が通りに立っていると、二人の人が慌てたように格子を開けて、その家に馳け込んだ。

その様子が如何にも、あわただしいので、町にいた人たちは何事かと驚いて、その家の門に来て立って見ていたそうだ。ところが何時《いつ》まで経っても、内からは人が出て来ない。家では何の事も無いらしく、ひっそりしている。で、或る人が家の人に聞くと、家の中では、そんな人が馳け込んだ事などは少しも無いと言って、知らなかった。

四

S君が続けて話す。

本郷の××坂の処に丹青会云々と言う札をかけて、若い画家が五人で住んでいた。その家は幽霊が出ると言う話があるので、家賃が安かった。若い連中だからそんな事は平気で、その家に入っていた。幾日経っても、何事も無かったので、笑話の種になっていた。

或晩、その晩は丁度本郷の四丁目が縁日なので、その中の一人が残って、ほかの人は皆縁日に往った。

その一人は家に残って、二階で画《え》を整理していた。そのうちに便所に行って、又二階に昇って来ると、次の間に女がしょんぼりと坐っているのを見た。

これを四人の人に話すと、その人達は笑って神経の作用だとか、臆病だとか言って笑って仕舞った。

次の晩に、ほかの男がふと目を覚すと、蚊屋の外を女がスッと通って行った。この女の姿を残りの三人も見たので、その家を引き転《うつ》ってしまった。

五

も一つ話そうと、S君が又話した。

明治二十九年の、三陸の海嘯《つなみ》の時だった。私の叔父が海岸の方にいたが、三人の子供と細君とでいたが、その海嘯にさらわれた。叔父は漸くの事で、一人の子を連れて、逃げて水から出ていた木につかまっていた。そのうちに水が全く引いて見ると、自分の身体は鎮守の森の樹の頂きにつかまっていた。

それから漸々《ようよう》降りて、命は助かったが、細君と二人の子供は遂にさらわれてしまった。暫くして騒《さわぎ》が治《おさま》った頃だった。海岸に小屋がけをして暮しているうちに、或る晩、便所に行った。

田舎の便所は母家から離れて外にあるので、家を出て行くと、その晩は非常に月が澄んだ晩だった。すると向うの方から女がスタスタ歩いて来る。近づいて来るのを見るとそれは死んだ細君だった。それで、お前は今何処に居ると聞くと、女はにやにや笑って私は今、あっちに（来た方を指して）ある男と夫婦になっています、と言って夫にかまわずにどんどん山の方へ行き出した。（その男と細君とは昔の恋仲だった。それは叔父も知っていた。）

で、叔父も後からついて行った。少し行くと、女は一人の男と一所に歩いている。それからどんどん山の方に行くのに随《つ》いて行ったが、峠へ道が曲る処で見失った。

叔父は朝まで路傍の石に腰を掛けて悲しんでいた。

朝になって通りがかりの人がそれを見付けて連れて帰った。叔父はそれから永い事病みついた。

＊　＊　＊

前号で公《おおやけ》にした、怪談会の続きを書く事とする。

S―氏の話が終ると、I―氏が口を切って姫路地方が一体に怪談の多い国である事を話す。

と、S君は又思い出して、こう言った。

「君、それあの白峰ね」と幾度も白峰の話を聞いている、私の顔を見た。

その白峰に、村のものが茵《きのこ》採りに行った。そして、夜小屋掛けをして山に泊った。

すると夜中にパッと火が燃えたように、山が明《あか》くなった。と思うと、目の前の木の股に人の首が載っているのが見えた。

と話した。

六

それに続いて狐の話が出た。するとI—氏がこんな話をした。

ある人が夜田圃道を通って行った。すると女が来て、あなたは何処へおいでになるかと聞いた。で、ここを越して彼方《あちら》に行くのだと言った。すると女が、「私も彼方に行くのだが、一人では淋しいから、一所に行って下さい」と言った。で、承知して二人で歩いて行った。

暫くすると、その女が小用がしたくなったから、一寸《ちよつと》この提灯を持っていてくれと、持っていた提灯を渡して、もの陰に入って用をたし始めた。で、提灯を持って、その女の出て来るのを待っていると、その長い事、いつまで待っていても、小用の音がじゃあじゃあ聞えている。

暫くしてふと気が付くと、その人は落し水の側に立っていて、草の葉を握って立っていた。小用の音と思ったのは田の落し水の音だった。

七

続いてS―氏が話した。

S―氏の郷里で（陸中の方の人）、ある人が、山の方へ夜更けて歩いて行った。その道は片方は青田で、青田と道との境には、丸太で柵が結《ゆ》ってある。で、その晩は月が照っていて、麦の穂が青く見えていた。すると、彼方から、馬に乗った男がぽくぽくやって来た。そしてその男と摺れ違う時に、スッとその柵を、煙でも通るように、またぎも、くぐりもせずに内に入って行った。それを見た男は非常に驚いて逃げて帰った。帰ってその事を話すと、その道の先で、その時に或る人が落馬して死んだと云う事だった。

八

次ではI―氏が話した。

I氏の郷里―淡路の西海岸の松原に、丁度三年ばかし前に、そこの或る料理屋の酌婦が掛取りに出たきり帰って来なかった。殺されたのだったが、当時は、殺されたのではない、大阪あたりに逃げて行っていると専《もっぱ》ら言っていた。それがふとこんな事実が広まった。

それは或る唖者から分り出したので、だんだん調べて見ると犯人は被害者の情夫で兇行の日に連れだして西海岸の松原で殺してそれを埋める時に唖者なら大丈夫だと思ってその唖者に手伝わした。で犯人はまだその土地に居て唖者はそれを種に犯人に酒が好きだから飲まして貰ったりなどしていた。が時が経るに従ってだんだん唖者をうとんじて来た。でも唖者だから人に話す事は出来まいと思っていたのが意外にも洩れた。

で私は職務だったので早速事件を取調べた。その手伝った唖者を連れて行って、その埋めた場所を案内さした。そしてそこを掘って見たが何者も無い。方々と彼方《あちら》を掘ったり此方《こちら》を掘ったりしたが遂に見付《みつか》らなかった。しかしどうしても見付けなければならないから最初唖者の云った場所をもっと掘って見ると、出た。髪の毛と博多の財布と銀の簪《かんざし》と、それから肉の無くなった目の中などへ松の根がからんでいるのも見えた。それが前の晩にその判事は非常に快活で、そんな事などは決して信じない人だったが意外な妙な夢を見た。と云うのは女が一人来て私は某男に殺された、どうか犯人を捕えてくれと云った。変な夢だと思っていたが、事に依るとこの事件は物になるかも知れぬと思った。ところが前のような骨を発見したので、手懸《てがか》りを得たから早速唖者の云う犯人を捕えてただすと一も二もなく白状してしまった。前兆などと云うのはある事だと私は初めて知った。

九

続けて、I―氏が話した。

上州に新実と云う人があって、その人の居た処は化物屋敷と云うので噂が高かった。である年のこと主人が国替えになって姫路へ行くことになったので、その新実と云う人も一所に姫路へ行った。それで最《も》う化物は来やしまいと言って話し合って悦《よろこ》んでいると、突然天井裏で声がして、

「もう先刻ここへ来とるぞ」

と言ったそうだ。

文中のS氏は、『遠野物語』と共通する三陸大津波の話が出ていることから見て、佐々木喜善で間違いあるまい。I氏は淡路が郷里ということから推して、葉舟と交流のあった岩野泡鳴である可能性が高い。

葉舟は喜善と知り合って以来、自身が編集に関与していた「日本勧業銀行月報」や文芸誌「趣味」「新小説」などに、この種の怪談実話に関する文章を精力的に発表するようになる。その中には英国の文人学者アンドリュー・ラングの怪談実話集『夢と幽霊の書 The Book of Dreams and Ghosts』（一八九七／邦訳は作品社刊）からの抄訳なども含まれていて、葉舟の関心が欧米のスピリチュアリズム、心霊科学方面にも及んでいたことが窺える。

自身の怪談研究を進めるかたわら、葉舟はオーガナイザー的なスタンスでも怪談に関わってゆく。「趣味」誌の明治四十一年（一九〇八）四月号と五月号の「文藝界消息」欄に、文士連による怪談研究会の旗揚げに関する記事が載り、同じく四月号に、すでに第一章で紹介した座談会「不思議譚」（葉舟の「怪談会」とよく似たスタイルでまとめられていることから見て、筆記者である「黄雲生」は葉舟の別名義である可能性がある）が掲載されているのは、おそらく葉舟による仕掛けだろう。

ところが四十一年の春であったか、夏であったか、龍土会と言って、文学を好む人々が集《あつま》る会合がある、その帰り、或る先輩の一人で、怪談を非常に好まれる人があった。丁度、自分が物好きに書いた「怪夢」と言うのが、雑誌「趣味」に公《おおやけ》になった前後の事で、歩きながら、その先輩との話が、その事に及んだ。そして何《いず》れ、同好の士が集って互《たがい》に自分達の知っている話の交換をしようと言う事を約束した。

（水野葉舟「踊るお化（上）」一九一〇）

ここに登場する「怪談を非常に好まれる」「先輩」が柳田國男を指すことは、まず間違いないところだろう。ちなみに「龍土会」は柳田や友人の田山花袋を中心とした文学サロンで、自然主義文学勃興の母胎となったことで知られるが、参加者の中には小山内薫や岩村透、小栗風葉や徳田秋聲ら鏡花の知人も少なくなかった。

右の文中に見える「話の交換」の機会は、思いのほか早く訪れる。同年十月二十八日に開かれた龍土会の席で「妖怪談」が話題にのぼったことから、ここぞとばかり葉舟は柳田に声をかけ、みちのくの怪談話を潤沢に知っている友人がいることを紹介したらしい。もちろん喜善のことである。

翌二十九日に葉舟はすぐさま喜善に宛てて、十一月四日夕刻の在宅を確認する葉書を投函している。四日当日の喜善日記には「学校から帰っていると水野君が来て共に柳田さんの処に行った。お化話をして帰って、帰り途に水野君の初体験をうんときかされた。水野君はとまった」とある。
この初面談のときの様子を、後に柳田は次のように回想している（一九五三年一月一日付「岩手日報」掲載の伊東圭一郎との対談「民俗学と岩手」より）。

小説を書いていた水野葉舟が、ある時「珍しい男がいますよ。昔話なら、いくらでも知っているから、連れてきましょうか」と教えてくれました。私も会いたかったから連れてきましたよ。早大出たばかりだったかナ。ところが、いろいろ話すが、なんとしても、ナマリがひどくて言葉が通じない。だんだんわかるようになりましたが、佐々木は、私のことを道楽でやっているとでも思ったのでしょう。はじめのうちは、バカにしている風が見えました。しかし私は話を持っているのには、ともかく、びっくりしました。ちょっと、異常心理をおこしたりしましたね。それを筆記した原本を大切にしていましたが、池上というのにくれてやりました。これは文章には、なかなか苦心しました。

「異常心理」を起こすほど（！）、喜善が語るみちのく怪談の数々に魅了された柳田は、以後定期的に自邸に喜善や葉舟を招き、おばけ話の聴き取り会を催すことになる。柳田は喜善の話を丹念に手帳に筆録し、不明な点は後日わざわざ喜善を訪ねて確認するなど大変な熱の入れ方であったという。それがやがて一年半近くを経て『遠野物語』一巻に結実することになるわけだ。柳田邸での怪談会の実態については、喜善が明治四十二年（一九〇九）の四月から十月にかけて「岩手毎日新聞」に連載したコラム「紅塵」の「四月廿八日」と題された回（五月四日付紙面に掲載）に詳述されているので、次にその全文を掲げることにしよう。

佐々木喜善のお化会ルポ——「紅塵」より

今夜はお化会《ばけかい》のある夜なので、牛込の柳田氏邸へ行く。その途中歌人内藤晨露君の宅に寄って、君《くん》よりお化話を二つ三つ聞く。さすがの僕も怖くなって顫《ふる》え上《あが》った。話に興が乗って来て我知らず八時まで居た。それから狼狽《あわてて》牛込加賀町へ飛んで行く、喜久井町の通りを行くとパン、アマイパン——と言って車をがらがらと引いて行く、その後から此辺の勇肌《いさみはだ》の兄さん達が大口開いて笑い乍《なが》らついて行く。

「おい、パンおくんな。

「おい一ついくらするんだえ。

「パン、ヒトツ、ゴ銭――ヒトツ五銭――

「たけえや、三銭に負けときねえ――

「パン、ヒトツ五銭、

「まけときねえテことよ、こう唐変木《とうへんぼく》！

「ニェット！　五銭！

「コン剛情ッ張《ぱり》のごうつくめ！　ここに五銭アラア
私は東京にもう随分長いこと居るがどうも此の江戸ッ子と言う物の言葉程不思議なものはない。まるで喧嘩でもしているような口調で言っているが心の中では仲々それで親切者なのだ。そして五銭を渡して、其処《そこ》らの店で買いや二銭か三銭の品を悪口吐きながら高く買ってゆく。そんな中を掻いくぐって加賀町の青葉の暗き街路《ちまた》へ入って行けば、人通《ひとどおり》もはたと終《た》えて私の下駄音ばかりの徒《いたず》らに夜に響く。

やがて柳田氏の脇門を入り敷石の上に下駄を引摺《ひきず》って玄関まで二十間計《けんばか》り行き当

って見ると玄関は〆《しま》って暗いハテどうした物かと呼鈴《よびりん》を押す、鈴の音は何処であるか聞えない。そして待っていると凡《およ》そ五分も経《た》ってから誰れか来る気配がして、玄関の戸が押し開けられた。

「佐々木様で御座いますか――と言うので導かれて応接間を通り抜け細い廊下を幾廻りか廻って十二畳ばかりの奇麗な室《へや》に通された。さすがに立派なものだな、と思って床の間の飾り物、花電灯などを眺めていると白足袋式の柳田國男氏が柳《りゅう》ッとして現れた。

「大変おそかったじゃありませんか

「え、ちと内藤君の処へ寄って一縮《ひとちぢ》み縮み上って来たんです。

「はははは全くあなたはお化《ばけ》の問屋《とんや》ですね。

「問屋は恐縮します、はははは

「はははは。

「時に誰《た》れもお見えになりませんか

「どうしたでしょう、実はあなたもいらっしゃらないのだろうと思っていた処でした。

と云う様な事から話が進んだ。

例の話に進んでいると再三の電話が飛んで来る、奇麗なお小間使が走って来て、「あの只今法政局の○○さんと云うお方から電話が御座いまして、明日法政局の方か大審院の方か何処《どっち》かでお目にかかり度《た》いので御座いますが、何向《どっち》が御都合がお宜《よろ》しいで御座いましょうか、そして時間を伺いたいとの事で御座います。暫時たつと、「あの○○さんから今夜はお化会には参られませんからあしからず、と申しました。

又暫時経つと、此度《このたび》は僕の方へだ。

「大久保の水野様と申す御方《おかた》から、佐々木様へ御電話で御座います。――――それから今夜の会に是非伺うつもりで御座いましたが急に人が来まして残念ながら伺う事が出来ませんでしたが皆様によろしく――と申しまして御座いますが、あの電話を切って宜しいで御座いましょうか

「一寸《ちよつと》待って下さい。と僕は立って電話室へ急いで入った。

「水野君失敬！　用事は慥《たしか》に承知しました。それから明日ね……、と言ってゆく中《うち》に相手が女なのに気がついた。

「もしもしあなたは○○○さんじゃありませんか？

「え、そうです――

「ですか？　左様《さよう》なら――　――　――　と電話を切って先の座に帰ると、柳田さんは、君に珍しい書を見せる、と言うて六冊の和本を出された。見ると、三閉伊《さんへい》地理誌。同道程絵誌。各三冊ずつである。即ち昔の東西南の三閉伊郡の地誌であるのだ、驚いて書を開いて見て又驚いた。絵誌の方にはそれはそれは委《くわ》しく一の石一の祠、一本の松、道支の石塔までも何残さず画《えが》いたものだ。私は驚嘆の余り問わざるを得なかった。

「此の書は何処から出たのです。――すると柳田さんは出処《しゆつしよ》を話した。政府の物なそうで、此《こ》んな珍しい書が天下に二《ふたつ》とないと言うこと、それから此の類の本は昔の南部領にだけしかない、そして此の字と言い此の絵と言い実に珍しいもので、思うに今から百五六十年前の人の手になったものであろうと言う事から、遠野旧事記、同古事記、阿曾沼興廃記、なども見ました。――と言われて私は唖然としてしまった。一方に於ては政府の官吏、それも大審院と、法政局とに出られている、そして法学士。一方に於ては泰西文学を研究なされ、そして詩人であられる氏である。趣味の広多《こうた》はあながちに讃《ほ》めたものでなくても、知識の広狭が預《あずか》って往々その人格の高下如何《いかん》を判断するに難《かた》からぬものである。

後狩詞記《のちのかりことばのき》、と言う書を著わして、九州日向の国の狩夫《かりうど》の故事物語を集め、又近き将来に於て「道路歴史」を書くと言う、そして又此処に「遠野物語」及びその外篇、と言う書を書きつつある柳田氏の、とり澄《すま》したる瞳の美しさに敬服する。

途中で友人宅に寄り道して「お化話」に興じたあまり、柳田邸での「お化会」に遅刻してしまう……まさしく現代における怪談実話ジャンキーのはるかな先駆ではないか。呆れた柳田が喜善を「お化の問屋」と呼ぶのも、言い得て妙だろう。これに対して喜善が末尾に記す「とり澄《すま》したる瞳の美しさ」という表現も、思いのほか柳田と当時進行中であった『遠野物語』の本質を端的に衝いて、グッとくるものがある。

さて、葉舟と喜善の出逢いから柳田の『遠野物語』出版に至るまでの五年間は、文壇を中心に、怪談会というイベントがかつてない盛り上がりを示した時期だった。

その台風の眼となったのが、ひとつはこれまで見てきた水野葉舟〜佐々木喜善〜柳田國男の「遠野物語」ラインであり、いまひとつが泉鏡花〜喜多村緑郎〜長谷川時雨ほかの「怪談会」ラインである。

そしてふたつの流れは、そもそもが柳田と鏡花の「柳花《りゅうか》」コネクション（ちくま文庫〈柳花叢書〉参照）で繋がっており、『遠野物語』刊行の翌年、「新小説」誌上で実現した「怪談百物語」特集において合流、さらには時を同じくしての鏡花「吉原新話」vs鷗外「百物語」という好対照な百物語小説の競演によって、ひとつの頂点を迎えるのだった……。

以下にこの期間の主要な出来事を、年表形式で掲げてみる。驚くほど短期間に、同時多発的に、明治末の怪談シーンではさまざまなことが起きているので、時系列を整理するためにも、まずはこちらを御一見いただくのが分かりやすいと思うがゆえ——。

明治三十九年（一九〇六）

一月、泉鏡花、門人の岩永花仙から聴いた実話にもとづく海洋怪談小説「海異記」を「新小説」に発表。

五月、「少年世界　定期増刊（第十二巻第七号）不思議世界」発行。

五月二十九日、「神戸又新日報」に「英人、怪談集を求む」と題して、神戸市内山手通に居住するR・ゴードン・スミス（その後、一九〇八年に著書『日本の昔話と伝説 Ancient Tales and Folklore of Japan』を英国で刊行）が、怪談蒐集を志しているという記事を掲載。

六月、岩野泡鳴、スウェーデンボルグやメーテルリンクら「近世神秘家の系統」に言及する評論『神秘的半獣主義』（左久良書房）を刊行。

八月、三宅青軒、『怪談小説　幽霊の写真』（大学館）を刊行。心霊写真ものの先駆。

十月十七日、水野葉舟と佐々木喜善が葉舟宅で初対面。深夜まで怪談に興じる。

十一月～十二月、鏡花、静養先である神奈川県逗子での見聞にもとづく傑作怪異小説「春昼」「春昼後刻」を「新小説」に発表。

明治四十年（一九〇七）

一月一日、鏡花、友人・登張竹風の依頼で「やまと新聞」に「婦系図」の連載を開始（四月二十八日完結）。連載の疲労で三月から四月にかけて体調を崩す。

二月、喜善、百鬼夜行風の都市幻想譚であるデビュー作「長靴」を「芸苑」に発表（佐々木鏡石名義）。上田敏の激賞を受ける。

五月、鏡花、みずからの超自然観を率直に表明した談話「おばけずきの謂《いわ》れ少々と処女作」を「新潮」に発表。「僕は明《あきら》かに世に二つの大《おおい》なる超自然力のあることを信ずる。これを強《し》いて一纏《ひとまと》めに命名すると、一を観音力《かんのんりき》、他を鬼神力《きじんりき》とでも呼ぼうか、共に人間はこれに対して到底不可抗力のものである」

八月、喜善（鏡石名義）、『遠野物語』を先触れするような怪談実話「念惑」を含む「夏語」を「詩人」に発表。

八月三十一日より「紀伊毎日新聞」で「古今百怪談」連載開始（同年十月三日完結）。読者投稿も積極的に募集している。

十月、「文藝倶楽部　定期増刊（第十三巻第十四号）怪談揃」発行。講談と落語の怪談に特化した増刊号。好評を得て以後も定期的に刊行された。

明治四十一年（一九〇八）

一月、鏡花、近世における怪談実話の雄篇にして巨大な百物語でもある通称「稲生物怪録」に着想を得た中篇小説『草迷宮』（春陽堂）を書き下ろし刊行。鏡花怪談文芸の最高峰。「およそ天下に、夜《よ》を一日も寝ぬはあっても、瞬《またたき》をせぬ人間は決してあるまい。悪左衛門《あくざえもん》をはじめ夥間《なかま》一統、すなわちその人間の瞬く間を世界とする」

一月、博文館から「冒険世界」が創刊される。編集長は『海底軍艦』（一九〇〇）などの空想冒険小説で人気を博していた押川春浪。

一月、葉舟、喜善の言動をモデルにした怪談実話系作品「北国の人」を「新小説」に発表。喜善は自分が偏《かたよ》った描かれ方をされていることに立腹する。

一月二十八日、喜善、日記に葉舟との和解を記した後、「僕はお化け話《ばな》しを書こうと思いついた。田ノ浜《たのはま》の叔父のこと。「朧月」。おぼろ夜に津波で死んだ妻に海岸でふいと出会《でくわ》す。——というのを」と記す。

二月、磯萍水、怪談実話「幽霊の指環」を「冒険世界」に発表。以後「幽霊怪談」欄として萍水ほかの書き手による連載が始まる。

四月、鏡花、台頭する自然主義文学に芸術至上の立場から違和感を表明した談話「ロマンチックと自然主義」を「新潮」に発表。

四月、「趣味」に座談会「不思議譚」（黄雲生）掲載される（出席者は馬場孤蝶、与謝野寛、小栗風葉、鈴木鼓村ほか)。「与謝野氏は何だか自然主義の人が多いのに妖怪談で持ちきりは妙だね、と云えば、馬場氏は大抵、正体は下らぬ事が多い」云々。

四月〜五月、「趣味」の「文藝界消息」欄で、文士連による「怪談研究会」結成の動きが報じられる。

五月二十四日、柳田國男、九州視察旅行に出発(八月二十二日に帰着)。

五月二十六日、「新愛知」に「幽霊研究会起《おこ》る　過日東京本郷区壱岐殿坂上宮学院に於《おい》て外国語学教授平井金三《きんざ》氏及び松村介石氏の発起にて心霊的現象研究会なるものを開会」の記事が掲載される。

六月、葉舟、怪談に関する最初の文章「怪夢」を「趣味」に発表(内容はラング『夢と幽霊の書』からの抄訳)。

六月二十日、第一回「鏡花会」が築地「浜松」で開催される(幹事は田島金次郎)。

七月、鏡花、談話「予の態度」を「新声」第十九巻第一号に発表。「要するにお化《ばけ》は私の感情の具体化だ。幼ない折時々聞いた鞠唄《まりうた》などには随分残酷なものがあって、蛇だの蝮《まむし》だのが来て、長者の娘をどうしたとか、言うのを今でも猶《なお》鮮明に覚えている。／殊《こと》に考えると、この調節の何とも言えぬ美しさが胸に沁《し》みて、譬《たと》え様《よう》が無い微妙な感情が起《おこ》って来る。こんな時の感情が「草迷宮」ともなり、又その他のお化《ばけ》に変《かわ》るのだ」

七月十一日、東京向島の有馬温泉で「化物会《ばけものかい》」開催される（参会者は泉鏡花、喜多村緑郎、伊井蓉峰、柳川春葉、神林周道、長谷川時雨ほか約五十名）。

七月十三日、九州旅行中の柳田、民俗調査のため宮崎県奥地の秘境・椎葉村《しいばそん》に入る。

七月二十五日、夏目漱石、夏のお盆時季を意識したかのような夢幻的な小品連作「夢十夜」を「東京朝日新聞」ほかに連載開始（八月五日完結）。特に第三夜は「こんな晩」の通称で知られる民話の怪談を踏まえた名作である。

九月、葉舟、喜善から聴いた実話を含む「怪談」を「趣味」に発表。

九月、英国人フィージェン（前ジャパン・デイリー・アドバタイザー紙編集長）、「外国新聞記者　日本幽霊実見談」を「冒険世界」に寄稿。外国人が視た侍の幽霊！

九月二十九日、鏡花原作の新派劇「婦系図」（柳川春葉脚色）が新富座で初演される。ヒロインのお蔦に喜多村緑郎、早瀬主税に伊井蓉峰。

十月二十三日、喜善、「夜十時頃だったろう。皆《み》んなでお化話《ばけばなし》をしていると、誰かが表へ来て僕の名を呼ぶものがある。水野君だ！　泊めて呉《く》れろと言うので泊めた。これから趣味の原稿を書くんだと言う。三時まで書いたそうだ！」と日記に記す。

十月二十八日、柳田と葉舟も出席した龍土会の席で、妖怪談が話題となる。

十月二十九日、葉舟、喜善に宛てて来月四日の予定を確認する葉書を送る。

十一月、葉舟、ラング『夢と幽霊の書』からの抄訳である「怪談」を「日本勧業銀行月報」に発表。

十一月四日、喜善、葉舟と共に牛込の柳田邸を訪問、遠野の怪談実話を語る。

十一月十三日、柳田が小石川武島町の喜善の下宿を訪問。聴き取りの不明点を質《ただ》す。

十一月十八日、葉舟と喜善、柳田邸を訪れ、深夜十二時までお化話の会をおこなう。

明治四十二年（一九〇九）

一月、喜善、この月より三月まで、遠野・土淵《つちぶち》の実家に帰省。病気療養のため。

三月、柳田、山人論を先触れする談話「天狗の話」を「珍世界」に発表。「私が天狗を研究して居るというのは無論虚名である。ただ昔の人の生活を知るために、いろいろの方面から考えて居る間に、自然少しくそんな点にも心づいたのである」

三月十四日、葉舟、遠野・土淵の佐々木家を訪問。

四月、「冒険世界」で、不思議記者ほかによる「不思議世界」欄（顧問に中沢臨川・押川春浪・阿武天風）の連載が始まる。オカルト／怪談系の実話を掲載。

四月一日、鏡花、「霊験《れいげん》、妖怪、幽霊なぞの」文学的表現の奥義を明かす談話「怪異と表現法」を「東京日日新聞」に発表。

四月十四日、英学者で神智学を奉ずる平井金三、『心霊の現象』（警醒社）を刊行。

四月二十八日、平井、談話「幽霊はあるかも知れぬ」を「九州日報」に発表。

四月二十八日、柳田邸で「お化会」開催される。喜善は内藤晨露宅で怪談に興じていたため遅刻する。葉舟は欠席。

五月二十五日、柳田、木曾・飛驒・北陸の長期視察旅行に出立（七月八日に帰着）。

六月、葉舟、喜善と阿部季雄から聴いた実話から成る「怪談」を「趣味」に発表。喜善の話はすべて、後の『遠野物語』収録話と重複している。

七月、葉舟、喜善ら知人から聴いた実話を記した「怪談」を「日本勧業銀行月報」に発表。

七月十八日、「愛媛新報」で「伊予百物語」の連載開始（九月二十九日完結）。

七月二十一日、「寸楽亭の化物会」の記事が「名古屋新聞」に掲載される。

七月二十四日、葉舟、喜善や泡鳴らと怪談会を開催。

八月二十二日、柳田、短期間の遠野旅行に出立（同月二十六日帰着）。

八月二十三日、吉原・仲の町水道尻の兵庫屋で、怪談会が開催される（参会者は岩村透、鈴木鼓村、泉鏡花、小山内薫、高崎春月、沼田一雅夫妻、長谷川時雨、岡田八千代、額縁屋磯谷、市川団子、会主は田島金次郎）。喜多村緑郎は所用で出席できず。

八月二十七日、鏡花、漱石を訪ねて、自作「白鷺」の「東京朝日新聞」連載の周旋を依頼する（十月十五日〜十二月十二日まで連載）。

八月二十七日より「都新聞」で「役者の怪談」全五十回の連載が始まる（十月二十七日完結）。新派と旧派（歌舞伎）の俳優たちによる実話を掲載。

八月〜九月、葉舟、「怪談会」を「日本勧業銀行月報」に発表。七月二十四日に開催された会のルポルタージュ形式。

九月七日、「秋田魁新報」に「秋田市の怪談会」の記事が掲載される。「東京では先頃第三回怪談会を催した此《こ》の会は文士連の組織に成りて会員中には婦人も両三名交《まじ》るとか聞いて居た近頃頗《すこぶ》る振《ふる》った会合である。当市でも昨夜（四日）第一回怪談会を」云々。

十月、葉舟、「狐に魅されし話の数々」を「日本勧業銀行月報」に発表。

十月、増本河南、世界各国の怪談を集めた『世界幽霊旅行』（本郷書院）を刊行。

十月、「文藝倶楽部　定期増刊（第十五巻第十四号）続怪談揃」発行。

十月九日、「東京朝日新聞」と「都新聞」に「幽霊の出ぬ幽霊会」の記事。「本家本元の泉鏡花先生や喜多村緑郎優の向《むこ》うを張ると云う量見でも無く（略）物凄い幽霊会を催そうではないかと呑気な相談に乗った七八名七日夜に入りて田端の料亭白梅園に集まる」云々。

十月二十八日、泉鏡花、鏑木清方、鰭崎英朋、長谷川時雨、水野葉舟、鈴木鼓村ほかによる怪談実話集『怪談会』（柏舎書楼）刊行される。鏡花の「序」にいわく――「聞く、爰《ここ》に記すものは皆事実なりと。読む人、其《そ》の走るもの汽車に似ず、飛ぶもの鳥に似ず、泳ぐもの魚に似ず、美なるもの世の廂髪《ひさしがみ》に似ざる故《ゆえ》を以《もっ》て、ちくらが沖《おき》となす勿《なか》れ」

十二月十二日、柳田、「讀賣新聞」日曜附録に追悼文「萩坪翁追懐」を発表。「時として幽冥を談ぜられたことがある。しかし意味の深い簡単な言葉であったから、私にはついに了解し得られなかった。『かくり世』は私と貴方《あなた》との間にも充満して居る。独りで居ても卑《いや》しいことは出来ぬなどとおりおりいわれた」

十二月十三日、「大阪時事新報」に「紅葉寺の怪談会」の記事掲載。「吹き荒《すさ》む師走の風の寒い十一月の午後十時から鏡花狂とまで呼びなされたる新派俳優の大立者《おおだてもの》喜多村緑郎の発起に依り東区上本町十町なる紅葉寺に於《おい》て怪談会を催し数奇者《すきもの》の会するもの喜多村を始め岩崎舜花外《ほか》実業家、新聞記者等凡《およ》そ二十有五名中にも」云々。

十二月二十七日、鏡花、近世の『逢州執着譚』や『雨月物語』を称揚し「怪異文学の発展すべき余地は、まだまだ広大である」と気炎を上げる談話「旧文学と怪談」を「時事新報」第九四三〇号に発表。

明治四十三年（一九一〇）

一月、鏡花にとって初の選集となる『鏡花集』（春陽堂）全五巻の刊行が始まる。

一月、葉舟、「踊るお化《ばけ》」を「日本勧業銀行月報」に発表。

一月二十六日、「東京朝日新聞」に「雪の夜の幽霊会」の記事掲載。「妖怪会《おばけかい》には何時《いつ》も顔を出す三井萬里君が設備役で飛入《とびいり》には桜巷、麗水、冷洋など新聞記者の面々」云々。田端の白梅園で開催された。

一月二十八日、鏡花、喜多村の招きで京都へ出立（帰着は二月七日）。

三月、柳田、独自の怪談観を披瀝した談話「怪談の研究」を「中学世界」に発表。

「怪談には二通りあると思う。話す人自身がこれは真個《ほんとう》の話だと思って話すのと、始めからこれは嘘《うそ》と知りつつ話すのとこの二通りある。前者は罪が浅いが、後者は嘘と知りつつ真個らしく話すのだから罪が深い。のみならず嘘を作った怪談は聞いても面白くない」

三月、不思議記者、怪談実話ルポ「蒲団に潜む美人の幽霊」を「冒険世界」の「不思議世界」欄に寄稿（会津信吾氏のエッセイ「不思議雑誌〈冒険世界〉」に、同篇が橘外男「蒲団」の原話かとする指摘あり）。

四月、柳田、初期の山人論のひとつ「山人《やまびと》の研究」を「新潮」に発表。

四月、桃川如燕、講談本『実説　怪談百物語』（国華堂書店）刊行。

四月十日より本郷座で鏡花原作の新派劇「白鷺」が初演される（脚本は柳川春葉）。喜多村がヒロインの小篠を演じる。

五月六日、柳田、『遠野物語』の校訂作業に着手。

五月十二日、柳田、喜善に十三日の来訪を促す葉書を送る。

五月十六日、柳田、『遠野物語』を校了。

五月十八日、柳田、伊豆旅行に出立（二十四日まで？）

六月十四日、柳田、ふるさと怪談実話集にして日本民俗学の黎明を告げる書となった『遠野物語』（聚精堂）三百五十部を自費で刊行。

六月十八日、喜善、柳田宛てに『遠野物語』献本の礼状を送る。「さながら西洋の物語にても見る心地いたされ候　それと同時に彼《か》の、雨月物語のことなども思い出され申候」。

七月二十八日、「北國新聞」で「怪談奇談」記事の連載開始（八月二十三日完結）。

九月、鏡花、『遠野物語』を絶讃する書評「遠野の奇聞」を「新小説」に発表（続篇は十一月号掲載）。「近ごろ近ごろ、面白き書を読みたり。柳田國男氏の著、遠野物語なり。再読三読、なお飽くことを知らず。（略）附馬《つくも》牛《うし》の山男、閉伊川の河童、恐しき息を吐《つ》き、怪しき水搔《みずかき》の音を立てて、紙上を抜け出で、眼前に顕《あらわ》る。近来の快心事、類《たぐい》少なき奇観なり」

十月、「文藝倶楽部　定期増刊（第十六巻第十四号）続々怪談揃」発行。

十一月（？）七日、一高在学中の芥川龍之介、『遠野物語』の感想を友人・山本喜誉《きよ》

司《し》に書き送る。「此頃《このごろ》柳田國男氏の遠野語と云《ママ》うをよみ大へん面白く感じ候」

明治四十四年（一九一一）

一月、森鷗外、怪談系小説「蛇」を「中央公論」に発表。

三月、鏡花、吉原「兵庫屋」での怪談会を素材にした百物語小説「吉原新話」を「新小説」に発表。同号には葉舟のエッセイ「怪談」なども掲載されている。

三月四日、東京市外西ヶ原閑都里《かんつり》倶楽部にて「新公論」関係者による怪談会が開催される。

四月、「新公論」の「妖怪特集号」（平井金三、水野葉舟、読者投稿「諸国化物談」、「怪談会の記」、「東西幽霊妖怪番付」ほか）刊行される。

五月、箱根・塔ノ沢「新玉の湯」で第九回鏡花会開催（幹事は長谷川時雨と喜多村緑郎）。「鏡花会がお化け会となって、御湯殿まで長い細い廊下を夜半の二時頃、一人一人下りていった」（寺木定芳『人、泉鏡花』一九四二）

七月、高橋五郎『霊怪の研究』（嵩山房）刊行される。

十月、鷗外、玄鹿館と歌舞伎新報社共催の怪談会を素材にした小説「百物語」を「中央公論」に発表。

十二月、「新小説」に「怪談百物語」特集（柳田國男、泉鏡花、水野葉舟、平井金三、磯萍水、岩村透ほか二十二名）が掲載される。


いかがであろうか。

ともに稀代の「おばけずき」である碩学（柳田國男）と文豪（泉鏡花）――それぞれの周囲に怪談を愛してやまない同好の士が、あたかも磁石に惹き寄せられるかのように参集し、こぞって怪談会を催し、時には怪談探訪の旅へおもむき、そこから小説や研究書や新聞雑誌の特集企画が新たに生み出されてゆく……。

なかでも明治四十一年（一九〇八）から四十三年（一九一〇）にいたる三年間の濃密な展開は、スリリングとでも呼ぶほかはないだろう。

四十一年は、鏡花怪談文芸の最高傑作のひとつ『草迷宮』と、葉舟の怪談探究宣言ともいうべき短篇「北国の人」で年が明け、春には「趣味」誌に文壇名士による初の誌上怪談会「不思議譚」と「怪談研究会」結成の予告が載り、葉舟と柳田が意気投合。夏には鏡花人脈による初の本格的怪談イベントとなった「化物会」が催行される。しかも時を同じくして、柳田は九州の秘境・椎葉村へ民俗採訪行を敢行し、文豪・漱石は不朽の名作「夢十夜」を発表。そして冬には、いよいよ葉舟・喜善コンビと柳田が合流、柳田邸での「お化会」が始まる……。

その一方、「天狗倶楽部」で名高い押川春浪を編集長に迎えて、明治版「ムー」ともいうべき雑誌「冒険世界」が創刊されたり、神智学を奉ずる英学者・平井金三を中心に心霊現象の研究会が発足するなど、オカルト方面からの怪談へのアプローチも、にわかに活性化してゆく。

四十二年に入ると、一連の動向に注目した物見高いジャーナリストたちによって、自前の怪談会が企画催行されたり、地域の怪談を連載記事にする試みが、各地で行なわれているのが目につく。「本家本元の泉鏡花先生や喜多村緑郎優の向うを張る」云々と報道記事にあるように、鏡花たちの「化物会」が世間に与えたインパクトは大きかったようだ。こうした期待に応えるかのごとく、この年八月には吉原仲の町で、ふたたび鏡花たちの怪談会が開かれ、十月には単行本『怪談会』が刊行される。

そして四十三年の六月、自邸での「お化会」を何度も重ねて筆録された喜善の怪談実話を、文学的香気あふれる緻密な文体で再話した柳田國男の『遠野物語』が、ひそやかに上梓される。田山花袋や島崎藤村ら、柳田と親しい作家たちには当惑と無理解しかもたらさなかった同書を、ただひとり、諸手を挙げて歓び迎え、長文のオマージュ「遠野の奇聞」を発表したのが、余人ならぬ鏡花であった。

いや、もうひとり──まだ十代なかばの芥川龍之介も、少部数の自費出版本で店頭にはほぼ出まわらなかったとされる『遠野物語』を何故かいち早く入手し、一読傾倒、自分でも大学ノートに怪談実話の聞き書きを始める熱の入れようであったらしい。察するに、鏡花の愛読者だった芥川は「新小説」に載った「遠野の奇聞」を読んで『遠野物語』の刊行を知り、急ぎ入手した可能性が高いように思われる。

翌四十四年の暮れには、その「新小説」誌上で、柳田と鏡花に加えて、水野葉舟、平井金三、磯萍水らが顔をそろえた「怪談百物語」特集が組まれることになる。また同年四月には「新公論」誌で、ほぼ一冊丸ごとを妖怪と怪談の記事で埋めた、その名も「妖怪号」が企画されており（「怪と幽」の先駆か⁉）、これまた当時の怪談昂揚ぶりを今に伝える記念碑的特集となっている。

ここでは、「遠野物語」ラインおよび後述の「怪談会」ライン以外の動きを伝える怪談資料として、東京から地方へと拡がる怪談会ブームの実態を活き活きと報じた対生「寸楽亭の化物会」（一九〇九年七月二十一日付「名古屋新聞」掲載）、橘外男の名作怪談小説「蒲団」（一九三七）の原話（詳しくは「幻想文学」第二十五号に発表された会津信吾氏のエッセイ「不思議雑誌〈冒険世界〉」を参照）とおぼしい不思議記者の怪談ルポ「蒲団に潜む美人の幽霊」（「冒険世界」一九一〇年三月号掲載）、そして「新公論」の妖怪号（一九一一年四月号）から、いわゆる「学校の怪談」を扱った先駆的文献である河岡潮風（春浪の助手として「冒険世界」の編集・執筆にあたり、若くして病没）「学校亡霊譚」と、当時の怪談特集の内幕が窺えて興味尽きない皷南「怪談会の記」を、それぞれ採録する。

寸楽亭の化物会（対生）

小松周海師《こまつしゆうかい》の死霊生霊感応《しりようせいきりようかんおう》の記事が出てから其処此所《そここ》に怪談や幽霊話が熾《さか》んになって、同志二三が集合《よりあ》うと話しは何時《いつ》も霊魂の事で持ちきって大変な議論が起《おこ》る。霊魂は無い、イヤ有ると何《いず》れも柄になく四角張って見たが、此《こ》の暑いのに其麼《そんな》にしなくとも、一《ひ》とつ幽霊は在るものとして化物会《ばけものかい》をやろう、襟元が慄《ぞっ》として背中から水でも浴《あび》るような話しでも聞いて一晩を徹《あか》そう、賛成々々と満場一致？

十九日午後十時より開会

会場　前津《まえづ》七本松寸楽亭《しちほんまつすんらくてい》

幽霊に因《ちな》む飲食物持寄《もちよ》りの事

と云《い》う触《ふ》れが出る、幸い東京で初めて怪談の鏡花会を主唱した喜多村緑郎《きたむらろくろう》が千歳座《ちとせざ》に居《お》る、彼《あれ》にも一寸《ちよつと》知らせて遣《や》れと、絵葉書の大将芦生《ろせい》君が喜多村と寸楽亭へ交渉する、寸楽の若主人玉樹氏も我が党の士、それでは幽霊に因《ちな》む絵画を会員の数だけ描いて置こうと快く引受《ひきう》ける、これで準備は備《ととの》ったので十九日午後十時一同寸楽亭に集った。精進川《しようじんがわ》改修工事の為《た》めに殆《ほと》んど方角が分《わか》らぬようになった夜の前津七本松差して、石橋で小僧に嚇《おど》かされたり、車に乗って再三道を迷ったり暗《やみ》の空にはためく幟《のぼり》に胆玉《きもたま》を縮めたりして集ったのが

喜多村《きたむら》、芦生《ろせい》、絃子《げんし》、糸瓜庵《へちまあん》、蕗葉《ろよう》、破天荒楼《はてんこうろう》、南鍜子《なんかし》、電花《でんか》、対山楼《たいさんろう》の外《ほか》喜多村座員川本《かわもと》君と玉樹氏の十一名。中庭の座敷二室《ふたま》を明け放して前栽の庭樹には白張《しらはり》の提灯《ちようちん》が朧《おぼろ》げに点《とも》されて、座敷は燭台の蠟燭《ろうそく》ハタハタと瞬きをする、時は早や午後十一時、蚊燻《かいぶ》しの煙が横に靡《たなび》いて、軒伝《のきづた》いに庭木の枝に渦《うず》を作ると、犬の

遠吠《とおぼえ》が陰《いん》に響いて「何だか背筋が寒くなった」と云《い》い出す者がある、床には高雅の筆《ふで》になる水中の月先《ま》ず冷たく、会員の出品されたものは

牛乳と榎《えのき》（怪談乳房《ちぶさ》の榎）△茹玉子《ゆでたまご》（ノッペラ坊）△柳孝庵蕎麦《りゅうこうあんそば》（柳の霊）△菓子最中《もなか》（谷中《やなか》共同墓地）△白瓜《しろうり》に簪《かんざし》（累《かさね》の枕石《まくらいし》）△扇地紙形煎餅《おうぎぢかみがたせんべい》（音羽家《おとわや》）

時計を出して見るとモウ十二時だ「ソロソロ幽霊時刻になって来た」と何《いず》れも薄気味悪い笑《わらい》をしてモジモジしだす、便用《べんよう》に紘子《げんし》と破天荒楼が立った。便所は一定された以外の便所に入る事は許さぬ、怖《おっ》かな吃驚《びっくり》で暗《やみ》の広庭《ひろにわ》を足探りに進んだ紘子、突然「キャッ」と叫んだ、後で聞くと寸楽《すんらく》には舐《なめ》る癖のある小犬が居る、それが真ッ黒だから少しも分《わか》らない、其《そ》の小犬が突然紘子の足首をペロリと舐《なめ》た、先《ま》ず此《この》キャッで一同の胆《きも》は引締《ひきしま》った。二人が座に就くと皮切は喜多村から初められた。自分の住宅＝三四軒転宅《けんてんたく》した＝其《そ》の住宅が凡《すべ》て怪談に縁がある事から甲乙丙丁《じゅんじゅん》に凄い話し気味の悪い話、殺したのや斬られたのや、鉄道で死ぬ人の足音を聞いた話、死神《しにがみ》の話、死霊生霊、狐狸《こり》の事から、近くは鉄道競争の土産話《みやげ》なる会津《あいづ》の幽霊談やら、一刻ごとに話はシンミリとして来て丑満《うしみつ》の午前二時となる、誰一人便用に立つものも無い、広い寸楽の庭が夜の幕深く閉じ罩《こ》めて逢魔《おうま》が時《とき》の此《こ》の暫《しばら》くは、互《たがい》の息が通《かよ》う

音のみ高く、鬼気は慄々《ぞくぞく》と肌身に迫るばかりだ、何と云う好事家《ものずき》だろうと、怖ろしさに身を引締《ひきしめ》られる時這麼事《こんなこと》を思い浮《うか》んだが、今更一人でスタスタと帰るのは猶更《なおさら》怖ろしい、其《そ》の内に誂《あつらえ》た冷《ひや》し麦湯《むぎゆ》が出る、茶飯が運ばれる、兎角《とかく》腹が減ては万事休《ばんじきゅう》す矣《い》、三界万霊、自《みずか》らへ供物を召し食《あが》って一服する内に夏の夜の早や白々と、東の空は薄絹を剝《はぐ》ように明るくなって来る。「化物《ばけもの》も出やアしまいと」喜色は何《いず》れの面《おもて》にも現《あら》われて午前五時一同散会した。（対生）

蒲団に潜む美人の幽霊（不思議記者）

幽霊というものが、最も組織的であり且《か》つ合理的である近世科学に依《よ》って、如何《いか》に説明されべきものであるか知らないが、兎《と》に角《かく》幽霊と称すべき現象が実在することは、最早何人《もはやなんぴと》も否定し得《う》べからざる事実である。

で、幽霊には色々な種類があって、その多くは寧《むし》ろ見る人が製造するので、真実《ほんとう》に幽霊の方から出て来るのは場合が少ないようである。しかし自分が次に物語るようなのは、幽霊を見たと称する人の幻視でも幻覚でも何でもない、その証拠には同じ幽霊を、数夜に渉《わた》った数人の男女が実見して居るので、どうしてもその確実を疑う訳には行《ゆ》かぬ。固《もと》より自分は見ない。さりながら見たという人は大抵自分の知ってる人でその中の一老婦人がその幽霊を見て、恐怖に打たれて気絶したまま死んでしまったきり、残余《あと》は無病息災でその当時の証拠物件たる一枚の蒲団と共に此世《このよ》に実在して居る。

柳原《やなぎはら》で仕入れた物

群馬県多野郡藤岡町に、かなり盛《さかん》に営業してる古着屋がある。自分は事柄が事柄だから徳義上その名前は公《おおやけ》にしないが、兎《と》に角《かく》その古着屋の主人が時々東京へ古着を仕入れに出て来る。恰度《ちようど》去年の春、その古着屋先生柳原辺《あた》りで品物を沢山仕込んで郷里へ帰ったが、その品物の中に一枚の蒲団があった。左程《さほど》上等なものではなかったが、それでも田舎の町家ならば客蒲団にでもなろうと云う代物《しろもの》、店頭に飾って今日か明日かと買手《かいて》の付くのを待って居た。

ところが不思議なことには、その蒲団を仕入れて帰ってから、古着屋の家《うち》が急に何となく陰気になって来た。陽気な春の日中《ひなか》でも、一種湿っぽい空気が間毎《まごと》間毎に漂うて、内の者の何かに襲われてでも居るように、一向気分も冴々《さえざえ》しないのだ。唯《ただ》不思議だ、不思議だと小首ばかり傾けて居た。

急に家が陰気臭くなる

スルトそれから五六日経って買手が付いたので蒲団は売ってしまったが、その時から古着屋の家内が又元の陽気に返って、陰湿の気は拭《ぬぐ》ったように晴れ渡ってしまった。無論蒲団に何かのいわくがあろうとは思わないから、唯《ただ》不思議がって居るばかりであったが、それを買込《かいこ》んだ家こそ災難で、間もなく飛んでもない怪事件が持《も》上《あが》った。

蒲団の買主《かいぬし》は自分の一人息子に嫁が来たので、新夫婦用としてそれを求めたのだが、古着屋から受取《うけと》って家《うち》に持って帰ると、急に家の中が陰気臭くなって来た。しかし結婚式当座ではあるし、誰もそんなことに深く気を留めて居るものはなく、蒲団はそのまま用いられて居たのである。

やッ是は大変！

スルト或夜《あるよ》の事だ、夜が段々更《ふ》けてくると、枕元の有明《ありあけ》がジジジと気味の悪い音を立てる。冷たい風がスーッと吹き込んだと思うと、幽《かす》かな火影《ほかげ》がユラユラと揺れて、二枚折の屛風に描かれた元禄美人が闇に浮いて来た。

夜《よ》に入《い》って降り出した糠《ぬか》のような春雨が、庭先の葉桜を滑ってポタリ、ポタリと寂しく砂を叩いて居る。

一時が過ぎ二時が打つと、雨の音のみ気味悪く冴えて、室内《へや》は段々暗くなって来る。物《もの》の化《け》の精でもあるか、此時《このとき》薄墨色の蝶のような物がヒラヒラと飛んで来て、狂ったように有明の中に飛込《とびこ》んだと思うと、燈光《あかし》はパッと消えて四辺《あたり》は真に烏羽玉《うばたま》の闇！

途端、キャッという悲鳴の声が起《おこ》った。

声の主《ぬし》は花嫁だから、新郎《はなむこ》は枕を蹴って飛起《とびお》きた。

「オイ何《ど》うした？」といいさま手探りに燐寸《マッチ》を摺《す》って見て、やヤ是は大変！

朦朧とした美人の姿

花嫁は気絶して居たのだ。医者よ薬よと一時は大騒動であったが、それでも気付《きつけ》薬《ぐすり》と水で漸《よう》くのことに蘇生した。そしてさも不思議そうに四辺《あたり》を見廻《みま》わして居る。

「何《ど》うしたんだ？」と新郎《はなむこ》心配そうに訊く。

「エイ妾《わたし》あの……。」と余程《よほど》感情に激動を受けたと見え、舌まで多少絡《から》まってまだ一向精神が落着《おちつ》かぬらしい。そこでその晩は不思議の念に堪《た》えぬながらも、花嫁を床《とこ》に就《つ》かせて翌日静かに訊ねて見ると、彼女は身振《みぶる》いしながら次のようなことを物語った。

「昨夜三時頃だったでしょう。便所《はばかり》へ行《ゆ》こうと思ってヒョイと頭《つむり》を上げますと、枕元に十八九とも思われる美しい容貌《きりよう》の女が、やつれ果《はて》た顔に髪をおどろと振乱《ふりみだ》し、左の手の小指を嚙切《かみき》り、血塗《ちまみ》れになって立って居ました。妾は唯最《ただも》う吃驚《びっくり》しました、蒲団の中へ潜《もぐ》り込むと、今度は蒲団の中から一種異様な血腥《ちなまぐさ》い臭《におい》がして、何処《どこ》ともなく幽《かす》かな女の叫声《さけびごえ》が聞《きこ》えました。妾は是《これ》は屹度《きっと》自分の心の迷いであろうと思って、おっかなびっくりでそっと蒲団の中から枕元を覗いて見ますと、女は矢張《やっぱ》りしょんぼりと立って居ました。此時《このとき》は胸がどきどきして、体内《みうち》は冷汗でグッショリとなって居ました。で、妾は又《また》蒲団の中へ顔を沈めようとしましたが、その時女が妾の顔を見てニタリッと笑って『温《あたた》いでしょうねえ。』と、さも悪《にく》さげに申しましたので、キャッとばかり目が廻ったきり、それからのことは些《すこ》しも存じません。」

花嫁の物語は実に意外の怪事実であったので、その場に居合わせた人々は、思わず顔を見合って溜息を吐《つ》いたのである。

新郎《はなむこ》の面色《めんしょく》土の如し

此《この》事実を否定すると肯定するとは読者の自由である。しかし記者は自分の責任を果《はた》すがために、尚《な》おそれからの成行《なりゆき》も語らなければならぬ。

その翌晩も前夜と同じく午前の三時頃だ、フト新郎《はなむこ》が目を醒《さま》すと、花嫁の物語に出て来たような女が立って居る。で、突如跳起《いきなりとびお》きざまグッと怪しの影を睥睨《へいげい》して、

「何者だッ！」と怒鳴《どな》り付けた。

幽霊はその声に驚いたかフト掻き消すように消えてしまったが、新郎《はなむこ》の声が余りけたたましかったので、家人が驚いて駆付《かけつ》けた。見ると気絶こそしないが、顔色《がんしょく》を土のようにしてブルブルと震えて居た。

愈々《いよいよ》出でて愈々不思議

愈々《いよいよ》出でて愈々不思議な事ばかりあるので、その翌晩新夫婦は別の室《へや》に別の蒲団

で寝かされた。

ところが止せばよいのにまさか蒲団から幽霊が出ようとは思わないから、新郎《はなむこ》の母なる人がその蒲団を着て寝たところが、夜半過ぎ誰か揺起《ゆりおこ》すような気がするので、ヒョイと目を醒《さま》すと、枕元に例の怪美人の影が朦朧と現われて居た。で、老婦人を見て物凄く笑って、

「温《あたたか》いでしょうねえ。」とさも悪《にく》さげに云うた。

此《この》声を聞いた老婦人は驚くまい事か、キャッと気絶したまま、家人が駆付《かけつ》けて医者よ薬よと介抱に手を尽《つく》したにも拘らず、そのまま三寸《さんずん》息絶えて冷《つめた》い屍《かばね》のみ、悲嘆に沈む家人の涙を空しく受けて居た。

一度ならず二度ならず三度まで、斯《かく》の如き怪異が現われては、どうしても彼《か》の蒲団を怪しとしなければならぬ。で、体能《ていよ》くそれを元の古着屋に売戻《うりもど》すと、古着屋先生安くそれを受取《うけと》り、二三日経ってそれを他《ほか》の人に売ると、三四日の後には、その家《うち》から又売戻して来た。で、一方新夫婦の家《うち》では、その蒲団を売戻してから、少しも怪しい事もなく、老婦人だけは死んだけれども、その後《のち》は一家共平和に暮《くら》して行《ゆ》くようになった。

蒲団の綿の中に女の小指

ところが古着屋では再三買主から戻って来るので、焼いてしまうか乞食にでも与《や》ればよいのに、欲の皮の突張《つっぱ》ってる人間だから、それを無暗《むやみ》と惜しがって、今度は自分等《ら》夫婦がその蒲団にくるまって寝ると、その晩早速例の怪しい女の影に悩まされ、散々怖い思《おもい》をしたので、意を決して遂にその蒲団を解《と》いて見ることにした。スルト意外！　意外！　蒲団綿に絡まって既に血の気もない女の小指が発見された！

是《これ》で怪事件の真相に多少の光明が点ぜられたようだが、その小指の主《ぬし》が何処の誰であるかが知れないのは、この物語をする自分に取って甚《はなは》だ遺憾であるが、それは他日取調《とりしら》べて読者に報告しようと思う。で、先《ま》ずそれ迄は読者がこれに就《つい》て、各自の研究を試みられるのも一興だろうと信ずる。

その蒲団はその古着屋から町の龍源寺という寺に納めて、厚く供養したという事だから、今でも無論その寺に保存されてあるに相違ない。

学校亡霊譚（河岡潮風）

『第一高等学校と、東京市庁の時計台の時計はいつも止まり勝《がち》だがどうしたものだろう？』『それは新渡戸さんも尾崎さんも西洋人の奥さんだからね。』

こんな話をどこかで聞いた。東京市庁は知らないが、一高の時計は全くよく停《とま》る。しかし其《その》原因は校長の奥さん問題に非《あら》ずして、設計者の惨死にあると伝えられる。外国の某技師が之《これ》を担任指揮していたそうなが、足場を踏みはずして、流星の如《ごと》く落下して、血痕班々たる裡《うち》に砕《くだ》け死んだ。それからこちらへ、その時刻に近くよく止《とま》ると、一種のトラジション乍《なが》ら、此《この》説はかなり、一部の間《あいだ》に権威を持っている。尤《もっと》もこの実例は外国のクロックタワーにも多くあるそうな。

悄然と出でたる藤村操

一高は古い学校であるから、其《そ》の一木一石《いちぼくいっせき》にも幾多の歴史を持っている。ことに寮の部屋の如き、これは政治家の誰の住んだ室《へや》、これは某の文学博士の居《お》った室と、なかなかに思出《おもいで》は深い。

多きが中《うち》に一つ二つ恐ろしい部屋がある。曰く操部屋。曰くお化部屋。華厳宗《けごんしゅう》の開祖、藤村操《ふじむらみさお》が一高の学生であったのはすでに人の知る処《ところ》。彼の弟の如きは、これにこりたわけか、哲学を避けて、今工科大学に在学中だ。そんな事はどうでもよいが、どうでもよくない事一つあり。夫《そ》れは時々操君の幽霊が現われると云うのである。

雨がドシャ降りの晩、操部屋の一生徒が、小便に行こうと扉《ドーア》を排して、廊下へ出ると、ボンヤリ照らすランタンの光を浴びて、濡れたくれの一青年が立っているではないか。オヤ誰? と眸《ひとみ》を定めて見ると、怪しや藤村操!

こちらは腰を抜かさんばかりに驚いた。あわてて部屋へ飛んで入り、室友《チエンバーメーツ》を呼びおこして、再び廊下へ出て見ると、もう何にも居ない。ただ夜の静けさを破る雨の音、風の響《ひびき》、向ヶ岡《むこうおか》をくずれ去《され》よと。上野の森も吹き飛べよと。降りしきり、吹きしきるばかりであった。

噂には噂の羽が生えて八方に飛んだ。

ある月の明るい夜。ふと、操部屋の一人が目醒《めさ》めた。するとガラス窓を徹《とお》して、青白き光はベッドの上に落ちている。見るともなく、窓の方を見つめていると、宙を飛ぶ人の影がマザマザとガラスに腰張りした紙にうつる！ 忽《たちま》ちにして、人の横顔だけ――夫《そ》れが藤村操!! 先生もうたまらなくなって、ワッと声を立てた。影はかき消す如く去って、みみずの歌はしめやかに、やがて上野の鐘は二時を撞《つ》いた――と。

お化の独逸語

これが眉毛に唾《つば》だと云うなら、一つお化部屋の話をすべい。嘘と思わば、一高へ行って、泊って睾丸《きんたま》を上げて来るまでの事じゃ。

お化部屋《ばけべや》は一高お化《ばけ》の巣窟である。本家本元である。藤村の亡霊の如きは物の数ならず、ここのお化は命を召し取りに来る。

ここは陰鬱な、暗憺たる鬼気人に迫る部屋で御座る。半日もいると誰でも頭が重くなる。物狂わしくなる。ピストルあらばピストルで、九寸五分あらば九寸五分で、命の緒を絶って見たくなる。これだけは確かに事実なのだ。

昔《むか》しはここにも寮生がいた。或者《あるもの》は発狂して、二階から飛びおりて死んだ。或者《あるもの》は試験の不成績からオキチさんになった。或者《あるもの》は重い名の知れぬ病気に囚《とら》われて死

帝大と早大の怪

んだ。或者《あるもの》はこいつたまらんと逃げ出した。

　逃げ出した奴をつかまえて訊いて見る。ナゼたまらんのか。彼は答《こた》う。どうにもこうにも、あんな物騒な部屋はありわせん。幽霊が出る。お化が出る。引っきりなく変な事がある。たまったものでない。尤《もっと》も詳細の話は御免を蒙《こうむ》ると、可愛想にブルブル初夏の日の表にふるえている。

　ここから逃げ出した者はみな目色をかえて怪を説くが、その具体的の事は云うを好まぬ様《よう》だ。よくはわからぬが、何でも、時々天井から血にまみれた腕がニューッと現われるし、変な冷たい手が首を締めに来る。妙な重たいものが、寝ていると、上へ乗っかって来る。ヒーと人の落ち入る声が陰《いん》に響く。かと思えば、ボートのバッグ台を曳《ひ》く音が、陽気に聞《きこ》える。時々幽霊がわけのわからぬ独逸語《どいつご》で「ニヒト、デル、ブルンブルン」てな事を云《い》う。始末につかないそうだ。一方部屋は陰気ときているから、ここに来る者は、狂か死か、逃げ出すか。三つの一つを選まねばならなくなるそうだ。尤《もっと》も此《この》部屋今は誰も住まず、お化《ばけ》の荒れるままに任せてある。

一高の亡霊譚は右の如し。さて最高の学府なる赤門は如何《いかん》。此の問題を法医学教室で某博士に訊いて見る。博士殿微笑《びしょう》して、

『大学には出歯亀は出ても幽霊は出ませんよ。』

言簡《げん》にして意長《なが》し。

転じて、大学病院の看護婦に此話《このはなし》をすると、

『全くそうですよ。暗い晩なんかウッカリ椿山《つばきやま》（法医学教室の前ですよ）を通ろうものなら、夫《そ》れこそ！』

と云う。幾千百の人が死に、幾千百の人が解剖にされ乍ら、満足な幽霊一つ出ぬのは、以ていかに二十世紀であるかがわかるであろう。

早稲田大学など陽気な学校にて、ユーレイのユの字も無し。ただ同寄宿舎には、入るとよく病気になる部屋があった。

その部屋は妙な部屋で、声を立てると、ビリビリ障子に反響するのであった。昼間は馬鹿に蒸し暖かく、夕方から急に寒くなる。変幻奇怪の部屋なのだ。此《この》部屋に入ると大抵病気になって仕舞《しま》う。黄疸《おうだん》が最も軽少で、肺病、肋膜、腸チブスなど、続出した事があった。今は改築せられたからそうでもあるまい。

開けずの間の雫

中学の幽霊――これもあまり聞かない。只一つ思い出すのは、海軍予備校の開けずの間の物語りである。

今の中央停車場の敷地の辺《へん》に、海軍予備校なる中学程度の学校があった。其頃《そのころ》は蛮《ばん》カラや乱暴者の満ち満ちた全盛時代で、その実例は毎年三月の紀念祭に発揮《はっき》せられるのであった。

紀念祭には、附属寄宿舎生が大車輪になって、色々な催しをする。惜《お》しい哉《かな》名を逸《いっ》したが、某《ぼう》なる一九州男児はいつも壮快な剣舞をやって、紳士淑女の度胆《どぎも》を抜いていた。或年《あるとし》の事、熱血なる彼は踏み破る千山万岳《せんざんばんがく》の煙と云《い》う奴をやると云う大した意気込みで、大きな桜の木をこしらえ、一世一代の剣舞の準備を整えた。さていよいよ当日――踏み破る千山万岳の煙と吟《ぎん》じ出《い》だすと彼は足踏みしめて舞いはじめる。鸞輿《らんよ》今日《こんにち》奈辺《なへん》にか到るの処になり、地に伏して遙かに拝するまで無事に運んだが、先生《せんせい》一向続けようとせぬ、詩吟の方はドシドシ進行する。観客は手に汗を握ってハラハラしていると、彼は忽地《こっち》として飛び立った。見れば、熱涙潸々《ねつるいさんさん》として、双頬にみなぎり、握りしめたる拳は、ワナワナとわなないていた。その慷慨《こうがい》の情には、ハイカラ男女も襟を正したと云う。

此の様な蛮《ばん》カラ学校も、根が、屋敷あとを利用しただけあって、旧時代おあつらえ向きの間《ま》なるものがあった。釘づけにして幾十年、日《ひ》光の目も見せないのだ。何でも真夜中どきになると、ポト、ポト、ポトッと雫《しずく》の垂《たれ》る様《よう》な音が聞えるそうな。

或《あ》る秋の暮、乱暴無敵の腕白連《わんぱくれん》が、禁を破って、この部屋へ闖入《ちんにゅう》した。

いや大変！　実に大変な部屋である！　塵《ちり》が一寸《いっすん》位積って目も口も開けられない。

窓の戸を排して、あまねく日光を容《い》れ、風を通し、掃除して見ると、成程、裏がえされたる畳に真黒な、手の跡、足の跡がコビリついているわい。畳をかえせば、べットリと黒光りに光る異様の塗料――諸君驚く勿れすべてこれ血糊なのである。

処へ小使《こづかい》の老人、曲りかけた腰をヒン伸《のば》し乍《なが》ら馳《か》けつけた。この爺さんの話によれば、此《この》部屋、実は昔《むか》し殿の嬖妾《おもいもの》と通じたと云う冤罪《えんざい》で、切腹申附《せっぷくもうしつ》けられた若侍の恨《うらみ》のあとであるという。

それ以来誰も入らぬ。自裁したる侍は死に切れず、縷《る》の如き血の糸を曳《ひ》いて、裏の井戸までよろばい出《い》で、投身して果てたとやら。かのポト、ポトンと云うのは血の垂《たる》る音で、綿々《めんめん》たる恨《うらみ》、幾十年を貫いてまだ消えないと語る。

キャッと叫んで気絶した

さあ話を聞くと流石《さすが》に皆《み》んなこわくなった。由来寄宿舎舎生は五人ずつ寝ずの番を設けて、剣つき鉄砲で巡廻《じゅんかい》しているのだが、もうこうなると、歩哨《ほしよう》先生一人では廻り切れぬ。二人乃至《ないし》は三人で、銃剣ピカつかせてあるく。三年以下の生徒は、一人では小便に行かない。例の連れ小便と云う奴。七八人そろって、聯合《れんごう》小便に行く様《よう》になった。

ある夜更《よふ》けの事だ。寂々たる夜気を劈《つんざ》いて、キャーッと叫ぶ声がする。ソリャコソ、怨敵《おんてき》出現！と、歩哨一同、附け剣、右向け、前へおいとばかり、血眼《ちまなこ》になって突貫すると、豈図《あにはか》らんや、幽霊ではなくて、泡を吹いて、気絶している、一人の舎生、忽ち医者よ、水よと、大騒ぎとなり、やっと、呼び生かしたのであった。一体どうした事だと、取り巻く一同、口々に問う、彼は未だに恐ろしき夢醒めやらぬ如く、あたりを見まわしつつ『イヤモウ、大変な事だ。僕は生《うま》れてからまだあんなこわい幽霊にお目にかかった事はない。あまり小便がこらえ切れないので、出かけると、例のお化部屋《ばけべや》から、真ッ白な舌を吐いて、真ッ白な幽霊がヌーッと飛び出した。驚いて、腰を抜かした処が、生憎《あいにく》の階子段《はしごだん》だからたまらない。したたかケツッ骨《ぽね》を打って眼をまわしたのだよ。』と、悪くすればもう一度眼をまわしそうな様子である。

此事《このこと》あって、警戒は益々厳重を加えた。歩哨は五人お揃いでなければ歩こうともせぬ。皆《み》な鉄砲かついで、及腰《およびごし》で見まわりする滑稽さ。昼ならばどんなに見にくいか知れやしない。

ある風の冷たく吹く薄月夜《うすづきよ》、例の幽霊部屋まで来て、夫《そ》れでも、こわいもの見たさに、ソッと見上げると、案の条、白い幽霊の白い舌がペロリ!!

『ソラ出た!』

と逃げ出そうとしたが、流石に青年《わかもの》。一人が腰を据えて、空砲一発ドガン!! するとと勢いを得て、他の四人もドガンドガンと発砲に及んだり、夢驚かす深夜の銃声に、一同枕を蹴って走《は》せ参じたが、何の事だい。白い舌と見たのはいつの時代、誰かが、入れ忘れた手拭が、風に吹かれてフワついているのであった、枯尾花《かれおばな》ならぬ古手拭《ふるてぬぐい》。冷汗《ひえあせ》を拭《ぬぐ》うにもって来いの代物乍《しろものなが》ら、命は確かに一年は縮めた。五人とも、二三日小便が黄《きい》ろく濁っていたと云う。

冬になった。もう幽霊沙汰も収まった。ある夜の事、星を吹き飛ばさんばかりに凩《こがらし》は鳴り、眠れる寄宿舎は古城の如く、黒く静かに聳《そび》えていた。忽地《こっち》！　怪火あり。幽霊部屋の辺《へん》からめらめらと燃え出《い》でて、紅《くれない》の舌を吐いた。凩《こがらし》は荒《すさ》み。人は還家《かんか》の夢こまやかなり。火は見る見る間に屋根を甜《な》めた。両三分の後、舎生ははじめて起きた。しかしもう遅い。火はすでに、寄宿を擒《とりこ》にする準備を整えたあとだった。

かくの如くして大《おおい》なる寄宿は一夜にて灰燼《かいじん》となり果てた！

お化の正体は野良犬

中学校と違って小学校は山村水廓《さんそんすいかく》、到る処に数も多く、迷信深い地にあるのも少なくないから、調べて見れば、お化《ばけ》、幽霊、茶前茶後《さぜんさご》の話にもってこいのものがあるだろう。シカシ幽霊の正体見たり枯尾花。一歩突き込んで見ると、タワイもない事で、フーンそんな事かいと云ってのけるばかりだ。

自分は京都の下京区の尚徳《しょうとく》尋常小学校と云うに学んだ者であるが、此《この》学校本年で創立三十二年、かつては行幸すら仰《おお》せいだされただけに、校舎は古く、地は広かった。一時丑満頃《うしみつごろ》には化物が出て、町内の戸を叩いてあるくと風説が立って、まだ少年であった自分など、だいぶおどされた。けれどもよく聞くと、野良犬が縁の下に住んでいて、夜中に出て、近所をあさりまわり、戸口などをコトコトいわした事があった。夫《そ》れだけの事実なのだ。馬鹿馬鹿しい事夥《おびただ》しいじゃないか。

最近の事実譚

上《かみ》は大学より下《しも》は小学まで、兎《と》に角《かく》にも、お化《ばけ》の話を書いた、そのここに記すのは、いささか心理学の範囲に立ち入る事で、六《む》ケ敷《ずし》く云《い》えば精神霊動とか、霊感とかくっつける事だろう。俗に云えば虫が知らす——ここにホヤホヤの而《し》かも可愛い、真実の亡霊譚がある。

僕の先輩、押川春浪氏の、タッタ一人の男の子、武俊《たけとし》さんと呼ぶのが、二月二十六日の朝八時、急性脳膜炎で、倒れ、僅々《きんきん》二三十分にして他界の人となった。その折《おり》の話だ。

武坊《たけぼっ》ちゃんの通っている幼稚園の女園長《じょえんちょう》、堤《つつみ》さんが、折から朝飯《あさめし》をたべていると、右の肩へドシンと突き当《あた》った者がある。不意を食《くら》って、むせ返り乍《なが》ら、「おや復《ま》た武《たけ》さんが」と思ったと云う。蓋《けだ》し武坊ちゃんは最もなついている園長さんの右肩へ、いたずらに不意打ちする癖があったのだ。丁度《ちょうど》同じ感じであったから、園長さんテッキリ夫《そ》れと合点《がてん》して、振り向いて見ると、奇怪！　誰も居《お》らぬ。襖《ふすま》は黙々と後を遮《さえ》ぎって立つ！

丁度ばアやが入って来たので、押川さんの武さんがいらしったの？　と聞けば、今日は日曜ですもの、おいでの筈《はず》がないじゃありませんか。と一本きめつけられる。何としても不思議に堪《た》えられぬ。どうも武さんが来たに相違ないと思っていた。突如《とつじょ》として押川家から飛報《ひほう》あり。色々御愛顧《ごあいこ》をうけました武俊儀、急性脳膜炎にて卒倒。頻《しき》りに「姉さん幼稚園行こう」と云い、ついに「先生、先生、堤先生」と囈語《うわごと》を呼び立てて、死ぬまでお名前を口にしていました。どうか、亡骸《なきがら》にあってやって下さいまし……と。園長さんは、あまりの奇蹟に呆然として仕舞《しま》った。突きあたられた時刻は、武俊さんが息を引き取ったのと、同刻!!

さるにても、死に垂《なんな》んとして、先生を呼び、魂、天に帰《き》さんとする刹那《せつな》、先生にお別れを告げに行ったと云う、此《こ》の事柄は教育界の美譚《びだん》ではあるまいか、因《ちなみ》に云う武俊さんは年弱《としよわ》の七ツ。夫《そ》れは夫れは愛くるしい、活潑な児《こ》であった。二十八日小《こ》雨《さめ》そぼふる中を、幾十のお友達（髭《ひげ》の生えた人。眼鏡かけた人）に送られて、雑子《ぞうし》ヶ谷《や》の共同墓地の、赤土《あかつち》の中に葬られた。

諸君、暇《いとま》あれば、行《ゆ》いて、夭折《ようせつ》せるこの可憐《かれん》少年の為《た》めに、野の花をそなえたまえ。小泉八雲、綱島梁川《つなしまりようせん》の墓を去る百歩。閨秀作家大塚楠緒子《おおつかなおこ》に一つ隔《へだ》てて、生前親交ありし、女子大学の塘《つつみ》幹事の夫人のおくつきに隣《とな》って、永《とこしな》えの眠りについている。

大学に始まって、幼稚園に終る。この亡霊物語。不思議とおもわば、乞う研究せよ。乞う思索せよ。

世には必ず、理外《りがい》の理《り》と云うものがある。最後に云う。僕は今、亡霊と会話する術《すべ》がないかと思いを凝《こ》らしている者である！

怪談会の記（皷南）

飛信《ひしん》あり「四十四年三月四日、市外西ヶ原閑都里倶楽部《かんつりくらぶ》に於《おい》て、本社同人の怪談会を開く、時刻は夜の六時からなり、十分御用意の上、御来会あれ、新公論社。」

抑々《そもそも》現代に妖怪ありや。などと言い出したら大議論になるから暫《しばら》く措《お》いて、実際のところ吾々は今日の社会にあまり妖怪が多すぎて困っているのだ、政治界然《しか》り、教育界然り、法界にも医界にも、此《こ》の幻影を見ない所はないから厭《いや》になっちまう。本誌が此《ここ》に妖怪号を出すに至ったのも、時已《ときや》むを得ざるがためにして、イヤまた議論になった、前置《まえおき》は御免蒙《こうむ》って早速怪談会に罷《まか》りツン出よう。

元来四の字の重なるのは気持《きもち》の好いものじゃない、今日《きょう》という日は此《こ》のイヤな四がべら棒に重なる、四十四年三月四日、旧暦でも二月四日、九星で申そうなら四緑《ろく》、酉《とり》の日のとりは命取《いのちと》りか、金取りか、とにかく変な日なんだ。冷たい夕日が巣鴨の空に醒《さ》めかかって行く時刻に、駒込は目赤不動様の前から車を飛ばした。駒込橋を渡って妙義坂《みょうぎざか》を疾風の如く駈け下りると、左側に萩寺《はぎでら》の跡が淋しく見えて、移転した墳墓掘りだしの跡が、蒼然と暮れて行く宵闇《よいやみ》の中に、腥臭《なまぐさ》く見えて、白骨が泣き出したような声で、飴屋《あめや》が売残《うれのこ》りの荷《に》を担《かつ》いで行く後姿も、気の為《せい》かどうやら此間《このあいだ》谷中《やなか》の墓地で見た行倒《ゆきだお》れの老爺《おやじ》に似ている。

何がさて当夜此会《このかい》に集まったる面々には、戸川残花、平井金三、林田春潮、高島米峰、久津見蕨村、足立北鷗、土岐哀果の諸氏を初め本社からは櫻井社長を初め、蛇先生、一刀流の変装記者、国粋保存の英学者、五尺の土筆《つくし》が生《は》える国の画伯、其《その》他各々一奇当千の連中四十名が、所狭しと押寄せたり。然《さ》れば此場《このば》に及んで、怪力乱神を語らずなどと、孔夫子《こうふし》を気取る野暮漢《やぼかん》もなし、何はともあれ化者徴集《ばけものちようしゆう》に先だって豪気を養う要こそあれと、名も強い正宗《まさむね》を傾けたり。先《ま》ず最初戸川残花氏の「夜《よる》の江戸と本所七不思議」の話があった（別項同題参照）、氏は東京に於ける老樹研究家として名高い人、其《その》考証の博該なるは言うまでもない。特に氏が雪をも欺《あざむ》く白髪《しらが》に、眼鏡《めがね》の底に眼を光らせて「オイテケ――オイテケ」などと形容されるあたり、誠に陰気籠れりとも言おうか、拙者などは興味半分、怖味《こわみ》半分で聴《き》うていた。続いて話は広尾の七不思議に移って行く、さては赤羽の化猫が小野川という角力取《すもうと》りに殺されたことや、橋の下に米とぎ婆《ばば》の出る話。更につづいては三つ目入道、見越入道、お岩の幽霊、特に故人菊五郎のお岩の物凄かった話など、手真似《てまね》声色《こわいろ》交ぜての事であるから、初ッ端《しよぱな》からこんなのが出ては、後々《あとあと》に何《ど》んな化者《ばけもの》が出るやらと頗《すこぶ》るビクビク者でいたのだ。所が戸川氏は最後の断案で、今の東京は昔とちがってズット明るくなり、おまけに樹木が町の中に少くなったから、化物《ばけもの》は段々に減るわけだと言われたので、ヤヤ息を吐《つ》いた次第だ。お次に久津見《くつみ》蕨村《けつそん》氏が、氏の母堂の話だとて死んだ尼《あま》さんが御礼にきた話、つづいて氏が現今住んでいられる御隠殿下《ごいんでんした》の踏切で、よく轢死人《れきしにん》のあること、それは夜分にピーッと烈しい汽笛をきくと、翌朝はきっと、手や足の千切《ちぎ》れたのが線路のわきに飛んでるというような、甚だ気味《きび》好《よ》からぬ話、其次《そのつぎ》は平井金三《きんざ》氏が子供の時実際に目撃された斬罪囚《ざんざいしゅう》の話で、しかも其時《そのとき》に罪人を斬った男は大の臆病者であったものだから、伝兵衛という罪人を斬り損《そこな》って、六七太刀でやっと首を落したという騒ぎ、ところが此男《このおとこ》は金五十目を貰って人を斬りに行ったので初めての事といい、帰るとすぐに発熱して『伝兵衛が来た来た』を連呼して、とうとう其夜《そのよ》の中《うち》に死んでしまったそうだ。その外《ほか》五六の話について、林田春潮氏が書生の時代に牛込のある下宿屋にいる頃、時々悪夢に悩まされ、とうとう転宿《てんしゅく》したという話、その夢の中にはこんなのもある、ある夜ふと眼をさますと、寝ている天井から行平鍋《ゆきひらなべ》が紐《ひも》でぶら下げてあって、其鍋《そのなべ》がきりきりきりと烈《はげ》しく廻るのだ、廻るたんびに鍋の中から沸《たぎ》り切った湯が、パッパッと飛ぶ、「危《あぶ》ないッ危ないッ」と思うけれども身動《みじろ》ぎもならぬ、その中《うち》にフト眼がさめた、身体中《からだじゅう》は冷汗でびっしょりだった相《そう》な。それに続いて高島米峯氏が幼時お寺に育った経験から、よく死人《しにん》の前知《まえし》らせがあったことを話された、或《あるい》は本堂の雨戸がガタリ開く音がしたり、仏壇前の鐘がひとりでに鳴ったりする、ところが或夜《あるよ》のこと、不意に本堂に当って、ガーンと鐘が鳴った、と思うとすぐにドンと太鼓が鳴った、稍経《ややた》ってまたガーン、ドンと来た、これが大分つづく。こんなにちゃんぽんに鳴った前例《ためし》はない、一体何人一緒に死んだのだろうと、大勢で見に行くと、滑稽なるかな、一疋《いっぴき》の蝙蝠《こうもり》が飛んでいて、鐘にバタリと突当《つきあた》ると、すぐに又太鼓に突当る、さてこそガンドンと来たのであった、という話には一同腹を抱えて笑わされた。尚特に氏が書物屋《ほんや》の主人としての立場から、お客を化《ばか》す法、氏の言葉でいえば、お客の方から好んで化《ばか》される法というもの五六個条を挙げられたのは、大《おおい》に聞物《ききもの》であった。氏の話が終ると銘々持寄《めいめいもちよ》りの怪談を大なり小なり述べられたが、最後に本社の笹森北天君は、同君が最愛の動物「蛇」について、委《くわ》しい解説があった、君《くん》の蛇については社中一同どんなに怖い目に逢ってるかわからない、夏向きになると、よく「君《きみ》好《い》いものをあげましょう」などと言って、袂《たもと》から紙袋を出してくれる、うっかり握ろうものなら大変だ、中から長虫《ながむし》がぬらぬらと出るんだからたまらない。君《くん》の説では『夏向き蛇を首に巻いてると、ひいやりとして実に好《い》い気持《きもち》だ。たしかに氷水以上だ。』というんだから我々蛇嫌いは聞いただけでも慄然とする。此《この》蛇先生が蛇に関するあらゆる研究、微細を極むる説明には一同アッと感服するより外《ほか》はなかった。

時刻はだんだんと推《お》し移って夜もふけたので、話も一先《ひとま》ず切《きり》をつけて今度の会は閉じることになった、わざわざ浅草から持って来させたという料理の御馳走になり、帰りにはお鮨折《すしおり》一個ずつを貰って提《さ》げて出た。空には星がつめたく光っている。西ヶ原の里に出ると、ヒョックリそこに油屋《あぶらや》があった、軒瓦斯燈《のきがす》を見ると「不思議《ふしぎ》屋《や》」と筆太《ふでぶと》に書いてある、怪談会と不思議屋、何かの謎が隠れているのではあるまいか。

駒込駅の青い信号燈《シグナル》の下《もと》で、東へ行く人と南へ帰る人とが別れ別れになって、春《はる》寒《さむ》の夜深《よふけ》を、われも外套《がいとう》の襟《えり》に頸《くび》をちぢめて、化《ば》け損いの豆狸《まめだぬき》よろしくあって都の街に、先《ま》ず先ず事なく帰り着きにける。


さて、残るは鏡花と喜多村緑郎を中心にした「怪談会」ラインの動きだ。

父の死に起因する苦境を脱し、硯友社系の新進作家として文壇にも地歩を築いた明治三十年代の鏡花だが、平穏な日々はあまり長くは続かなかった。

明治三十六年（一九〇三）四月十四日夜、牛込区神楽町の鏡花宅に、紅葉が風葉を伴い、険しい表情でやって来た。鏡花が神楽坂の芸妓「桃太郎」こと伊藤すずとこっそり同棲を始めたことが、とうとう紅葉の耳に入ったのである。

四年前、硯友社の新年宴会で知り合った鏡花とすず（当時十八歳）は、やがてひそかに愛をはぐくむ仲となっていた。偶然にも亡き母と同じ名をもつ、幸《さち》薄い生い立ちの凛《りん》とした少女に、鏡花は烈しく心惹かれたのだろう。

愛弟子の不始末を紅葉は厳しく追及叱責し、即刻すずと別れるように迫る。鏡花の「婦系図」（一九〇七）で「真砂町の先生」が、主人公の早瀬主税《ちから》に言う台詞――「俺を棄てるか、婦《おんな》を棄てるか」のモデルとなった事件だ。

すずとの別離を泣く泣く承諾した鏡花だったが、それから約半年後、思いもよらない出来事が出来《しゅったい》する。十月三十日、胃癌のため闘病中だった紅葉が、三十七歳の若さで病没したのである。

こうして何とも皮肉な形で、すずとの復縁が叶《かな》ったとはいえ、紅葉の死の衝撃は鏡花にとって甚大だった。旗頭《はたがしら》たる紅葉を喪った硯友社は、文壇での影響力を急速に弱めてゆき、いまや日の出の勢いの自然主義陣営から排撃の標的《まと》とされる。特に一見リアリズムとは真逆に映じる鏡花作品への風当たりは強かった。

年表にも記載したように、明治四十年代に入ると鏡花は、超自然への信仰を堂々と宣言する「おばけずきの謂《いわ》れ少々と処女作」(一九〇七)を皮切りに、「ロマンチックと自然主義」「予の態度」「怪異と表現法」「旧文学と怪談」等々、おばけずき作家の矜持《きょうじ》と信念を感じさせる談話を相次いで発表している。旧弊な作家という謂《いわ》れなき批判を浴び(自然主義の作家・批評家と鏡花と、どちらが真に新しい文学を追求していたのかは、百年後の現在、明白な答えが出ていよう)、じわじわと活動の場を狭められ、精神的にも追いつめられた鏡花は、住みなれた東京を離れ、病気療養の名目で湘南・逗子へと逼塞《ひっそく》する。もっとも、海山のあわいの地である逗子での生活から、鏡花幻想文学の最高峰に位置づけられる「春昼」「春昼後刻」や「草迷宮」といった不朽の名作群が誕生するのだから、作家の運命とは思えば不思議で皮肉なものだ。

ところで明治三十六年十月、紅葉の死の直前に、鏡花は新たなおばけずきの盟友と出逢っている。新派の女形俳優として頭角を顕わしていた喜多村緑郎である。

十月十一日頃とされるが、鏡花は大阪の成美団《せいびだん》に当時所属していた喜多村に宛てて、

紅葉の葬儀で。右から徳田秋聲、泉鏡花、柳川春葉
（提供：日本近代文学館）

左は在りし日の尾崎紅葉。（提供：日本近代文学館）右は「紅葉へ似ていると言われた」（『喜多村緑郎日記』）と自ら註する明治36年当時の喜多村緑郎の写真

雑誌献呈の御礼と喜多村の舞台写真を所望する旨の書信を送っているのだ。自分から進んで人と関わるタイプではない鏡花としては珍しいことといえよう。「瀧の白糸」のヒロイン役で好評を博していた喜多村に、かねてより好感を抱いていたものと察せられる。

東京・日本橋に生まれた江戸っ子気質の喜多村は、舞台上での優美な艶姿とはうらはらに侠気《おとこぎ》に富み社交的な性格で、しかも読書家（探偵小説なども愛好）。それに加えて、鏡花に劣らぬ大のおばけずきでもあった。

ちなみに喜多村が役者を志すそもそものきっかけは、雑俳仲間と素人芝居を始めたことだというが、そのとき俳句の指南をしたのは、例の鹿島清兵衛が主催した百物語イベントのルポを書いた鶯亭金升だったというから、なにやら因縁めいていよう。

ここで喜多村の侠気と怪談愛好ぶりをそれぞれ窺わせる二例を掲げてみたい。怪談会準備の内幕を報じた新聞記事「怪談化け俵《だわら》　翠紅亭《すいこうてい》の怪談会予行演習──話好《はなしずき》の喜多村」（「都新聞」一九二三年八月十八日）と、達意のエッセイ「あけずの間」（喜多村緑郎『芸道礼讃』一九四三）である。

怪談化け俵

翠紅亭に怪談会を催そうとしている喜多村緑郎、二三人の幹事と二三日前いよいよ現場へ出張して十九日の当夜の仕度を打合せる。世話人一同が忙しい身体なので、翠紅亭の庭と部屋部屋を見まわりながら、ここで話をして、この廊下をこう通って、ここの離れで銘々《めいめい》署名をしてなどと、一々《いちいち》しらべて歩く。何しろ場所が井の頭で、何の設備をしないでも凄味のある家のかまえ、喜多村すっかり気に入って、まずどっしりと坐り込んでしまう。

坐り込むと、元来話好きの幹事連、第一喜多村などは、面倒な相談事よりも、つい怪談の下ざらいでもする方が面白いので、ぽつりぽつりと大阪でやった時の話や向島でやった時の話、さては京橋で催した時の話などが、次から次へと出る。話はだんだん興に乗ったが、しまいには喜多村若年の折のおばけ話まで出た。

喜多村の生家は干魚《ほしか》問屋《とい や》である。ある日、今夜は夕立が来るかも知れないからと、喜多村は若い者と一緒になって、干《ほし》た干魚を俵につめ、三俵を杉なりに積み上げて上へ薦《こも》をかけておいた。さてその晩の事である。星あかりで時々空の曇るとりわけ淋しい晩だったので、火のまわりの役目を持っている小僧が、構《かま》え内《うち》の見まわりをする為《た》め、提灯と拍子木《ひょうしぎ》を持《もち》は持ったが廻りしぶっている。どうしたんだと喜多村が云えば、怖いから廻れないという。常から特別の臆病である。そんなに怖ければ私がついて行ってやろうと力を添えて、広い物凄い干し場を見廻りながら、チョンチョンと木《き》を入れる。淋しい中にも俵を積んだ場所は殊に淋しい。ここまで来ると小僧が木を打てなくなった。よし俺が変ってやろうと喜多村が木を取ってチョンチョンと俵の前まで来ると、俵にかけた薦がムクムクと動いた。

思い違いかと一足進んでチョンと木を入れると、またムクムクムクムク、おやと思う間に、三俵の一番上の俵が薦をかぶったままでノコノコと起上《おきあが》って、スックと立った。小僧はキャッと尻餅をついたが、後年怪談好きになる喜多村は驚く前にまず不思議な事に思った。きっと狸だろうと咄嗟《とっさ》の間に気がついたので、持っていた拍子木で俵の頭をガンと擲《ど》やした。

俵はウンと云ってどうと倒れた。喜多村急に勢いづいて、倒れた俵の側へ行くと、それは俵ではなくて店の若者の一人が小僧を脅かすつもりで、俵の代りに薦をかぶってしゃがんでいたのであった。これが生憎《あいにく》喜多村の拍子木にお面を一本参って、額を割られて悶絶したのであった。こんな話が幹事の口から連発されて興に乗る中《うち》に、用意は一つも出来ず、もう楽屋入りの時間になった。喜多村はびっくりして立《たち》上《あが》りながら、用意はまた出直して打合せる事にしましょう。

あけずの間（喜多村緑郎）

久《ひさ》し振《ぶり》で西本道円《どうえん》君に逢ったのは、震災直後の興行に、わたしが金沢へ乗込《のりこ》んだときのことで……駅へ迎いに来てくれて居た西本君も、判事としてこの土地へ転《うつ》って来て、まだ幾らも日の経っていない時分でした。

……この話は、その夜二人で晩餐《ばんさん》の卓についていてとり交されたものであります。

西本も、いうところの鏡花宗の大信者の一人なので、金沢へいったら……そこは、泉氏を生んだ土地でもあり、かつ自分の趣味の上からいっても、そこでは平凡な家へは住みたくない。……と考えていたので、そこへ着くと直ぐ警察署長の手を煩《わずら》わせて探させると、たちどころに、曰《いわ》く附《つき》の貸家というものが四五軒提供されたものです。

障子に女の髪の毛が音を立てたり、廊下へ生首が転がる……といったような紋切型のものでは？　と思っている矢先へ、とても素晴しい御誂向《おあつらえむき》のものが一軒あったというわけです。

それが街の中といってもいいところで、しかも寂静《しずか》で、荒れてはいるが庭も広く、……所どころ崩れは見えても風情のある低い土塀で囲われて、その土塀のなかから、見上げるような太い松が一本、往来を覗いているように出ている形も、正しく鏡花好みといえるものでありました。

平家建《ひらやだて》の小ぢんまりした家なんですが……そこに納戸《なんど》？　とでもいいましょうか、三畳あまりの小部屋があって、そこだけが二三寸根太《ねだ》が低くなっていたり、昼も日の目を見ないといった間《ま》なので、いつから締切ったものか、かつて使われていない、いわゆる明《あ》けずの間が一つあるんです。

いうまでもなく、あやかし、は其処《そこ》に封じ込まれて居るんですが、それは物音を立てるのでもなく、姿を現わすわけでもなく、折にふれて……

「なむ！」。「なむ！」。

と、二声《ふたこえ》か三声《みこえ》、きわめて幽《かす》かに女の声らしいのが、その牀下《ゆかした》の地の底から……

誰かへ呼びかけるように伝って来るのです。がそれは草木の寝静まるという真夜中……ひっそりとした昼下り、暮《くれ》かかる逢魔《おうま》が時《とき》、そうした時ばかりでなく……ふとした機《はずみ》に聞くことがあるといいます。しかもその短かい言葉のうちに不思議な力が籠っていて、引込まれるような気になるんだそうです。

……しかし結局西本はそこへは住みませんでした。というのは土地の故老から絶対に止められた為でした。――その止められた深い理由は何《な》んとしてもその人から聞き出すことが出来なかったそうです。

で問題はその「なむ！」という言葉です。――「南無と覚悟はしながらも……」とくると頗《すこぶ》る意気なものですし、それとも「南無妙法蓮華経」の方ではお祖師様の信者なのか……とにかくその空家というのを見せてくれとわたしは強《せが》んで、西本君と連れ立って飲んでいた家を出ると外はよく冴えた月夜でした。

講釈で聞いた蛇責めの「浅尾」の邸跡《やしきあと》とかいう――往来にすくすくと大木の枝を張っている淋しいところを通りぬけて、街はずれにある当の空家へ着いたのは、大分更《ふ》けてもいましたが、猫の子一匹通ってはいませんでした。――そうした環境からでもありましょうが、表から見ただけでも、いかにも物《もの》の怪《け》のついていそうな家でした。

それでその晩は別れましたが……二三日してわたしが金沢を立つ前の晩、送別の杯を上げようといって西本君に伴われていった座敷で、そこへ来合せた芸者の一人が、向う同士の話のうちに、「なむ。」といったのを聞きました。——なんじょう聞き逃すべき場合でないので、即座にその言葉の意味を質《ただ》してみましたが、芸者連はただ笑っていて答えてはくれません。……

名古屋では、よく「なも、」とか「えも、」とかいう言葉が使われていて、「あのなも、」「あのえも、」は、東京の「あのねえ、」ということで、それが、「そうだなも、」と下へつくと、「そうですねえ、」になるようです。——そこで金沢の「なむ。」と云うのもそれに似通《にかよ》って居るものか？　と訊いてみてもいずれも笑っているばかりで、それはついに不得《ふとく》要領に了《おわ》りました。

さて、旅から帰って泉さんをお訪ねした時、「なむ。」についての話をすると、泉さんは襟を正して、

「それは凄い。」

といわれました。

金沢で、「なむ！」というのは、それは絶対否定の場合に置かれている言葉だそうです。――それを聞《きか》せておもらいして漸《や》っと「なむ！」の謂《いわ》れを知ることが出来ました。

……その後、氏は「なむ！」を主題に書かれたものがありました。戯曲「お忍び」がそれであります。

仕事先の金沢で夜分、噂の化物屋敷をわざわざ偵察に出かける、あっぱれなおばけずきっぷりよ。最後のところで鏡花が、見事に息の合った応答をしているが、実は鏡花自身、若い頃は郷里の怪談系スポット探訪に余念がなかったフシがある。深夜に黒壁の魔処へ出かけたのも（第二章参照）その一環だろうが、生家近くの卯辰山で怪異に接近遭遇する体験を描いた小品「五本松」（一八九八／平凡社ライブラリー『おばけずき』所収）にも、往時の勇姿が躍如としている。

さて、こんな両人が出逢ったのだから、たちまち怪談で意気投合するのは当然だろう。社交好き遊び好きな喜多村は、巡業先に鏡花を招いて行楽を共にしたり、さらにみずから世話役を買って出て、鏡花を中心にした怪談会を計画することになる。

その記念すべき第一回が、明治四十一年（一九〇八）七月十一日開催の「化物会《ばけものかい》」だった。どんな会であったのか、当時の新聞記事（「讀賣新聞」七月十三日付紙面）から紹介してみよう。

一昨夜の化物会

▲十一日の夜十一時、向島の有馬《ありま》温泉で化物会が催された。近頃変な趣興《しゆこう》と思われて、記者も行って見ようと云う気になった。けれど夜の十一時、向島の辺避《へんぴ》、しかも行く先は化物会、何だか可嫌《いや》な気持ちのせぬでもないので、社の給仕を伴《とも》として出掛けた。
▲雷門《かみなりもん》で電車を降り、吾妻橋《あずまばし》を渡り、言問《こととい》の辺《あたり》の夜の景は風なぎていとど寂《しずか》に感じられた。淋しい小路《こみち》を下《お》りて心配しながら歩み歩み、ようやく無事に有馬温泉へ着いたのは十一時頃であった。銀座に住む者、たまにこんな所へ来ると俗胆《ぞくたん》を拭《ぬぐ》うに足る。その朧月夜《おぼろづきよ》の天《そら》ほんのりと閑《のどか》に、蛙《かわず》の鳴く音《ね》も風雅の心地して。
▲十二時頃、会集打ち揃う。十畳の二《ふた》座敷におよそ五十名列《なら》ぶ。夜十一時開会の挨

捗あって互自《てんで》に趣興《しゅこう》したるおみやを開く。最も奇抜だったのは白布《しろぬの》で蓋《おお》うたる柩《ひつぎ》の打ち開け見れば、函入りのビールであったことだ。是には皆《みんな》が泡喰ったのも無理はない。
▲床の間に幽霊の軸掛かり、電燈消えて蠟燭の火幽《かすか》に人の面影を示す下《もと》、化物物語が始まった。鬼気人を襲う筈なのが、五十人の多勢だからさほど恐怖《こわ》くも思わない。ただ下《した》座敷の四畳半に蚊帳が吊られて凄い幽霊の掛物《かけもの》の前、行燈《あんどう》の下《もと》へ、三階から一人宛《ずつ》行って名前を書くことは随分おっかない不可《いや》な感じをさせた。
▲物語りは種々様々で、一として怪ならざるなく妖ならざるなくで、哲学上心理学上研究の価《あたい》ある者のあったようだけれど、記者はうつらうつらと居眠りながら聴いていたので、夜の明けると共に忘れて仕《し》舞うた。
▲四時、夜《よる》明け始めて有馬温泉の蓮の池を眺め、来会者のお顔を見合う。まず目立ったのは喜多村緑郎、伊井蓉峰、泉鏡花、柳川春葉、神林周道、しぐれ女史などであった。しぐれ女史、二時の頃怪談を試む。弁舌爽《さわやか》なり。文筆を嗜《たしな》むの女性としては容色また中々に棄て難《がた》しと見た。
▲朝の風に吹かれつつビール正宗、さて蓮飯に夜来の陰気も陽気に復《かえ》り、五時頃思

い思いに去る。記者は言問より渡舟《わたしぶね》で今戸へ送られた。墨田川の得も云われぬ朝の景は、最早《もはや》化物をも幽霊をも思い出さしめなかった。されど化物会がかく珍に振《ふる》ったのも化物会主の骨折《ほねおり》と云わねばならぬ。

会場となった向島の有馬温泉は、兵庫の有馬温泉十二坊のひとつ「中の坊」の経営者だった梶木源之助が、明治十七年（一八八四）十一月、寺島町に隣接する請地町《うけじちよう》の向島秋葉神社の境内千余坪を開いて建造した温泉宿泊施設で、本家有馬温泉から湯花を移して創業したと、『新撰東京名所図会』第十四編「隅田堤之部・下」に記載がある。売店では有馬の名産品を販売したというから、有馬温泉の東京支店か物産アンテナショップといったふれこみだったのだろう。梅林や藤や松が繁茂する幽邃《ゆうすい》な敷地には大きな池があり、茅葺《かやぶ》き二階建ての客間や宿泊施設とは別に、中の島には茶室が、池畔には男女別の浴室が設けられていた。現代のスパ・リゾートを髣髴させるような行楽地だったことが想像できる。なお、現地に立てられた記念碑文によると、平成のはじめ頃まで、「有馬温泉」の名を継ぐ銭湯が跡地の一角で営業していたという。

さて、実名の挙がっている化物会参加者の顔ぶれを見ると、喜多村と双璧を成す新派俳優の伊井蓉峰《ようほう》、作家仲間の柳川春葉や「しぐれ女史」こと長谷川時雨といった鏡花人脈が中心であったことが分かる。この翌年の秋に「都新聞」で長期連載された「役者の怪談」の第十八回（九月十六日付紙面）を見ると、「怪談の博士《はかせ》とも言《よ》って好い位《くらい》な喜多村緑郎は昨年の夏の夜中に神田の金さんと泉鏡花子《し》の賛成を得て向島の有馬温泉で幽霊会を開いたが」云々とあって、この催しが喜多村の主導でおこなわれ、「神田の金さん」こと田島金次郎が幹事役を務めたらしいことが分かる。

田島は神田の薬種問屋に生まれ、僧籍に入ったりハワイで教職に就いたりした後、守田（勘彌《かんや》）家の支配人を長らく務めた人物。若い頃から熱心な鏡花ファンだったようで、紅葉門下の原口春鴻の紹介で鏡花の知遇を得、根が「世話好きの道楽者」（寺木定芳『人、泉鏡花』一九四二）であったらしく、怪談会のみならず鏡花会などの会合を率先して取りまとめていたものらしい。

田島は翌四十二年（一九〇九）八月二十三日、吉原・仲の町水道尻の兵庫屋で開催された怪談会でも会主を務めている。こちらはどのような会だったのか、「国民新聞」同年八月二十六日付の記事を次に引用してみる。

吉原で怪談会

最も振《ふる》ったのは沼田一雅氏の幽霊実見談

二十三日の夜より二十四日の朝にかけて、吉原仲の町水道尻の引手茶屋《ひきてぢやや》兵庫屋の二階座敷で、不思議にも電燈を消して小さい蠟燭を幽《かす》かに点《とも》し、障子に映る数人の薄い人影は囁くように首の動くが見ゆる許《ばか》り、毎時《いつ》にないシンとした此様子《このようす》のサテ何事の起《おこ》ったぞと、通りかかりの雛妓《おしやく》も佇む、箱丁《はこや》も佇む、素見《ぞめき》の若い衆迄《まで》が二階を眺めて立止《たちど》まる。

折々聞ゆるものは、女の物に怖《お》じたる声、人々の物に魘《おそ》われたような語気のみなりしが、之《こ》れぞ人も知ったる妖怪《ばけもの》問屋泉鏡花の崇拝家神田の金《きん》さんを会主とする第三回の怪談会にて、料理屋もある貸席もある宿屋もあるに、態々《わざわざ》北廓《なか》の引手茶屋を会場に選びたるは、何分深更から暁方《あけがた》に掛けての会合とて、何処の料理屋でも貸席でも、無政府党の秘密会か、それとも八々《はちはち》の合戦会（引用者註／花札賭博の意）かと険呑《けんのん》がり、容易に座敷の貸手なき為《た》め、トドの詰《つま》り夜を昼なる吉原と定《きめ》た訳なり。

兵庫屋の亭主も面白い男とて、会主の金さんから、実は之《こ》れ之れ此《こ》う言う怪談会だと聞いた時、亭主グッと道楽気を出し、それは近頃の珍趣向、宜《よろ》しい弁当から何から万事私方《わたくしかた》で何《ナニ》しましょう、少しも御心配はありませんと、甲子飯《きのえねめし》を炊くやら煮込をするやら、座敷も手ずから綺麗に掃除し、床の間には俄《にわか》に暁斎《きょうさい》の骸骨の一軸を掛けて怪談会を利かすと云う素晴しい意気込なりし。

二十三日の日は暮れて、追々《おいおい》吉原の世界となり、角海老《かどえび》の大時計の八時を指した頃は、岩村透男爵を始め、大兵肥満《だいひょうひまん》化物退治に持って来いの鈴木鼓村、泉鏡花、小山内薫、高崎春月、彫刻家の沼田一雅《かずまさ》、同夫人、閨秀作家長谷川しぐれ、岡田八千代、額縁屋磯谷、役者の市川団子、会主の金さん外《ほか》に五六の彌次連《やじれん》が馳せ参じぬ。此《この》会熱心の喜多村緑郎は折悪《おりあし》く伊勢の松坂に行ってる為《た》め顔を見せず。亭主心尽しの甲子飯に腹鼓を打ち、それより四方山話やら駄洒落やらに二三時間を費し、愈々《いよいよ》外の新内も身に沁むと云う引け時刻《どき》になると、会主の金さん俄《にわか》にツイと立上《たちあがつ》て「皆さん時間ですから電燈を消します」と断り言うて一々《ついや》電燈を消したる上、手探りに小蠟燭を一二本取出し、「御婦人に無礼があっては申訳ないから、之《こ》れ丈《だけ》は会主の老婆心で」と燐寸《まっち》を摺ってそれを点《とも》せば、肩をすぼめてピタリと寄り添ってる三人の女客の姿、朦朧として障子に移りぬ。

斯《か》くて会主呼上げの順序に依り、鏡花、鼓村、一雅等の諸氏代る代る、扇子パチパチ膝乗り出して得意の妖怪談を演述し、妙所々《みようしよしよ》に至る毎、取別《とりわ》け婦人連の息を逸《はず》ませ、非常の喝采を博したり。

中でも一雅氏の幽霊実見談を演《や》り始めた時は、五花街《ごか》寂《がいせき》として死したる如く、月は雲間に隠れて、重苦しき風は小雨を交えて物凄く軒を鳴らし、蠟燭の火屢々《しばしば》消えんとして、一雅氏の弁愈々《いよいよ》冴え、説き去り説き来《きた》る波瀾万畳《はらんばんじよう》の凄絶悲絶惨絶なる事実談には、並み居る会員鬼気に襲われ、一人として声を発する者だになかりしと言う。

因《ちな》みに当夜、しぐれ、八千代の二女史及び沼田夫人の三人連《づれ》が、仲ノ町の水道尻とは何処を言うのか判らぬ為《ため》に、交番の巡査に聞いて見しに、巡査は容貌服装から推《お》して、水道尻でなく水道は何処かと聞いたものと勘違いし、「水道は直《じ》き此《こ》の横町にあります」と澄《すま》して答えた抔《など》の滑稽もありしと。

このときの怪談会の模様は、後に鏡花も短篇「吉原新話」(一九一一)に達意の筆で活写しているので、ぜひお読みいただきたいと思う。

ところで右の「吉原で怪談会」にはひとつ、気になる箇所がある。「妖怪問屋泉鏡花の崇拝家神田の金さんを会主とする第三回の怪談会」という一節だ。つまり、前年の化物会と、この吉原怪談会との間に、もうひとつ怪談会が催されたようなのだが、残念ながら特定に至らなかった。識者の御教示を待ちたい。

さて、時期的に見て、これら三度の怪談会で披露された談話をもとにまとめられたと考えられるのが、明治四十二年（一九〇九）十月二十八日に柏舎書楼から上梓された『怪談会』（ちくま文庫『文豪怪談傑作選・特別篇　百物語怪談会』所収）である。巻頭に鏡花による格調高き序文を掲げ、小説家の柳川春葉、高崎春月、水野葉舟、劇作家の小山内薫、長谷川時雨、岡田八千代、日本画家の鏑木清方（夫妻で参加）、鰭

『怪談会』書影

『怪談会』口絵
（鰭崎英朋・画）

崎英朋、洋画家の岡田三郎助、陶芸家の沼田一雅（夫妻で参加）、彫刻家の北村四海、彫金家の岡崎雪声、美術批評家の岩村透、箏曲家の鈴木鼓村、宗教家の神林周道、そして歌舞伎役者の六世尾上梅幸と初世市川団子（二世市川猿之助）、鏡花門下で新聞記者の岩永花仙、それに会の世話役を務めた田島金次郎という総勢二十二名の錚々たる文人墨客が名を連ねるこの奇書は、明治末期の文壇における怪談ブームの熱気をなまなましく今に伝えると同時に、著名人の直話《じきわ》を蒐めた百物語形式による怪談ドキュメンタリーとして、扶桑堂版『百物語』と双璧を成す歴史的意義を有する一巻でもある。若き日、「やまと新聞」の百物語連載記事に心躍らせた（かも知れない）鏡花にとっては、さぞかし感慨深いものがあったに違いない。

本書には『怪談会』から、小山内薫、鏑木清方、鰭崎英朋の各話を採録する。

女の膝（小山内薫）

私の実見《じつけん》は、唯《ただ》のこれが一度だが、実際にいやだった、それは曾《かつ》て、麹町三番町《こうじまちさんばんちょう》に住んでいた時なので、其家《そこ》の間取《まどり》というのは、頗《すこぶ》る稀れな、一寸《ちょいと》字に書いてみようなら、恰《あだか》も呂《ろ》の字の形とでも言おうか、その中央《なか》の棒が廊下ともつかず座敷ともつかぬ、細長い部屋になっていて、妙に悪《わ》るく陰気で暗い処《ところ》だった。そして一方の間《ま》が、母屋で、また一方が離座敷《はなれざしき》になっていて、それが私の書斎兼寝室であったのだ。或夜《あるよ》のこと、それは冬だったが、当時私の習慣で、仮令《たとえ》見ても見ないでも、必ず枕許《まくらもと》に五六冊の本を置かなければ寝られないので、その晩も例の如くして、最《も》早《はや》大分夜も更《ふ》けたから洋燈《ランプ》を点《つ》けた儘《まま》、読みさしの本を傍《わき》に置いて何か考えていると、思わずつい、うとうととする拍子に夢とも、現《うつつ》ともなく、鬼気《きき》人に迫るものがあって、カンカン明るく点《つ》けておいた筈の洋燈《ランプ》の灯《あかり》が、ジュウジュウと音を立てて暗くなって来た、私はその音に不図《ふと》何心《なにごころ》なく眼が覚めて、一寸《ちょいと》寝返りをして横を見ると、呀《アッ》と吃驚《びっくり》した、自分の直《す》ぐ枕許《まくらもと》に、痩躯《やせぎす》な膝《ひざ》を台洋燈《だいランプ》の傍《わき》に出して、黙って座ってる女が居《い》る、鼠地《ねずみじ》の縞物《しまもの》のお召縮緬《めしちりめん》の着物の色合摸様まで歴々《ありあり》と見えるのだ、がしかし今時分、こんなところへ女の来る道理がないから、不思議に思ってよく見ようとするが、奇妙に、その紫色の帯の処《ところ》までは、辛《かろ》うじて見えるが、それから上は、見ようとして、幾《いく》ら身を悶《も》掻《が》いても見る事が出来ない、しかもこの時は、非常に息苦しくて、眼は開《ひら》いているが、如何《どう》してても口が利けないし、声も出ないのだ、ただ女の膝《ひざ》、鼠地《ねずみじ》の縞物《しまもの》で、お召縮緬の着物と紫色の帯と、これだけが見えるばかり、そして恰《あだか》も上から何か重い物に、圧《おさ》え付けられるような具合に、何ともいえぬ苦しみだ、私は強《し》いて心を落着《おちつ》けて、耳を澄《すま》して考えてみると、時は既に真夜半《まよなか》のことであるから、四隣《あたり》はシーンとしているので、益々《ますます》物凄い、私は最早《もはや》苦しさと、恐ろしさとに堪《た》えかねて、跳起《はねお》きようとしたが、軀一躰《からだいったい》が痲痺《しび》れたようになって、起きる力も出ない、丁度《ちょうど》十五分ばかりの間《あいだ》というものは、この苦しい切無《せつな》い思《おもい》をつづけて、やがて吻《ほっ》という息を吐《つ》いてみると、蘇生《よみがえ》った様に軀《からだ》が楽になって、女も何時《い》しか、もう其処《そこ》には居なかった、洋燈《ランプ》も矢張《やはり》もとの如く点《つ》いていて、本が枕許《まくらもと》にあるばかりだ。私はその時に不図《ふと》気付いて、この積んであった本が或《あるい》は自分の眼に、女の姿と見えたのではないかと多少解決がついたので、格別にそれを気にも留めず、翌晩は寝る時に、本は一切《いっせつ》片付けて枕許《まくらもと》には何も置かずに床《とこ》に入った、ところが、やがて昨晩《ゆうべ》と、殆《ほと》んど同じくらいな刻限になると、今度は突然胸元が重苦しく圧《お》されるようになったので、不図《ふと》また眼を開けて見ると、再度《にど》吃驚《びっくり》したというのは、仰向きに寝ていた私の胸先に、着物も帯も昨夜《ゆうべ》見たと変らない女が、ムッと馬乗《うまのり》に跨《また》がっているのだ、私はその時にも、矢張《やっぱり》その女を払い除《の》ける勇気が出ないので、苦しみながらに眼を無理に睜《みは》って、女の顔を見てやろうとしたが、矢張《やっぱり》お召縮緬の瘦《やせ》躯《ぎす》な膝と、紫の帯とが見ゆるばかりで、如何《どう》しても頭が枕から上らないから、それから上は何にも解らない、しかもその苦しさ切無《せつな》さといったら、昨夜《ゆうべ》にも増して一層《いっそう》に甚《はなはだ》しい、その間も前夜より長く圧《おさ》え付けられて苦しんだがそれもやがて何事もなく終《おわ》ったのだ、がこの二晩の出来事で私も頗《すこぶ》る怯気《おじけ》がついたので、その翌晩からは、遂に座敷を変えて寝たが、その後は別に何のこともなかった、何でもその後近所の噂に聞くと、前に住んでいたのが、陸軍の主計官とかで、その人が細君を妾《めかけ》の為《た》めに、非常に虐待したものから、細君は常に夫の無情を恨んで、口惜《くやし》い口惜いといって遂《つい》に死んだ、その細君が、何時《いつ》も不断着《ふだんぎ》に鼠地《ねずみじ》の縞物《しまもの》のお召縮緬の衣服《きもの》を着て紫繻子《むらさきじゆす》の帯を〆《し》めていたと云うことを聞込《ききこ》んだから、私も尚更《なおさら》、いやな気が起《おこ》って早々に転居してしまった。その後其家《そこ》は如何《どう》なったか知らないが、兎《と》に角《かく》、嫌な家《うち》だった。

幽霊の写生（鏑木清方）

物故された、月岡芳年《つきおかよしとし》師匠は、よく不思議な事に出会ったことのある人でした、私の覚えている内で、幽霊を写生されたのが、二つあります、一枚は確か、先年博文館から出た怪談揃いの内の挿絵になっていると思いました、それは、遊女屋の二階の梯子《はしご》段《だん》の上の欄干《らんかん》に、乱れ髪の遊女《おいらん》姿の女が後向《うしろむ》きになって、下の方を見下ろしながら手招《てまねき》をしている絵です、この絵画《え》を描《え》がいたわけは、或《ある》夏のこと、芳年氏は弟子の年方《としかた》氏と共に大磯《おおいそ》へ行かれて、一夜其処《そこ》の遊女屋《じょうろや》へ行《ゆ》かれたのだそうです、すると、芳年氏の入られた部屋というのは、二階の梯子段の、直《す》ぐ傍《そば》の部屋でした、引け過《すぎ》ても相方《あいかた》の女郎《じょろう》が来ない、如何《どう》した事かと思っていると、突然二階で、誰《た》れも呼びもせぬのに、下の方で、ハイ——と、禿《かむろ》の返事をする細い声が廊下に響いて、小さな草履《ぞうり》の音が、遠くから、バタバタと聞《きこ》えて来る、不思議な事もあるものと、思いながら、そっと障子の隙間から、その梯子段のところを、見ると驚いた、例の絵画に描かれた様な姿の女が、細い手で下の方を向いて手招ぎをしていたのだそうだ、禿《かむろ》は二階に上って来たが、誰《たれ》も居ないので、また戻ったそうだが、芳年氏も気味《わ》の悪るくなったので、早速それから宿屋に帰って寐《ね》たとの事だ、後で、段々《だんだん》聞いてみると、その芳年氏の入られた部屋というのが因縁附《づ》きの部屋で、そこへは誰《た》れも決して女郎が来ないとの事であった、即《すなわ》ちこの実見《じっけん》したのを、早速写生されたのが一枚と、もう一枚は、これは曾《かつ》て、氏の妾《めかけ》が病気で実家に戻っておったが、死んだ晩に、氏の寐《ね》ておられた蒲団の足許《あしもと》のところへ来て、俯向《うつむけ》に、丈《たけ》なす黒髪をバッサリ、前へさげて、座っていたが、着ていた鼠小紋《ねずみこもん》の衣服《きもの》も、黒繻子《くろしゅす》の帯も、明白《ありあり》と眼に映ったので、直《す》ぐ翌日に写しとったとの事でそれも多分、今に残っていると思うのである。

車上の幽魂（鰭崎英朋）

十七年ばかり前、雪の夜のもう遅く、或《ある》街の商家の軒下で、五人ばかりの車夫《しゃふ》が、各《おのおの》毛布《けっと》に包括《くるま》り、ぶるぶる震えながら蹲《うずくま》って、色々の談話《はなし》の末に、その内の一人が、「己《おれ》は日外《いつぞや》幽霊を乗せたことがある」と言出《いいだ》したので、他《ほか》の者も、それは珍らしいといって、皆《みんな》黙って聴いてると、その男はさも得意気に語り出した。

或《ある》夏の雨がジトジトと降っていた、真闇《まつくら》な晩だった、己《おれ》はその時分は何時《いつ》も、本所《ほんじょ》の回向院《えこういん》の前で客待《きゃくまち》をしていたもので、その日もあまり客も無さそうだったが、もう少し我慢していてみようと、一人で淋しく其処《そこ》に待っていた、十二時の鐘を余程前に聞いたのだから一時頃か、それともう少し過ぎていたかもしれない、雨の夜でもあるから、人通りもあまりない、欠《あくび》を噛締《かみし》めながら、思わずうとうととしたかと思うと、偶然《ふと》「車屋さん」と呼ぶ女の声がしたので、「はい」と返事をして、眼を摩《こす》りながら仰向《あおむ》いて見ると、三十恰好《がっこう》の、小意気な年増《としま》なので、己《おれ》は直《す》ぐ「何処《どこ》まで参ります」と訊くと、女は「御苦労だが本郷《ほんごう》の加賀様《かがさま》の前までやって下さいな」というのだ、「はい畏《かしこま》りました」と、それから賃銭《ちんせん》も定《き》めて、女を乗せて、雨の中を急いで行ったが、かれこれ先方《さき》へ着いたのが、もう二時過ぎ頃だろう、丁度《ちょうど》加賀前《まえ》のある米屋の前まで来ると、女は上で「ああ此所《ここ》です」というから楫棒《かじぼう》を下ろすと、女は静かに下りて、「大《おお》きに御苦労さんでした、一寸《ちょっと》待っていて下さい、今お銭《あし》をあげますからね」と云い捨てて、そこの家へス——と音もなく入って行った、己《おれ》は大分急いだので、顔や胸などに流れる汗を拭きながら待っていた、やがて女がその家《うち》に入ったかと思う時分に、一《ひと》しきり乳飲児《ちのみご》の泣く声が家の内から聞えて来た、もう誰《た》れか出て来るだろうと思いながら待っていたが、中々《なかなか》出て来ない、おかしいと思って、その雨戸の隙間から内を覘《のぞ》いてやろうと立った途端に、其処《そこ》の店の雨戸が、ガラリと開いて、内から其家《そこ》の亭主らしい男が顔を出して、私《わし》の顔を見ながら、さも不思議そうな顔をしている、己《おれ》も最早《もう》待ちあぐねたので「如何《どう》かお早く願います」というと、その男はさも驚いた様に、「お前さんは今誰《だ》れか乗せて来たのかい」というのだ、己《おれ》も何だかおかしいと思ったが、「はい只今《ただいま》回向院の前から女の方を乗せて参ったのです」と答えると、その男は一躰如何《いったいどん》な女だというから、よくも解らなかったが、何でも三十くらいのこれこれの女だというと、男は愈々《いよいよ》驚いて話すのには実は私《わし》の女房が先達《せんだって》赤児《あかんぼ》を残して死んだが、今のこと、私《わし》の枕許《まくらもと》で、「戸外《おもて》に車夫《くるまや》が居ますからお銭《あし》をやって下さい」という声がしたので、夢であったかと思《おもい》ながら不図《ふと》私《わし》は眼を覚して見ると、赤児《あかんぼ》が蚊帳《かや》の外へ出て泣いてるのだ、不思議なこともあるものだと、念の為《た》め、今此処《ここ》を開けてみると、お前さんが居るのじゃないか、全く奇妙な事もあるものだね、時に賃銭《ちんせん》は何程《いくら》上げようかね」といって定《き》めた金銭《かね》を渡してくれたが、己《おれ》もそれを聞いてみると自分が全くその幽霊を乗せて来たものらしいと思うと、何ともしれないほど、いやな心持《こころもち》になったので、もう大急ぎに家《うち》に帰って、その儘《まま》寝てしまったよ」と談《はな》し終《お》わる。サラサラと窓うつ雪を枕に、寝ながら聞いた話しである。

第四章

怪談まつりの光と影

ここはどこだろう……はじめのうちは、床《とこ》を延べてある我が家の居間だと思った。周囲に、たくさんの人影が詰めかけていたからだ。おやおや、またも見舞客かと。どうも、そうではないらしい。ずらりと軸物を掛け連ねた壁が見える。薄暗くてぼんやりとしか見えないが、どれもこれも妖怪画《おばけえ》のようだ。おや、あの構図と筆勢は、健ちゃん（鏑木清方）ではないか。英朋さん（鰭崎英朋）とおぼしき絵もある……。

ああ、そうか、思い出したぞ、ここは昔あった画博堂のギャラリーじゃないか。また夢を見ているのだな。

テーブルには、いかにも不祝儀《ぶしゅうぎ》な趣向を凝らした料理が並んでいる。百物語には欠かせぬ演出とはいえ、あまり気分のよいものではない。特にあの日は、厭な予感がしたものだ。

そう、あそこの隅にいる、あの男。見知らぬ顔の陰気な男が、やがて夜も更けてから語り始めたあの話……おお、南無《なむ》三宝《さんぼう》、あんな場に立ち合うのは、二度とごめんだ！

『怪談会』と『遠野物語』の相次ぐ刊行によって、ひとつの頂点を迎えた観のある明治の怪談ブーム——ほどなく元号が明治から大正へと改まっても、鏡花を筆頭に、おばけずき文士たちの怪異への狂熱は、一向に衰える気配を見せなかった。

当時の昂揚ぶりを偲ばせる一証左として、その名も「怪談の会と人」と題する新聞記事を次に掲げておくことにする。明治四十二年（一九〇九）の夏に「役者の怪談」と銘打つ全五十回の長期連載を企画した「都新聞」の大正八年（一九一九）七月四日〜八日付（七日は休載）紙面に連載されたリポートである。

怪談の会と人

怪談三人男

お盆が近よると、各所に怪談会の集まりが催される。秋になると一層それが盛んになる。いろいろな人々がいろいろな場所を選んで、いろいろな趣好で催される。

怪談会として平生《へいぜい》固まったものはない代りに、随時に誰かの手で催されて、同時にいつも極《きま》った顔触れが集まって来る。従って、この会は平生団結的に纏《まと》められている会と云っても好い有様である。

怪談会を矢鱈《やたら》に催したがる人は河瀬蘇北《かわせそほく》君で、怪談を矢鱈に物語りたがる人は鹿《か》塩秋菊《しおしゅうぎく》君でも《(ママ)》、秋菊君はお化《ばけ》の生れ代りのような人で、蘇北君は怪談の保護者のような人である。

新派の喜多村緑郎君も怪談については一方の雄将である。小説家の泉鏡花君も怪談の親玉である。怪談をもっとも巧《たくみ》に書く人が鏡花君である事は云うまでもないが、喜多村君が怪談をもっとも巧に物語る事も相伍《あいご》して劣らないであろう。

喜多村君はしみじみと怪談を物語る。他の人がするように形容詞などは殆ど入れないで、しみじみと物語る。そして話の種が次から次へと非常に多い。

鏡花君は大抵の場合、怪談を語らない。ただ人々の物語るのを丁寧に聞いている事が多い。この人には怪談の材料がないのかと思われる程である。が、時折静かな声で簡単に、そして趣のある怪談を物語る事がある。

琵琶の永田錦心《ながたきんしん》君も怪談に興味を持つ人である。真面目な相談事でもする調子で、実験の怪談をキチンキチンと定め付けながら物語る。それが思いの外《ほか》、人の心を引《ひき》付ける力を持っている。

鹿塩秋菊君の怪談は、いつまでもいつまでも続くところに妙味がある。聴手《ききて》が倦《あ》きていようと、眠っていようと一切無頓着で語り続ける。

怪談好《ずき》も随分あるが、鹿塩君に至ってはお化が自分の体に付いて廻っているので、寝ても覚めても自分のする事一つとして怪談ならぬことはないとさえ云っている。

私はお岩様と逢った事がありますよ、四谷の左門町で真夏の真昼間《まひるま》の二時という時刻でしたなどと、真剣に云って人を驚かす。

鏡花君と喜多村君と鹿塩君とは正《まさ》に怪談三人男と名付ける事が出来るであろう。

近年の大怪談会

怪談通《つう》としては他に水野葉舟という人がある。この人の物の云いぶりが、もっとも、怪談を物語るのに適している、少しは形容は多いが。

近年怪談の会が、あまり矢継早《やつぎばや》にあった所為《せい》か、それほど大仕掛の怪談会はなかった。四五年前、河瀬蘇北君が司会者となりて二の橋の植木という料理屋でやった事がある。この時には来会者も割に多かった。趣向も相当にあった。一通り昔の百物語式に思い思いの物語をしたあとで、籤引《くじびき》で順序を定《き》めて、一人ずつ次の間へ入って行って、次の間に備えた棺桶の前へ線香を一本ずつ立てて戻って来る手筈だった。

その次の間には壁のまわりに、いろいろの幽霊の絵が貼ってあり、棺桶は奥深い正面にあった。その棺の前に坐って線香を立てようとすると、右手の隅でガタリと音がする。

部屋を薄暗《うすくら》にしてあるから一寸《ちょつと》判らなかったが、目が薄暗に馴れるに従って、この物音の場所には蚊帳が半釣《はんつり》にしてあった事が判る。

蚊帳の中には、女が一人うしろ向《むき》に、赤児《あかご》を抱いて横坐りに坐っている。まず大抵の人はぎょっとしなければならぬところだが、この幽霊、うえきの女中を使ったので、いささか幽霊としては栄養がよすぎたから凄味が七分通り減らされていた。

この時の事である。幽霊部屋に入る一番籤を抽《ひ》いて面喰ったのが我社の蘆江《ろこう》で、性来の臆病を遠慮なくさらけ出したのは松崎天民《まつざきてんみん》であった。

怪談会の会場に選ばれるのには、よく吉原品川あたりの貸座敷の二階座敷である。

それは場所柄として徹夜をしても、他の邪魔をせず、家の構えが何となく広々と出来ているからである。

殊に心中のあった部屋だの、何か因縁のあった部屋がもっともよく選び出される。もっとも大仕掛の怪談会は十年程前に、田端の白梅園で催された。この時も文士や新聞記者や、画家が多かった。が、その時のは近年中の怪談中の怪談会であったように記憶する。

怪談人を殺す

会主は河野《こうの》代議士であった。幹事となって会の仕組をしたのは、その頃報知新聞の記者だった鹿島桜巷《かしまおうこう》君で、会衆は文士新聞記者を主なる人としていた。

会員中へ、予《あらかじ》め通知をして思い思いに趣向を持込む事になっていた。持込まれた趣向以外に、幹事側でもいろいろな趣向をしてある事は云うに及ばない。

広間の正面に位牌を置いて、それに向って、客は両側へ居ながれる。出る御馳走も悉《ことごと》く怪談に関係した趣向で、それは白梅園の板前が大いに苦心をしたのである。

板付《いたつき》の蒲鉾へ紅を塗ったのが戸板がえし、わさび芋の上へ紅を流したのが血の塊り、骨入《こつい》れの曲《まげ》ものに西洋菓子の砂糖房露《ぼうろ》を入れて白骨にまぎらしたもの、などと、一つとして気味の悪くないものはなかった。
お料理が済むと籤引がある。その籤によって当る景品も一々《いちいち》怪談に因《ちな》んだ詞書《ことばがき》がついている。

さて、それが済んだあとで一人一人お化《ばけ》の部屋を廻る事になるのだが、屏風のかげに出刃庖丁と女の髪とを散らした部屋、血を流した廊下、蚊帳の中の幽霊、など種を割って見れば馬鹿馬鹿しい飾物《かざりもの》だが、前々から、いろいろな仕掛で心を迷わされている会衆は一人として怖《おび》えないものはなかった。殊に最後の湯殿などは風呂桶の中に、男の首が一つ浮いているだけであったが、非常な物凄さであったと云う。

この時幽霊になったのは、白梅園の娘で、今市川の松桃園に内儀《おかみ》となっている。瘦せぎすの脊の高い女だけに一層気味が悪かった。

吉原の貸座敷を会場にしてその後小山内薫、喜多村緑郎などの人たちが怪談会を催した時も、白梅園のに次ぐ大仕掛のものであった。

京橋の画博堂《がはくどう》で怪談会をやって、話が余りに気味悪かった為《た》め、会衆の一人がその場で卒倒し、それが因《もと》で冥土の旅立ちをした事もある。それは四五年前の事であった。その時には泉鏡花君なども来会者であった。

芝居道の人たちも、折々怪談会をやる。近年では六代目菊五郎の家《うち》でやった事を聞いた。これはお化《ばけ》の本家たる五代目のあとを受けた人であるから、当然の思い付きで当然の催しであろう。

観音経の功徳

怪談の代表者のような鹿塩秋菊君は、先年から鎌倉の円覚寺山房に籠って頻《しき》りに観音経写経と参禅に身を委ねているが、この記事を見るとまた怪談の近況を報じて来た。それは数日前円覚寺の中の或る寺で怪談会をやったと云う事だ。

この怪談会で風呂の中で死人の声を聞いたという話や、狸の火につつまれたと云う咄《はな》しなどが面白かったと云う事である。

ただこの怪談、秋菊君が弱っているのは近来観音経を手写《てうつし》するようになって以来、始終この人の身辺に付きまとっていた幽霊が、全く影を隠してしまって寂しくなったという事だ。観音経の功徳が幽霊を追払ったのかも知れないと本人は云っている。

秋菊君の説によると、昔から伝わっている怪談の中で甲州の小松屋怪談というものがある。こればかりは絶対に話す事の出来ない話で、若《も》し怪談会でそれを話すと、祟りが忽《たちま》ち飛び込んで怖ろしい目に会うときまっているという事である。よくよく執念の深いお化けと見える。

怪談会の保護者と名づけた河瀬蘇北君は今静岡民友新聞の人となっている。そして相変らず怪談会を催している。去年の秋に静岡へ行って以来、静岡で一度、浜松で一度、沼津で一度、僅《わずか》一年の間に都合三度も怪談会をやったそうだ。

静岡の怪談会はみどり庵という料理屋で、六十人ほども集まったそうだ。浜松は玄忠寺という寺、沼津もお寺だったそうだが、何《いず》れも大評判と、大盛況とを示したという事である。

怪談会の組立《くみたて》はいろいろにある。飽くまで趣向をして、いろいろの造りもので脅《おど》かすのがあるし、物語を主として、趣向はざっとしているのもある。

趣向を加えた中には、人の死骸を造って置くもの、首などを落としてあるもの、蛇でのれんを造るものなどと様々ある。

この記事が縁になって、盆の十六日に大袈裟な怪談会を催そうかという相談が或る向《むき》で始まった。盆の十六日という日を選んだのが怪談会にふさわしい。今のところで会場を向島百花園の喜多家茶荘《きたのやちやそう》にする事と、会は夜十時から始めて徹夜という事と、成るたけ広く人を集めるという事だけが定《きま》っているらしい。

「怪談の保護者」河瀬蘇北に「お化の生れ代り」鹿塩秋菊、怪談の「雄将」たる喜多村緑郎に「怪談の親玉」泉鏡花、「怪談通」の水野葉舟……一騎当千のおばけずき文士たちが集合離散して、各地で趣向を凝らした怪談会を催していたさまが、手に取るように伝わってくるだろう。

その中にひとつ、気になる記述があったことにお気づきだろうか。「京橋の画博堂で怪談会をやって、話が余りに気味悪かった為《た》め、会衆の一人がその場で卒倒し、それが因《もと》で冥土の旅立ちをした事もある」云々というくだりだ。

今も昔も、怪談会の前後に変事が起きたとする話は当たり前のように伝えられているものの、実際に人死《ひとじに》が出たというケースは珍しい。どのような場で、どのような事件が起きたのか、当日の参会者のひとり鈴木鼓村による次の一文（初出不詳／一九四四年刊『鼓村襍記』所収）をご覧いただこう。

怪談が生む怪談（鈴木鼓村）

まえがき――これは怪談が更に怪談を生む話なのである。登場人物は有名な小説家、画家、俳優等が現れて奇怪な事実を展開する。私もその登場人物の一人である。

大正三年七月十二日、この日は、東京の盆の草市である。東京は新《しん》で盆をやるので、盆とはいえど梅雨《つゆ》あがりの、朝よりどんよりおおいかぶさった憂鬱な天気だった。家にいてもべっとり脂肪《あぶら》汗がにじむようで、街全体がけだるく疲れていた。その日はかねてから計画のあった通り、日本橋区東中通り（今は電車通り具足《ぐそく》町の角）美術店松井画博堂《がはくどう》の四階で化物の絵の展覧会が開会された（同月二十六日で終っている）。当時在東京の色々な作者の作品が百余点以上も集まって、今は既に故人となった池田輝方《てるかた》氏及びその夫人の蕉園《しょうえん》女史の、御殿女中か何かの素《す》ばらしい幽霊の絵や、鏑木清方氏の物語めいたすごい大物が眼をひいた。私は半折《はんせつ》の色々の化物を十枚出品していた。その中で精霊棚をかざって随分凝った嗜好が試みられていた。慥《たし》かその日の世話役が画博堂主人と奇人画家本方秀麟《ほんぼうしゅうりん》氏に、洋画家の平岡権八郎氏だったか？　表に直径五尺もある白張提灯《しろはりちょうちん》等をつるしていた。そして初日の怪談会にはすべての方面に渡って招待状を発送したものだった。

＊　＊　＊

私は開会が七時というのに、下町へ用達《ようたし》に行く都合上午後一時には既に会場の画博堂四階に上って見た。委員連はしきりに美術店の番頭や小僧を使って絵の陳列や装飾の真最中だった。私はひとり窓辺に近づいて下の通りを見下していた。盆に用うる蓮の葉、秋草、みぞ萩、苧殻《おがら》、ほうずき、野菜、果物等を売る店が、岐阜提灯や簾《すだれ》等をあきなう店とにぎやかに雑居して盛んに客を呼んでいた。女子供はほうずきに赤く唇を染めながらはしゃいでいた。いそがしそうに行きすぎる通行人、あちこちの小店をのぞいてはちょこちょこ小きざみに渡り歩く中年女など、高い階上から見下しているとそれらの姿は珍らしい姿に眺められて、私は自ずと微笑まれて来るのである。

＊　＊　＊

「開会は何時ですか」という声に我に帰って顧みると、見知らない洋服を着た品のいい一人の男がはいってきて画博堂主人に話《はなし》かけていた。それに注意をひかれて私も窓を離れて聴き耳を立てた。その男は五円紙幣を差出して精霊棚へ供え物をしてくれと頼んでいる様子だった。「いや、これは何なんです。実は精霊棚といいじょう殊勝気《しゅしょうげ》もない展覧会に対する一種の装飾のようなもので、この茄子《なす》の馬、切籠灯《きりこどう》籠《ろう》等皆装飾なんです」とやや恐縮したような言辞で紳士の志《こころざ》をしきりに辞退していた。そうと解ってみると件《くだん》の男も強《し》いてともいえず心残りな面持ちで帰って行くのだった。

さてその晩になると夕方から続々と大変な人が集まって来て、皆は一驚しながら、こんなに集まっちゃ怪談も凄くなかろうと口々にいいあった。集合した顔ぶれは無慮六十何名という盛会でまず第一に美術家岩村透男爵、黒田清輝画伯、岡田三郎助画伯同じく八千代夫人、辻永、長谷川時雨女史、柳川春葉、泉鏡花、市川左団次、市川猿之助、松本幸四郎、河合武雄、喜多村緑郎、吉井勇、長田秀雄、幹彦兄弟、谷崎潤一郎、岡本綺堂等の人々と云う連中だ。

劈頭《へきとう》をうけたまわって高座に姿を現したのは文壇の名物男坂本紅蓮洞《ぐれんどう》氏で、滑稽をまじえた化物談一席、続いて日本カフェーの元祖でプランタンの主人洋画家松山省三氏の郷里広島のすごい話、次に私の鈴鹿峠の話等があっていつか会場はしんみりした気分に引入《ひきい》れられていた。話し手も聴き手も妙に真剣になって団扇《うちわ》の音のみがはたはた聞こえている。話し手は一間《いっけん》ばかりの唐木の大卓の正面に座して座談的に話すのであったが、先《さ》き程より座席の一隅に自分をとり失ったように首うなだれて、一座とは別に独り考えに耽《ふけ》っている一人の男がおった。何か知《し》ら暗い蔭がその男につき纏《まと》っていることは誰の眼にも感じられることだったが、次々に起《おこ》る怪談に注意を奪われている人々には忘れられた存在だった。その男は話《はな》しの切れ目ごとに何か重大なことを話そうとしながら又ふと気をくじかれたようにためらいながらもじもじしているのだった。それは余人ではなく昼間来てお供えを頼んでいた男である。ところへ第四番に高座に直ったのはハイカラな青年だった。興奮に白い顔を紅潮さしておずおず話しだした。

「私は伊井蓉峰の門下で石川幸三郎と申します新派俳優で御座います。今日のお催しの事をききまして師匠伊井の許しを得て、聊《いささ》か身の上の懺悔《ざんげ》話を致したいと思いまして喜多村先生のお供をして参った次第で御座います。誠におかしい事ですが私のくだらないお話を皆様の前にさらけ出してお耳をけがしましたならば、幾分か毎夜の悩みも軽くする事ができるだろうと存じ生意気にも正座に出たので御座います」青年はそういって言葉を切ってその事を思い出してか、ふと暗い顔をするのだった。その青年石川幸三郎はどんな秘密を話し出すのだろうか。引入れられた一同は思わず固唾《かたず》を呑んだ。

石川幸三郎はぽつぽつ話し始めた。

「人間の恨みというものは恐ろしいものだということを私はしみじみ感じました。私は今でこそ師匠伊井蓉峰のお蔭で東京の檜舞台へも出勤さして貰っていますが、今から七、八年前までは旅廻りのこれでも二枚目をつとめましたもので、大方は御難続きで殆《ほと》んど日本全国をさまよい歩きました。忘れもしません、明治四十一年の押詰《おしつま》った十二月の二十八日という日は、茨城県の真壁《まかべ》町のある小屋で、私の貫一で『金色夜叉』を演じました。その二十八日は落《らく》の日でしたが、驚く勿《なか》れ舞台から見物席を眺めるとあちらにぽつり、こちらにぽつりと七、八人の入《いり》です。こんな見物席は見た事もありませんでした。そんな風で次の興行の予定地群馬県高崎市までは近距離とはいえ旅費もなければ衣裳道具を運ぶ費用もないという有様でした。しかしどうやら興行師と座長との折合の結果私達は一円二十銭のお金を貰って翌日真壁を出発しました。こういう旅興行の折には田舎廻りの役者などは余程運のいい時でないと宿屋等には泊れず、小屋の楽屋をそのままの旅館として三々伍々《さんさんごご》自炊をしたものでした。

＊　　＊　　＊

私達は芝居がはねると、その楽屋でせっせと手廻りの荷物の整理をしていました。楽屋といっても畳はぼろぼろで、窓といえば無雑作に木を釘で打つけた上にほご紙を張って、障子も雨戸もないという風景です。そのほご紙は大部分破れて寒月がいよいよ冴え渡って、身に沁む筑波颪《つくばおろし》が遠慮もなく室《へや》に吹込みます。紙の破れから覗くと隣の寺院の卒塔婆が、まばらな雑木林の中に月にてらされて凄気《せいき》がぞっと身にしみます。懐《ふとこ》ろはさびしいし、次の興行地の模様等を取越苦労などして、しみじみと東京へ帰りたいと思いました。その時建付《たてつけ》の悪い板戸をあけて室に這入《はい》ってきた者があります。驚いて振りむくと、それはこの土地で僅《わずか》五日間の興行によい仲になった、だるま屋（淫売屋）の養女で今年十七になる××子という娘でした。顔も少し渋皮がむけて――ここまではいいんですが後《あと》あ悪いんです。唖《おし》で聾《つんぼ》で少し足りないのです。加えて無筆という御念の入《い》った娘でして――この娘とそんな風になった事は、これこそ前世の悪縁というのかも知れません。

這入って来たその娘は、手真似口真似で、とにかく約束通り東京へ連れて行けといってることはわかりました。それでまさか高崎へ行くという事もいえず、くれの事でもあり一旦東京の実家へ帰って正月早々には約束通り三越で銘仙を一反《いったん》買って改めて迎えに来るから待っていてくれと不完全ながら不具の彼女にわかるように説明して納得させました。啞娘も諒解したと見え存外素直に機嫌を直しいそいそと荷造り等を手伝って居ました。ところが夜中の二時頃になって便通を催したので厠《かわや》へ行きました。厠は裏の畑に数間《すうけん》離れて設けられていましたが、壁の破れから遠慮なくさし込む月光をたよりに用便していました。筑波颪がうなりを立てて下から吹き上げて来ます。一体《いったい》私は痔持ちで人のように手早く用を済ませぬので、二、三十分も寒い厠におりましたが室へ戻って来ますと啞娘は血相をかえて私を小突き廻します。すると隣の室から勝誇ったような役者友達の笑い声が起ってきたので、私は突《とっ》嗟《さ》に考えました。これは私の用便中友達の奴等が、『石川は東京へ帰るなんてウソでこれから皆高崎へ行くんだ』と本当のことをいったに違いないと思いましたが後の祭でなかなか機嫌を直してくれません。

そうと本当の事が友達からわかったとしてみますと、今更なだめようもありませんので、情熱に燃え狂っているかの唖娘を、とに角《かく》連れ出すことにしました。彼是《かれこれ》していう内に高崎行《ゆき》の汽車の出る下館駅（水戸―小山間）へ荷物を送るために雇った荷馬車が来ましたので、一座の荷物を一緒に出して、私達は只二人切りになりました。時計もないので時刻は不明ですが、身にしみるような朝風が、ひしひしと迫ってきます。下館駅はこの真壁からたっぷり三里はあります。その桑田の中に通ずる一直線の街道を筑波山を後にして、二人はものもいわずに下館に向いました。大方一里も来ましたろうか、東の空が僅《わずか》に明るくなって、小さな名も知らぬ村落にたどりつきました。考えてみますと、どうした事か、まだ夕食もたべていなかったのです。空腹が身にしみます。それに二人共一睡もしていなかったので非常に疲れました。どこでもいい疲れを休めて何かたべたい。本能的なこの考えで一《いっ》ぱいです。求める眼前に内部からほのかに明りのさしている家が見えます。やれうれしやとその家の前に行きつくと大和障子（半分腰板の）に――一ぜんめし――の薄くらい文字が辛《から》くもよまれました。自分のふところも考えずに、もう私達は飛込んでいました。めし屋のお神《かみ》さんは大きな竈《かまど》の下をたきつけていましたが、私達をふりむいて驚きながら近よってきました。

『お神さん御飯を下さい。何でもいいんですから早くして下さい』そういってから私はげっそり腰を下しました。お神は、もう少しお待ちになればあたたかいのがたけるんですが、と、いいながら、急いで仕度をしてくれました。膳の上には鰊《にしん》の煮たのにコンニャクの煮しめがこおったようにのっかっています。それでもやっと人心地《ごこち》つきました。お神さんはこの頃の寒さについて何とかいいながら焚き落としを火鉢に入れて呉《く》れました。手をかざしている内にほんのり温《ぬく》みが全身に廻ってくると現実のことがつらつら考えられます『困ったものを背負い込んだな』そう思いながら娘の顔を見ると二、三日前にゆうた引《ひっ》つめの銀杏返《いちょうがえ》しが藁《わら》をたばねたように雑然とあれてその下に白粉《おしろい》のはげた顔が、眼がどんより鈍いどよみを覗かせています。大正絣の垢じみた絆纏《はんてん》にちびた日和下駄と、嫌となったら何もかも徹底的に嫌なものに感じられます。『こんな女をどうして人前に出せるだろう』とつくづくその時愛憎《あいそう》がつきました。てきこれは恨まれても何でも欺いて帰すより外《ほか》に道がない——とこう悪い思案がつくとその方法を色々考えました。

*　　*　　*

*　　*　　*

『時にお前着物はそれだけか』と手真似でたずねると、流石《さすが》は女です。家へ帰ればメリンス友仙の羽織が去年仕立《したて》たままあるし金も六円余りはためて毛糸の袋に入れてお仏壇の下の小引出しに仕舞ってある。とこういうのです。一寸《ちよつと》いじらしい気持ちもしましたが心を鬼にして『私は少し位おくれてもいいから一度帰ってそれを持って来ぬか。そうじゃないと東京へ行くのにその大正絣では仕方がないではないか』と色々説服《せつぷく》につとめました。始めはそんな事をいってお前はそのまま東京へ行ってしまうだろうとか、帰ってお母さんに見つかったらふたたび出られないから、とか色々理由を手真似でつげて、なかなか聞き入れませんでしたが、それでもやっと納得して、まだお母さんはいつもの通り寝ているだろうからといいながら、きっと待っていてくれと幾度も念をおして、ふり返りふり返り取りに帰りました。これが私の一生の誤りでしたでしょうが、私は寒い朝霧の中の唖娘の姿が消えたと見ると飯屋の勘定もそこそこに駅へ走りました。

＊　＊　＊

兎《と》に角《かく》私は高崎につきました、高崎の初日は正月の二日でした」

石川幸三郎はそこまでいって、ハンカチを出して額の汗をぬぐうと水を一口グッと飲んで恐怖をおしのけるように頭を一振りして、なおも語り続けるのだった。

＊　＊　＊

「今度はある旧派俳優と合同で私の役は不如帰《ほととぎす》の武男でした。二日目の昼の間に車を連ねて町廻りをしました。自分等の一座は十二人で、阪東某という旧派の一座は十四人、合計三十台位な人力車を連《つ》らねて高崎の町を太鼓打ちの車を先頭に練廻《ねりまわ》りました。裁判所のわきから利根川の土堤《どて》へのぼって家のない所を七八丁車が走るのです、川向うは木枯らしに払われた雑木林でそれらの間に藁ぶきの屋根が散在してひっそり静まった堤を、車の轍《わだち》がガラガラ乾干《ひから》びた音を立てて進むのです。名もない旅役者のわびしさがひしひしと胸に迫ります。私は先頭から第八番目の車に乗っていました。土堤の葉の落ちた柳が二三株寒い風に枝を動かしています。そこにふと見ると人だかりがしてガヤガヤ口々に囁《ささや》いています。見るともなく車の上から見ますと水死人らしい死体の上に莚《むしろ》が一枚かけてあってその莚の下から細い青白い二本の足がニュッと出ています。私は無意識でした、どうして車から飛下《とびお》りたのやら——莚をまくって水死人の顔をのぞき込んだのやら——、莚の下には紅のはいった派手なメリンス友仙の羽織を着て、びっしょりぬれた髪の毛を無念そうに口に咬《くわ》えた蠟細工のような顔。

『アッ！』私は立《たち》すくみました。その眼はまだ生きているのでしょうか、私を睨みつけているその眼は……

恨み！　唖娘！

＊　＊　＊

私はどうしてふたたび車に乗ったのやら――とに角《かく》気のついた時には興行の三日目、明治四十二年一月四日の日、大熱で高崎市の宿屋のきたない四畳半でうめいている私でした。私はすっかり衰弱して、心身共に疲れ切っていました。あの死体の眼がどんな思いをこめたものか。物言わぬ唖娘の恨みはあの瞬間から私にとっ憑《つ》いたのです。

代る代る介抱して呉《く》れる友人に遺言までしていた私です。（東京の実家へ侘びる事。真壁のだるま屋へ申訳のこと）等々色々と友達に頼んで私は到底生きる積りはありませんでした。友達も舞台へ帰って行って、独り薄暗い室《へや》に寝ついている時程苦しい事はありません。四畳半の天井は紙の張天井でした。雨が漏って自然にできた天井の世界地図そのアフリカ洲あたりが段々薄れて見ている内に唖娘の顔になって髪の毛を無念そうに咬えて上からじっと睨み下しますかと思うと濡れしょびれた、身体をして啞娘が私の蒲団の中へ這入って来ます。びっくりして飛びのこうとすると今度は私が天井へ上って私と啞娘が寝ているを客観します。そんな絶えられない日が毎日その年の二月の節分も過ぎて半過《なかば》ぎ迄続きました。

＊　＊　＊

私のこうした始末を聞いて、東京の兄が兄嫁の親父を連れて迎えに来てくれました。そして私をやっと汽車に乗せて上野まで運んでくれました。漸《ようや》くその年の夏から身体も回復致しますし、元の師匠伊井蓉峰の一座に加えて貰いました。

その為丁度今年で八年大都市の外《ほか》は田舎廻りもせずお蔭様で石川幸三郎の名も皆様に識《し》っていただく様になりました。しかしその後啞娘は舞台に現れ、楽屋に現れ、ずっと私は悩《なやま》されました。暫《しば》らくそれもなくなって、やっと晴々しい気持ちを味わっている、つい一週間程前本郷座の風呂場へ私がひとりは入《い》って行きますと、湯気でけむった浴槽に誰か這入っているようです。私はさのみ気にかけずに座の者だろうと『やあ』と声をかけながら、片足を湯槽《ゆぶね》に入れてすかしてみると『アッ』と悲鳴をあげました。啞娘なのです、髪を乱してあの死骸の時と同じすごい眼なのです。

どうして私は風呂場からころび出たか知りません。ああ私はもう助かりません。罪ほろぼしの懺悔はこの通りでございます。本当に人間の最後の恨みほど恐ろしいものはありません」と、石川幸三郎は悄然《しょうぜん》と机の前を離れた。すると「ええ本当に人間の恨みほど恐ろしいものは有りません」こういって飛出《とびだ》した老人があった。その老人こそ昼間会の精霊棚にお供えをしてくれといって頼んでいた老人であり、この席でも幾度か正座に出ようとしてためらっていた暗い蔭の老人であった。

＊　＊　＊

何者にか突出《つきだ》されるように飛出した老人は早や口でしゃべった「何をかくしましよう、私は萬朝報《よろずちょうほう》社の営業部にいる石河と申しまして幸三郎さんとは同姓の者であります。私も人間の恨みを受けまして始終悩まされ通しの者であります。これは私の藩の秘密、君公《くんこう》の秘密では有りますが、もう御一新となった今日皆様も御承知でしょうから申上げますが私は鹿児島藩の者でありまして、当時（維新前）私の藩は藩論二派に分れ、一は島津斉彬《なりあきら》公と他は久光《ひさみつ》公この二派です。私は久光公の派でありまして、当時勤王の志士、宮家田中河内介《かわちのすけ》が京都を下って、私の藩に投ずるため、一家眷族《けんぞく》をことごとく引《ひき》つれて海路薩摩をさして向ったとの報があったので、私と父はその河内介の刺客たるべき資格を以て河内介の船に同船して出帆、ついに日向沖で目的通り河内介を害しました。私の父は河内介に当り、私はその妻子に当りました」といっていると突然小説家の泉鏡花氏が飛出して横合《よこあい》から「何でもあの殺し方は大変な惨酷なことをしたというじゃないですか河内介の手足を舷《ふなばた》に釘づけにしてやったというじゃありませんか。笹川臨風《ささかわりんぷう》君の本かに書いてあったですよ」というと「そうです、そうして田中河内介が―田中河内介が―河内介が」と名前を繰返していたが舌が吊《つ》って物がいえなくなってしまったと思うとそのまま卒倒してしまった。

＊　　＊　　＊

一座は怖がって総立ちになって思い思いに帰って行った。残った二三の人が石河氏を一間《ひとま》に運び込んで休ませ萬朝報社に電話で聞き合せ、ようやく翌朝京橋南町の同氏邸へ車で画博堂主人が送って行った。石河氏は謹直な人で平常余りよそで泊ったこともない人だけにその夜は家では心配して妻子が夜明《よあかし》しているところへ、ものもいえない同氏が運び込まれてきた。驚いた妻女同氏を抱えると言葉もでない様子だった。石河氏は早速高輪病院に入院したが田中河内介の名を呼びつづけて同月二十六日お化《ば》の画《え》の展覧会の終った日に死んでしまった。

この事件は戦後になって、朗読や漫談の名手でエッセイストとしても鳴らした徳川夢声《むせい》が、「怪談・田中河内介」(「宝石」一九四七年七月号掲載)に始まる一連の文章で言及したことにより広く知られるようになった(詳しくはちくま文庫『文豪怪談傑作選・特別篇　文藝怪談実話』の「史上最恐の怪談実話⁉――田中河内介異聞」の章を参照)。ひところウェブ上でも話題になったので、怪談実話好きの方なら、それと記憶されている向きも少なくなかろう。

右の「怪談が生む怪談」は、現にその現場に居合わせた人物による貴重な実見談であり、最も詳細に当夜の模様を伝えた内容となっている。それを裏打ちする文献として、「都新聞」大正八年(一九一九)七月二十二日と二十三日付紙面に掲載された次の記事(「怪談の会と人」の末尾で予告されていた怪談会のリポートである)を掲げておこう。鼓村の一文と照応させると、よりいっそう鮮明になまなましく、事件の細部が浮かび上がってくるに違いない。

向島の怪談祭

怪談お祟り

ただ凄味だけを持たして怖ろしい造り物をせぬようにというのは、幹事たる鏡花氏の注文であった。鏡花氏が怪談好みの癖に怖ろしいものを造るのが厭だというのには理由があった。怪談会にこてこての趣向をすると、きっと祟りがあるというのである。

最近に京橋中通りの画博堂で怪談会の催しがあった時の事だった。六時から赤電車までという目論見《もくろみ》で、新聞広告で会員を集めた。すると五時頃に髯《ひげ》の生えた相当の年輩の人がずっと入って、飛入《とびいり》でも入会する事が出来ましょうかという。何卒《どうぞ》お構いなく、しかし一時間ほど早過ぎますからと云うとそれでは出直して参りますと云って立去ったが、丁度六時頃に切子《きりこ》灯籠《どうろう》を二つ持って出直して来た。どうぞこれをお精霊様《しょうろうさま》におあげ下さいましという。

画博堂は三階建て、怪談会はその三階でやる事になっていた。三階の梯子《はしご》の際《きわ》にお精霊様が祀ってある。そのお精霊様へ切子灯籠二つを備えて座に直った。さて話が進む中《うち》に夕飯が出た。それが蓮の葉で包んだ精霊様のお供物同様な品物だから、皆々縁起が悪いとは思いながらも、この蓮の葉を解くと何か洒落たものでも入っているのかと思うと、左《さ》にあらずで、紛れもない蓮の飯《い》だけだから気味悪がりながらも皆食《たべ》た。その時に灯籠を持って来た人だけが食《たべ》ずに残していた。

追い追いに話が進む中《うち》夜が更けたので、一人帰り二人帰りした時、その人は一膝《ひとひざ》のりだした。その人の前には喜多村、隣には鏡花氏、その隣に鹿塩秋菊《かしおしゆうぎく》、その向側に鈴木鼓村《すずきこそん》とこれだけの人間が残っていた。ただ伺うばかりで済みませんが私も一つ怪談をいたしますと、そろそろ真面目に喜多村を見た。この話は私の心が主になっている話でして、私の家《うち》にとっては大事な話ですがという長い長い前置がついて、六七十年も前の話です、私の父が敵と覘《ねら》った人を返《かえ》り討《うち》にした話です。まだ、旧幕《きゆうばく》時代の事でした。私の父の殿様が至って短慮な人でした。その為《た》めに田中河内之助《たなかかわちのすけ》という家老が切腹をいたしました。話はそれから始まっておりますと、何となく重い口振《くちぶり》で話《はなし》はじめた。皆が面白そうな話だと思って聞いているとそれが不思議な事には……。

田中河内の助

不思議な事にはいつまで経ってもこの話が進まない。田中河内の助が切腹をしましたというところまで話してはまた私の父が敵を返り討《うち》にしました話で、中々私に取っては大事件でございますなどと始めの言葉を繰返す。云えば云う程話がもつれて、「田中河内の助が切腹をしました」というところ以上には決して進まない。真面《まとも》に聞き役となっている喜多村は、始めこの人が話を忘れて考えながら云ってるのかとも思ったが、「田中河内の助が切腹をしました」という言葉が、五六度《たび》も繰返されるについて変に思い始めた。泉さんは喜多村の膝をつつく。二人はこっそり顔を見合せるという風に、もじもじしていたが、相変らず「田中河内の助が切腹しました」という一言《いちごん》より先へ一言も進まない。堪らなくなって一人立ち二人立ち、今は喜多村、泉、鹿塩、鈴木の四人だけが残った。その鈴木鼓村君さえこっそり抜け出してしまった。下へ下りて見ると、会員は呆気《あっけ》に取られて噂をしている。

河内の助はどうしました、まだ切腹していますよ、ははは、一体どうしたんです、さあ気狂いでしょうか、いいえ気違いではないでしょう、それでは忘れたんですか、それとも今気違いになったのでしょうかなどと、誰も彼も不思議に思い始めた。二階ではまだ河内の助が繰返されている。喜多村は隙を見かけて逃げ出した。が、話し手はそれに頓着《とんちやく》なく矢張《やは》り「河内の助」をやっていたかと思うと、ぱったりそれへ倒れてしまった。

それと見ると大騒ぎになって下へ舁《か》き下《おろ》し介抱して見ると熱度が三十九度を越している。その人の宅へ知らせようにも家《うち》が判らない。止むを得ず夜の明けるまでこの家で介抱しておいた。夜が明けると、その人の家人が来て連れて行ったが、その宅へは入れもせぬ中《うち》に、直ぐ病院へ廻して手当を加えたが、その夜の中《うち》に息を引取ってしまったという事で、しかも、その死骸の袂《たもと》には、蓮の飯がそっくり手を付けずに入れてあったという。

つまり盆灯籠を両手にぶら下げて蓮の飯をそっくり持って行ったのだから、そのままの亡者という訳である。泉さんは兎《と》に角《かく》これを怪談会から出た怪談として、頗《すこぶ》る恐縮している。これが即ち怪談会に対する怪談というわけで、泉さんは頗る気にし始めた。

ところで、この貴重な証言を遺した箏曲家《そうきよくか》の鈴木鼓村は、本業である楽壇のみならず、明治末期の文壇にあっても異彩を放った一代の傑物であった。

明治八年(一八七五)八月五日、鼓村こと本名・映雄《てるお》は宮城県の亘理《わたり》町に生まれた。生家の鈴木氏は奥州の名族で、後に柳田國男が鼓村の随想集『耳の趣味』(一九一三)に寄せた序文で、同家の来歴や熊野信仰との関係について縷々《るる》筆を及ぼしているほどである。

若くして陸軍に志願し日清戦争で武勲を挙げる一方、祖母をはじめ幾人かの師について箏曲に習熟。明治三十三年(一九〇〇)、京都寺町で箏曲家として立ち、新流派を開く。当初は「国風音楽会」と称したが、後に「京極流」と改称した。

鼓村が創始した京極流箏曲は、盟友ともいうべき親交を結んだ蒲原有明や薄田泣菫、与謝野鉄幹・晶子夫妻らの手になる新体詩を、王朝期の装束をまとい、箏《こと》の調べにのせて朗々切々と弾唱するという、浪漫主義的で文学色濃厚な性格のものであった。これは鼓村自身が、詩作や句作を嗜《たしな》む一方、有職故実《ゆうそくこじつ》の研究家としても一家を成すなど(京都時代には妖怪研究の草分けのひとり江馬務の風俗研究会にも参加している)、古典文学の素養が豊かであったことに裏打ちされていたのであろう。

このため明治四十年（一九〇七）に上京した鼓村が翌年、永田町の通称「三部坂《さんぶざか》」に開設した鼓村楽堂（命名は与謝野鉄幹）は、さながら文学者や芸術家のサロンのごとき様相を呈したといい、その中には先に名を挙げた象徴派、浪漫派の詩人たちのほか、泉鏡花、岡本綺堂、島崎藤村、小栗風葉、柳川春葉、田山花袋、岩野泡鳴、吉井勇、長田秀雄・幹彦兄弟といった錚々たる顔ぶれが認められる。また、有名な芸術家集団「パンの会」の発起人にも名を連ねている。長谷川時雨や岡田八千代をはじめ、鼓村に箏《こと》の手ほどきを受けた女流作家や画家も少なくなく、時雨とは大正二年（一九一三）に劇曲「空華」を共作しており、時雨の「朱絃舎濱子」（『明治美人伝』所収）には、このときの模様が活写されている。

右に掲げたような一連の華やかな人脈が、本書でこれまで述べてきたような、鏡花、柳田、薬舟らの怪談人脈と密接に重なり合っていることは、わざわざ指摘するまでもあるまい。

そう、実は鼓村には、もうひとつの特技があったのだ。怪談である。

座談のうまいことは無類だった。興に乗ると冗談もなかなかいわれた。

——東北の方へゆくと、厠にね、竹の筒に篦《へら》がさしてあってね、それでぬぐうんですよ。何《な》んという名前だと訊くと、ホトケだというから、へえ！　ホトケ！　もったいないことをする、罰《ばち》が当らんかね、といったら、それでも旦那方はカミで拭くじゃねえか、と言いましたよ。

（中略）

こうして、出っ張った腹をゆすって、呵々大笑《かかたいしよう》される。そこに何ともいえぬ味があり、どんな冗談も、つゆほどの卑しさもなかった。怪談はことのほか巧みで、おもしろい奴をたくさんもっておられた。尾崎紅葉の幽霊が、葬式の日に、横寺町の銭湯へはいりにきた話、そのほか二三覚えているものもある。

これは鼓村と親交のあった文芸評論家・稲垣達郎による回想記「鈴木鼓村」（『日本近代文学の風貌』所収）の一節である。鼓村は「正味二十六貫五百」（約百キロ）と自称していたほどの大兵肥満にして談論風発、誰からも愛される人柄であったらしい。

それゆえ鼓村は、明治後期から大正にかけて頻繁に開催された百物語怪談会にも、一種の名物男として頻繁に顔を出していた。すでに紹介した「不思議譚」や向島の化物会、吉原の怪談会、そしてこの画博堂での怪談会と、名だたる怪談会の中心には、常に鼓村の姿があった。鏡花らの『怪談会』が鼓村の話で幕を開けているのは、決して偶然ではないのである。

文豪たちの怪談事情に最も精通していたとおぼしき鼓村のレパートリーの中から、ここには近代演劇の父として知られる小山内薫にまつわる、次のごとき無気味な物語（前掲『鼓村襍記』所収）を紹介しておきたい。

色あせた女性（鈴木鼓村）

小山内薫、フリッツ・ルンプと私の三人が吉原水道尻の兵庫屋を出たのは、終電車前だった。冬近い大空には銀河が流れて、街は半分眠っていた。田原町から乗った電車には泥酔した労働者風の男が長靴を踏ん張って居眠っているだけで寂然たるもの……三人も大方はとろとろと眠りにおちてゆく様子であった。処《ところ》が別院前に来ると、今まで無言でいた小山内氏が突然、私を揺りおこして、ヒドくあわてた様子で下車をする準備をしだした。

「どうしたのだい南稲荷迄じゃないか……？」

「いけない、又出たのだ。見ろ！　彼《あ》の労働者の横に坐ってやがるのだ降りよう降りるのだ！」

私はすぐネルの単衣《ひとえ》を着た紫繻子の昼夜帯《ちゅうやおび》の亡霊を思い出した。実際小山内氏は死ぬ迄《まで》、この怪異な女性の亡霊になやまされ通しであった。新小説へ「色あせた女」（引用者註　正しくは「文章世界」一九〇七年六月号に掲載された短篇小説「色の褪めた女」）の一篇をのせたがその「色あせた女」はこの亡霊を取扱ったものであった。

小山内氏が最初、亡霊に出喰《でくわ》したのは、彼がまだ学生時代の事で、今の主計官のような仕事をしていた父の恩給で親子三人――母親と彼と妹はつつましい生計を送っていた。駿河台のとある借宅でそこが彼の家庭らしい生活のはじまりだったが、又この亡霊と最初の出会地であった。何でもこの借宅の主《あるじ》がはしたない芸者と関係した事から、その細君が劇薬自殺を遂げた、その亡霊が二階六畳の間《ま》に眠ると現れて来る。鼠色に棒縞のネルを着て、紫繻子の昼夜帯をだらしなくしめ、眠っている者の胸の辺へズッシリとすわり込む、小山内氏も妹さんも、これには辛抱がならず遂に転宅したが、どうした訳か、その後小山内氏の身辺をつき纏《まと》って離れない。電車の内で脅え出した亡霊は、そのネルを着た女であった。――京都の智恩院門で高島屋一行の大ページェントがあった時小山内氏にあうと、いきなり私を木蔭へ引っ張って行って、

「オイ彼《あ》の女は実にしぶとい奴だぜ、京都へ来ても、大阪へ行ってもつきまとう……」

と蒼い顔をして眉をしかめた。この女に出喰わすときっと、何か不祥事が持ち上る……。その晩、吉原帰りの電車から降りた三人は、酒の酔《よい》もすっかりさめてしまって月影をふんで宛然《まるで》亡者のように夜明けまで市中をさまよいあるいた。


文中に見える「ネルの単衣を着た紫繻子の昼夜帯の亡霊」の怪異は、本書に収めた小山内自身の「女の膝」にも体験談として語られているが、まさかこのような執念《しゅうね》き後日談があったとは……初読の際には、慌てて小山内の小説「色の褪めた女」を一読、虚実のあわいの闇の深さに慄《ふる》えあがったものだ。

ところで、ここまでの鼓村に関する伝記的記述は、吉見庄助編『箏曲京極流　鈴木

鼓村』（一九八四）に負うところ大なのだが、もう一冊、青園謙三郎編『鈴木鼓村と石上露子』（一九八四）という興味深い書物が、時を同じくして上梓されている。

石上露子《いそのかみつゆこ》は若くして新詩社に所属した歌人で、叶わぬ恋の悲哀を詠った短詩「小板橋」（明治四十年「明星」十二月号に発表）一作で、近代詩史に名を残している（松村緑編『石上露子集』参照）。『鈴木鼓村と石上露子』には、彼女が鼓村に宛てて書き送った書簡十七通と、両者の伝記的資料が収載されているのだが、それらを通覧するに、どうやら「小板橋」をはじめとする露子の恋歌は、鼓村を対象に書かれたものである可能性が高いようなのだ（『箏曲京極流　鈴木鼓村』所収の和田一久「鼓村が作曲した詩とその解説」参照）。

両者は新詩社時代に箏《こと》を通じての交流があり、明治三十九年（一九〇六）の春ごろ（折しも東京で怪談ブームが幕を開けた時期だ）には、大阪・富田林《とんだばやし》の露子の実家を鼓村が訪ねている。鼓村の高弟で京極流の二代目家元となった雨田《あまだ》光平《こうへい》の「鼓村の思い出（十四）」（一九五九）によれば、露子は後年、鼓村との交友について、次のように雨田に語ったという。

画博堂での怪談会を報ずる新聞紙面（「讀賣新聞」1914年7月20日）。
「泉鏡花氏等の発起でこの程京橋の画博堂で百物語の会を開いた。松山省三、平岡権八郎氏等の青年画家及び俳優等が多数集った」

（上）箏曲演奏時の装束を着けた鈴木鼓村
（左）石上露子（明治38年、数えで24歳当時）

お泊りの翌日お誘いして河原を散歩した時のことでございます。今ではすっかり荒れて昔の面影をとどめませぬが、石川の中洲はまことに静かな、美しい島で、いくつかの小板橋がかかっていました。鼓村様はあの大きなお体格《からだ》で、重さにたえかねるような小板橋をあぶなげにお渡りになる様子が今でも眼に見えるようでございます。小板橋を渡り切った中洲は折柄の月見草でいっぱいでした。鼓村様は月見草を折り敷いてゴロッと横にお休みになりました。私は横に座ったままとび交う千鳥のなき声を聞いていました。その夕、新月の出を待って石川の瀬音に親しみ乍《なが》ら、あの「おもひで」（引用者註 薄田泣菫の詩に曲をつけた、鼓村の代表作のひとつ）をお書きになったように承りました。

長谷川時雨が名著『美人伝』（一九一八）の中で、「明星」の女性歌人のうち「最も美しき女《ひと》」と賞讃を惜しまなかった深窓の佳人と、「二十六貫五百」の鼓村の取り合わせは一見、奇異にも感じられるが、実のところ鼓村は、なかなかの情熱家にして艶福家でもあったという。ミュージシャンというより悪役レスラーを思わせるような不敵な風貌（二五九頁の写真参照）とは裏腹に、繊細霊妙に箏を奏で詩を吟じる絶妙な落差が、人心を惹きつけたのでもあろうか。

大正七年（一九一八）、東京での活動に行き詰まりを感じた鼓村は、三度目の結婚を機に古巣の京都へ戻り、那智《なち》俊宣《としのぶ》と改名して画業（土佐派の大和絵）に力を入れるようになる。晩年は吉田山の神楽岡《かぐらおか》に長らく隠棲して、昭和六年（一九三一）三月、五十七歳で病没したが、その最期については、これまた怪談めいた逸話が伝えられている。

京極流の二代目宗家として、鼓村が遺した曲や著作の保全・復刊と業績顕彰に尽力した彫刻家・雨田光平の回想記『道は六百八十里』（えちぜん豆本）所収「物の怪」によると、鼓村は死の前年、棲み慣れた神楽岡から下鴨・松原町の旧社家《しやけ》屋敷（神職の邸宅）に転居した。そこには以前、細木原という医師の一家が住んでいたが、愛娘が失恋のあげく座敷の梁《はり》で首を吊り、これを儚《はかな》んだ母親も便所で毒を呑んで死ぬという曰《いわ》くつきの屋敷なのだった……。

ここからは雨田の原文を引いてみよう。

こんな話を私夫婦と弟（薄金兼次郎）夫婦が初めて下鴨の家を訪ねた時に鼓村が

眼の色をかえてわれわれに語りかけるのである。

鼓村は座敷の梁を見あげてここだと私たちをおびやかす気味の悪さ。恐る恐るその先を聞くとどうやら現代ばなれのした妖怪話になるのだが、話の巧みさにまんまと引入《ひきい》れられてゆく。その五位の装束をつけた老人（引用者註　鼓村を訪ねてきた女弟子が邸内で目撃した幻影）というのが何代か前にここに住んでいた蔵人《くらんど》で役柄をよいことにして公金をごまかし、壺にいれてこの座敷の床下に埋めたのだという。その執念が未だに残ってこの家の主に祟るとのことである。

ある日の夕方、愛子夫人が便所に入ると白いもやもやしたものにとりまかれてとび出した話まで聞かされた。引越した日に潔斎場で猫が死んでいたという不吉なおまけ話がつく。

その夜は私たち兄弟夫婦はうす気味の悪い座敷で四人頭を並べて寝た。鼓村は一人玄関の三畳に寝た。旅のつかれですぐ寝ついたが、真夜中に弟の嫁が突然「姉さん、今何か枕元を通ったわよ」と叫ぶ。トタンに玄関に寝ていた鼓村が異様なうめき声をあげたのである。それから大騒ぎになり一睡もできない破目になった。

心臓の不調と打ち続く怪異に悩まされながら（経済的な理由のためか）すぐに転居もならず暮らしていた鼓村だが、翌年の三月、収容先の京大病院であえなく死去した。亡くなる直前、病室に駆けつけた雨田に、鼓村は両手をだらりと下げて、「いよいよ、これに命をとられる」と告げたという。文壇で一世を風靡《ふうび》した怪談語りの名手としては、これはむしろ天晴《あっぱれ》な最期というべきだろうか。

ちなみに、鼓村の死から奇しくも一ヶ月後の昭和六年四月、息子の京大進学にともない京都に転居した石上露子は、かつて鼓村から葵祭見物に誘われたこと（書簡中に記載あり）を懐かしむかのように、次の一首を詠んでいる。

「皐月《さつき》きぬ葵まつりを見に来よと云ひつる人もなき京にして」

ここで話をふたたび、画博堂の一夜へと巻き戻すことにしよう。

鼓村の一文や新聞記事にも触れられているように、そもそも当夜の怪談会は、同ギャラリーで開催中だった「妖怪画展覧会《おばけえ》」にちなんだイベントだった。いかなる展示企画であったのか、「美術新報」の大正三年十月号に掲載された「夏季の諸展覧会」（署名は雪堂）より該当部分を引用する。

妖怪画《おばけえ》展覧会（雪堂）

幼稚なる科学は未だ悉く《ことごと》宇宙の神秘を解釈し得ない、浅はかな智慧で妖怪の存在を否定して人生を平凡ならしめるよりも、せめて空想の上にでも、その存在を認める方が情趣がある。妖怪を単に滑稽なものとして取扱《とりあつか》ったのでは、始めから興味を殺《そ》ぐのである。多少の迷信も情趣を生命とする画家にはありたきものと自分は思って居る。柏亭氏の「雪女」は薄墨色の陰鬱と白い地の残された紙の色と簡朴な筆致と相和して一種の凄《す》ご味《み》を画面に漂わして居る。清方氏の「河童太郎」「牡丹燈籠」は技巧を賞すべく、蕉窓氏の「蓮花」などは一種の妖気を帯び居る。耕花氏の「女化ケ原」は美しい画面である。未醒氏の「化仏」は奇怪なるもの、省三氏の「そら出た」は漫画風の面白味があり、鼓村氏のは諷刺的興味がある。秀鱗氏の「ふる障子」英朋氏の「襖越《ふすまごし》」などは、構図は月並ながら、斯《か》かる画題の下には捨て難いものがある。唯《ただし》強いて凄ご味を出そうとしたのよりは、却《かえっ》て「雪女」や、「蓮花」などの場合の如く、全体の画面に、何となく、腥気《せいき》を漂わせたところが成功に近いものであろう。

文中で言及されている鰭崎英朋の「襖越」は、長らく所在不明となっていたが、平成二十五年（二〇一三）に金沢の泉鏡花記念館で開催された特別展「鰭崎英朋　刹那の美を描く」で、発見された画幅が展示されたことを御記憶の向きもあろう。襖の陰から座敷の様子を窺う女霊を描いて、いかにも怪談会の場にふさわしい作品であった。

英朋に限らず、鏑木清方や小杉未醒、鈴木鼓村ら鏡花怪談会の常連組から、鼓村も参加していた「パンの会」主宰者で画家・批評家の石井柏亭、「カフェー・プランタン」の店主で洋画家の松山省三ら、流派を異にするさまざまな画家たちが「妖怪《おばけ》」をテーマに競作した、画期的な展覧会であったらしい。

ちなみに右の展覧会評を載せた「美術新報」は、美術評論家のおばけずき男爵・岩村透が主宰する月刊誌で、プランタンには松山の親友で大の「おばけずき」でもあった小山内薫や岡本綺堂、谷崎潤一郎らも顔を出すなど、明治末から大正にかけて、パンの会に代表される文壇と画壇の盛んな交流が、怪談会ブーム発生の温床ともなっていたことを如実に窺わせるのである。

そもそも、この展覧会を企画した画博堂（当時の所在地は、東京市京橋区東仲通柳町一番地）は、新作絵画の展示販売をおこなう、今でいうギャラリーの草分けとされる店だった。明治二十一年（一八八八）に月岡芳年の肉筆画即売展を開催した門人の松井年葉こと栄吉が、京橋の画博堂を創業者から譲り受けて明治二十八年頃から営業を始め、大正に入る頃には栄吉の甥にあたる松井清七が、二代目の経営者になっていたという（詳しくは「一寸」第四号掲載の岩切信一郎「画博堂――或る画廊先駆者物語」を参照）。

岩切氏の論考から引くと「この画博堂は、松井栄吉（年葉）と芳年との関係から、芳年の弟子年方、年方の弟子清方へと関係も繋がって、大正初期頃の松井清七が店を仕切っていた頃には、清方及びその門下の作品を扱っていた」という。してみると、画博堂の怪談イベントは、すでに本書で跡づけてきた「やまと新聞」の百物語イベントに発して鏡花人脈へという流れの一大合流点でもあったことになる。

それかあらぬか、鏡花は画博堂怪談会に中心メンバーとして参加したのみならず、展覧会自体の宣伝文を、次のように書き下ろしているのだった。

妖怪画《おばけえ》展覧会告条《こうじょう》（泉鏡花）

そもそも節季《せっき》の恐《おそろ》しきは、借金《しゃっきん》の山の見越入道《みこしにゅうどう》、千倉《ちくら》ヶ沖《おき》の海坊主《うみぼうず》、盆《ぼん》も師走《しわす》も異《かわ》りなく、人間の化《ばけ》の皮《かわ》、此時《このとき》に顕われて、式台《しきだい》に眼《まなこ》を剝《む》き、台所に舌を吐くと雖《いえど》も、通《かよ》い帳《ちょう》の鎧武者《よろいむしゃ》、誰も恐るるものは無し。避暑地へ消える算段なく、火遁《かとん》、水遁《すいとん》の術を知らず、女旱《おんなひでり》に雨乞《あまごい》の真似さえ成らぬ、われら式《しき》が、化けたればとて威《おど》せばとて、何《なん》のききめの有《あ》るものぞ、と気早《きばや》に慌《あわ》てる事だけは江戸児《えどっこ》の早合点《はやのみこみ》、盆の相談と聞くと斉《ひと》しく、其《そ》の言訳《いいわけ》の方人《かたうど》か、と日和《ひより》も見ずして遁《に》げんとすれば、画博堂《がはくどう》の若主人、扇子《おうぎ》づかいの手を留《とど》めて、呆《あき》ること十分斗《じっぷんばかり》。仔細《しさい》を聞けば然《さ》も然《そ》うず、先へ驚いたのに縁のある妖怪画展覧会《おばけえのてんらんかい》、もうけずくでは出来ませんと、薄羽織《うすばおり》の襟《えり》を扱《しご》いて尻尾《しっぽ》を見せぬも化けたりけり。実《げ》に然《さ》れど時節柄、女の膚《はだ》の白い処へ、縁日植木《えんにちうえき》の色を飾って、裸骸《はだか》にして売りもすべきに、黒髪に透く星あかりを魂棚《たまだな》の奥に映す、世に可懐《なつかし》き催《もよおし》とよ。然《しか》も画家《かきて》は顔を揃《そろ》えて、腕に声ある面々也《なり》。妖怪知己を得たりと云うべく、なき玉菊《たまぎく》がチレチンと、露をば鳴らす燈籠《とうろう》の総《ふさ》、あわれに美しきを真先《まっさき》に、凄いのは愈々《いよいよ》凄く、不気味なるは益々《ますます》不気味に、床《ゆか》しきは尚《な》お床しからむ。一寸懐中《ちよつとふところ》をおいてけ堀《ぼり》と、言った処で幻のみ、其《そ》の議《ぎ》は御懸念《ごけねん》全く無用。永当満都《えいとうまんと》の媛方《ひめがた》、殿たち、然《さ》りながら、扇子の匕首《あいくち》、団扇《うちわ》の楯《たて》、覚悟をなして推寄《おしよ》せたまえ、二階三階《にかいさんがい》の大広間《おおひろま》、幽霊の浜風に、画《え》の魂の螢飛《ほたると》んで、ゾッとするほど涼しかるべし。ちょうど処も京橋《きようばし》の、緑の影や柳町《やなぎちよう》と、唄《うた》のように乗気《のりき》の告条《こうじよう》。

（大正三甲寅年七月）

お盆時期の開催にちなんで、盆暮れに到来する借金取りの恐怖をひとくさり洒落のめしてから、得意の文飾を凝《こ》らして風流人士の来場をうながす、鏡花先生ノリノリのいかにも愉しげな一文ではないか。「乗気の告条」のくだりに嘘はあるまい。

ここで、ふたつの訃報を紹介しておく。

ひとつは怪談会の会場で昏倒したとされる男性についての続報である。同年七月二十八日付「万朝報」によれば――「社員石河光治氏逝く　石河氏は前名清太郎、涼華と号す、鹿児島の人、初め和学を修め後《のち》絵画に就《つい》て後進を誘掖《ゆうえき》すること多し、明治二十九年十一月以来朝報社に入り広告部員たり。本月十三日急に病を発し二十六日夜半焉《えん》として逝く。享年五十六、今二十八日午前九時南品川東広町天龍寺に於て葬儀を行う」。謎の男の正体は、やはり鹿児島の出身で、しかも新聞社の広告部に勤務して雅号も有する、美術畑の人物だったことが分かる。

そしてもうひとつは、大正九年（一九二〇）二月三日付「讀賣新聞」の記事――

「画博堂夫妻逝く　京橋区柳町一画博堂松井清七氏（三八）は去月二十二日流行性感冒に罹《かか》り、爾来《じらい》日本橋病院に入院治療中、同三十日午後三時半死去せるが、妻はつ子（三二）も夫の病気看護中同病に感染し、遂に一日午後三時半死去せり。葬儀は夫妻同時に五日午後二時築地本願寺に於《おい》て執行の筈」。

この年に猛威をふるった流感によって、画廊主夫妻が相次ぎ亡くなっていたのである。先の岩切氏によれば「明治から大正にかけて、松井栄吉、そして清七へ引き継がれ、浮世絵系及び日本画の画廊として活躍した「画博堂」なのであるが、その後どうなったのか、その消息は未だ知らない」とのことで、鼓村晩年の逸話ともども、なにやらん因縁めいたものを覚えずにはいられない。

画博堂の怪事件は、戦後になって徳川夢声が世に広めたと前に述べたが、おばけずき業界人の間ではそれ以前から、しばしば噂にのぼっていたとおぼしい。その好例として、「文藝倶楽部」昭和七年（一九三二）八月号の怪談特集に掲載された「変態怪奇ローマンス密談会」という凄いタイトルの座談会（出席者は画家の伊藤晴雨、劇作家の栗島狭衣、落語家の蝶花楼馬楽、小説家の平山蘆江）から、次のやりとりを採録しておきたい。

怪談会の奇怪事――「変態怪奇ローマンス密談会」より

平山　ところが京橋に……（伊藤氏に）……あんた関係《かかりあい》があるでしょう。画博堂で怪談会をやったとき、真実《ほんとう》に人が死んじゃったんですよ。これは想像じゃないのです。

伊藤　ところがあれは僕の考《かんがえ》では異論があるんだ。右と言えば左と云うのじゃないが、田中河内之介の話をすると死ぬというのですが、田中河内之介の話は五九郎がやったりして何《どう》もない。あれは赤飯《おこわ》が悪かったんじゃないかと思うがね。

平山　ところが赤飯は悪くない。あの時の話をしましょう。

その男は、『当日飛入《とびい》りに入会できましょうか』と聞いて来たそうです。恐ろしく真面目《まじめ》な人で――『エエ誰方《どなた》でもお出《い》で下さい。会費は要りませぬが、何かお供え物をして戴きたい』と画博堂では半分広告でやった仕事ですから、そう答えた。そうしたら、『そう、それじゃ盆燈籠を持って来ましょう』『ああ、好《い》い思いつきです、どうぞ持って来て下さい』

それから、盆燈籠を持って出直して来たそうです。私は気がつかなかったですけれども、皆《み》んな喋るのを黙って、聴いていたそうです。最後に『私も一つ、今日は聴き役に来ましたが、自分自身の関係した凄い話を、是非共皆さんに聴いて戴きたい』斯《こ》ういう前置きが長いんだそうです。今まで黙って居る人が喋り始めたから、皆《み》んな聴いた。

そうすると、『私の先祖田中河内之介が、寺田屋の騒動で薩摩へやられるというときに、船へ乗せられて、船の中で殺してしまうということになった。そのとき田中河内之介が寺田屋の騒動で……』と繰返《くりかえ》すんです。寺田屋の騒動があって、船に乗せられて、船の中で殺されるという順序ですが、『そのとき田中河内之助……』で元に戻り出す、グルグルとね。二遍戻ったまでは、そうも思わなかったが、三遍戻ったんで、一人去り、二人去り、皆《み》んな行っちゃった。そうすると横の方に居《お》ったのは皆逃げ出したが、正面《まとも》に坐って居ったのが鈴木行蔵氏（引用者註　鈴木鼓村のことか？）、この人だけはどうも逃げられなくなったというのです。仕方なしに『ハアそれから……ハア』と聴いていたそうです。すると、次第に額に汗が流れ出して、顔が真蒼《まつさお》になり、『ウーム、ウーム』と唸り出したというのです。

その中《うち》に『ウ、ウ――ン』と言ったかと思うと、話を止《や》めて、パタンと机に手を突いて顔を伏せてしまった。『ああ、酔ってるな』と思って、ソッと階下《した》へ降りたんだそうです。それで梯子段で誰かと擦れちがって『まだやってるか』『寝ちゃったよ』『そうか、何だい彼奴《あれ》は』『何だか分らない』『どうして居るか行って見よう』『誰もいないよ』『誰もいないのは酷いな、誰か聴いてやれ』というので、二、三人引張《ひっぱ》って行って見ると、死んでいたのです。

栗島　何者とも分りませんか。

平山　萬朝報《よろずちょうほう》の事務員だという事は後で分りました。それで何処《どこ》かに名前があるだろうと捜しましたがないのです。

袂《たもと》を見たら、皆《み》んなに一《ひと》へぎずつ分けたお供物の蓮飯が、ちゃんと手も付けずに入れてあった。そうして、盆燈籠を持って来て、死ねば世話がない。

左端が画博堂主人の松井清七、その手前が鈴木鼓村、
後列右から三人目が岩村透男爵

伊藤晴雨が描いた河内介怪談の図
（「文藝倶楽部」昭和７年８月号
掲載）

栗島　物凄い話ですな。

最初のほうで、責絵師として著名な晴雨が、事件に懐疑的な見方を示しているのが面白い。蘆江は話の内容から推して、後に鼓村から直接、話を聴いたか、事前に「怪談が生む怪談」を参照していた可能性がありそうである（両者の証言が細部で微妙に食い違う点も、かえってリアリティを高めている印象を受ける）。

実はこの平山蘆江こそ、大正期の怪談会ブームにおける陰の功労者なのであった。神戸に生まれ長崎の養家に育った蘆江は、明治三十四年（一九〇一）、十九歳で上京、府立第四中学に転入し、与謝野鉄幹の新詩社に出入りするなどしていたという。またしても新詩社である。水野葉舟とは当時から面識があったらしい（大月隆寛「平山蘆江の不思議」参照）。

その後、養家を勘当となり約二年の満州放浪を経て、明治四十年（一九〇七）五月、「都新聞」に入社。同紙では主に花柳演芸欄を担当して頭角を顕わし、伊藤みはる、山野芋作（＝後の小説家・長谷川伸）と並ぶ「都新聞」記者の三羽烏と呼ばれるようになる。昭和四年（一九二九）に同社を退社後も、ジャーナリストとしての活動のかたわら、歴史小説や花柳小説の作家、エッセイストとして活躍した。怪談方面のまとまった著作に、粒よりの短篇作品を蒐めた『蘆江怪談集』（一九三四）一巻がある（ウェッジ文庫より二〇〇九年に復刊）。

……ということはつまり、蘆江が「都新聞」記者として才筆をふるった期間は、空前の怪談会ブームの時期と、ぴたり重なり合うことになるわけだ。

すでに本書で紹介した「怪談の会と人」は無署名の記事だが、後年の蘆江の文章と照らし合わせてみると、文体や用語に多くの共通点があり、蘆江の筆になる可能性がきわめて高い。たとえば——「川尻清潭氏の兄さんで、鹿塩秋菊という人、怪談製造家などと云ったら、鹿塩氏怒るかも知れない。併《しか》し、全く、製造家と云っても好いくらいの怪談ずきで（略）『こないだ四谷通りで、お岩さまにお目にかかりましたよ』なんて云い出す、まさか、あんたによろしくと云いましたとは云わないが、真剣なんだから不思議だ」（『蘆江怪談集』所収「怪異雑記」）云々。

この一節を「怪談の会と人」の鹿塩秋菊のくだりと読み較べてみれば、同一人物の筆になるものであることは歴然だろう。

また、これもすでに言及した「役者の怪談」の長期連載も、喜多村緑郎に関する記述の共通性などから推して、蘆江の仕事と断じてもよさそうである。

ここには、蘆江のおばけずき自叙伝ともいうべき文章（一九三三年刊『芸者繁昌記』所収）を掲げることにする。

怪談（平山蘆江）

六つか七つの時分、佐倉宗吾《さくらそうご》の芝居を通しで見たことがある。例の宗吾一家が磔《はり》刑《つけ》になった後の幕で、堀田家《ほったけ》の奥殿に宗吾親子の幽霊が出て堀田侯を悩ますところ、あんな芝居はここ二三十年来どこの田舎へ行っても上演されたという事を聞いた事もないが、六つ七つの私は凄《すご》いと思われた。五六日以上も便所へ一人では行かれなくて弱った事を今でも覚えている。その事から思うと、今の小供にあんな芝居を見せたって、フフンといって冷笑するかも知れない。

嵯峨《さが》の怪猫伝《かいびょうでん》の講談をはじめて読んだのは十ぐらいの時であった。父が厳格で頑固の為《た》めに、講談小説の類を読む事を絶対禁止されていた。それゆえ、私は、その嵯峨の怪猫伝を二階へ持って行って一人隠れて読んだ。二階というのは、五六人もいる店の者の寝間にしてあった十二畳の間で、この十二畳の襖《からかみ》の隅に寝そべって読む事にした。そこにいさえすれば、だしぬけに父が上って来るような事があっても、楷子段《したから》のとっつきの四畳半、六畳、二間を越してでなければ十二畳へは達せないので、そこまで父が来るまではどうでもして本を隠す事が出来るという了見であった。その用意は正に成功したが、さて、いよいよ読みすすんで行く中《うち》に、怪猫が小森の母親を喰い殺すところや、腰元を喰い殺すところになると、寝そべった足がだんだんちぢまる。天井うらが気になる。襖紙の向《むか》うの廊下がふり向れる、押入れの中などに至っては一層怖くてたまらなくなる。何しろ広い二階に只一人だと思ったら、身も世もあられなくなって、思わず知らず、お父さんと呼んだ。そして駈け上った父に我から見つかって本は取り上げられた上、半日ばかり土蔵に入れられて、この土蔵で又ぞろ、二重の怖い思いをした事がある。

夜半《よなか》の怖さ淋しさというものより、真昼間《まひるま》の怖さ淋しさは一層物凄いものだという事をしみじみ感じたその時からであった。二十歳の時であった。鈴鹿《すずか》峠を只一人、歩いて越した事がある。雨のしょぼしょぼ降る午後の二時頃菅笠《すげかさ》をかぶり、糸楯《いとだて》を着て、わらじがけでとぼとぼと峠を上ると、鬱蒼《うつそう》として頭の上に茂った椎の木の梢で、男と女の声がする。仲よく話しているような声でそれがいつまでもいつまでも聞こえる。こちらが急ぎ足になっても、ゆっくり歩いても、いつも同じあたまの上から笠ごしに聞こえる。丁度七曲りの坂を四曲りほど上る間。その声のつきまとうのが気になった。その間、幾度前後をふりむいても人っ子一人通らない。私は気持がわるくなったので、うんと馬力をかけて五つ曲り目を駈け上ると、丁度六曲り目というところに、男と女が番傘一本を相合傘《あいあいがさ》にして、上ってゆくのを見た。この二人の話し声であった事はすぐに判ったが、ここに今尚《なお》判らぬ事がある。というのは、この男女は私が坂を通る時に、坂下の茶見《ちやみ》せに休んでいたので、私はそれを横目に見ながらたしかに追いこしたのだ。一旦追いこした筈の男女が、いつどこで私を追いぬいたという事なしに、ちゃんと私より前方を悠々とあるいていたという事である。それが今だに解けない謎になっている。男は藍微塵《あいみじん》の素袷《すあわせ》、三尺をしめて尻を七三に端折《はしお》り女は単衣《ひとえ》の弁慶縞で唐米子の帯を引っかけに結んで、髪をいぼ尻巻にし、片腕を腕まくりしていた、一寸《ちよつと》与三郎と切られお富が相合傘であるいているという形《かた》ち、而《しか》もそれが近江路の鈴鹿峠なんだから、馬鹿馬鹿しいほど似つかわしからぬ人物である。若《も》しそれが夜中だったら、差程《さほど》には思うまい。真昼間の初夏の雨の日だったから、一際《ひときわ》凄く感じている。

も一つ真昼間の凄味に慄え上った経験がある、それは二十五の年であった。支那の営口《えいこう》にいる時の事、私と同じ仕事をしている日本人が一人、支那人にだまされて北京へ行ったまま、音信不通になったので、その生死を見届ける為《た》め、又探し出して助けてかえる為めに、私一人が北京へ出かけて行った。忘れもしない北京前門外で商人宿がずらっと並んで、表の狭い通りには荷物を背負った駱駝《らくだ》がのそのそと通って、支那人ばかりがおし合いへしあいするほど、雑踏している町へうろうろと私は進入した。そして、只一つの心当りにしている客機《かくざん》（宿屋）をやっと見つけ出すとその院内《なか》へずっと進んだ、すると院内にごろごろしていた犢牛《こうし》のような野良犬が一番に吠えながら私をとりまく、それをどうやらこうやら追散らして、院内の房《ぼう》を一つ一つ覗いてあるいた。それがやっぱり真昼間のカンカン照りの午後二時という刻限、私の目は日光にぎらぎらしていたと云っても真冬の小春日の事である。

門を入って院内左右に軒を並べた小さな客房を幾つ覗いたろう、どの房にもどの房にも支那商人がごやごやしている。私は殆んどここで手蔓を失うのかと思いながら、最後の房を覗くと、この房は外の光線が通らないで真暗《まつくら》がり真の闇という形《かた》ち、その暗《やみ》からの小さな房の真中に、青い青い火がちょろちょろと燃えたり、消えたり息をついている。私はまずその火にぞっとした。午後二時で、私の立っているところはカンカン照りだのに、私の目の向うところは斯《か》くの如き真暗がり、それさえ不思議だのに、その不思議な闇の中に青い焰のちょろちょろ、それさえ不思議だのに更にその焰の上の方で朦朧として青い顔が一つ、私は思わず二三歩うしろへ下った、でも、やっと気をとりなおして、「宮崎さんじゃありませんか」と呼んでみた。青い顔は声がない、動きもしない。再び「宮崎さんでしょう」と呼んだ。

「ハイ」とかすかな声は正に日本語である。

「平山です、お迎いに来ました」という。

と、青い顔は又返事をしない。

「宮崎さん、どうしました」と三度云った。私は死んだ宮崎さんの忘念がここに残っているのではあるまいかとさえ思った。が三度目の私の呼び声で、青い顔はムクムク動いた、そして宛《さなが》ら、空中を飛ぶ生首のように暗い房にフワフワと浮いて、私の面前《めんぜん》へどっと飛んで来た。こうして、私は私の尋ねる人に逢う事が出来たのだが形《かた》ちは今だに目先にちらつくほど凄かった。但し、青い灯は焜炉《こんろ》に焚いたたどんの焔であった。そして宮崎さんは黒い洋服をカラなしで着て真暗な部屋にいた為《た》めに青い顔だけが宙《ちゅう》に見えたのであった。

怪談会というものの発起人となって、都合三度ほどやった事がある。第一回は向島の喜多《きた》の家茶荘《やちやや》、第二回は井の頭の翠紅亭《すいこうてい》、第三回は私の宅の二階で。はじめの二回はいずれも喜多村緑郎君や松崎天民君、花柳章太郎君、それに泉鏡花氏をもお誘いして発起人に加わってもらったのだが、あまりに声がかりが大きかったのでまるで怪談祭りのような騒ぎになった。二回とも二百人以上の人が集まって凄みも何もなかったくらいである。

それを残念さに、私の宅の第三回目というのを極《ご》く限られた少数で、而《しか》も女ばかりを集めてやった。電灯を消して月のあかりで、話していると、月に照らされる私の顔と私の目の光りが凄いと云って女たちはキャッキャッと騒いだ。そしてこれは成功した。

この上怪談の凄味を出すには、お寺の本堂がよかろうという人もある、けれども私は、それよりは古い女郎屋の二階などがよくはないかと思っている、とはいえ、怪談会の会場に提供してくれるような奇特な女郎屋は今の東京にはあるまい。

何百となく聞いた怪談の中、私が凄いと思ったのは、芥川龍之介氏に聞いた、西洋の怪談が一つ、それは、紐育《ニューヨーク》か倫敦《ロンドン》だったかの尤《もつと》も繁華な町の真昼間一寸《ちよつと》の間、人通りの絶えた時、ある人が町角を何の気なしに曲ったら、曲り角でぱったり出逢《でつくわ》した人があった。

「や失礼」といいながらよく見ると、打《ぶ》つかった人は、自分自身と寸分ちがわぬ男であって同じように「や失礼」と云い捨てフッと消えたという話。

それから市川八百蔵《いちかわやおぞう》が伊豆の大島で見たという話が一つ、それは、水死人の着物を物干竿にかけて置いたら、その着物ののばした両袖に手首がだらりと下って、襟かたのところに房々とした髪の毛が垂れて見えたという話。

それから新派の英太郎《はなぶさたろう》君に聞いた話《はな》しで、病院の屍骸収容室で、真夏の頃、屍骸の腐敗を防ぐ為《た》めにその室《へや》へ氷塊を持込む看護婦の耳へ、「静かに静かに、落さないように落さないように」と云う声がどこからともなく聞こえたという話。

それから市川左団次門下の人の話に吉原の小見《こみ》せへふりの客で上ったら、

「寝ているんですかえ」と云いながら屏風の上から胸まで出して覗き込んで云ったという怪しい女郎の語《はなし》。

それから故人歌六《かろく》が大阪のお茶屋の便所で出逢《であ》ったという怪談、これは、便所から出て手あらい場に待っている女中に向って「今何時だろうね」と云ったら、女中がまだ答えぬ中《うち》に、今出たばかりの便所の中に声あり「もう二時だよ」と云ったという話。

「怪談」の中で言及されている「向島の喜多の家茶荘」と「井の頭の翠紅亭」の怪談会は、鏡花と喜多村を中心に開催された怪談会の中でも、ひときわ盛況で、まさに大正期を代表する百物語会と呼んで過言ではない。

前者は大正八年（一九一九）七月十九日から二十日にかけて、向島百花園に隣接する「喜多の家茶荘」で開催（伊井蓉峰、福島清、花柳章太郎、武村新、錦城斎典山、伊藤晴雨、伊勢虎主人、久の家主人ほか百六十余名が参加。幹事に泉鏡花、喜多村緑郎、三宅孤軒、平山蘆江ら）。

後者は大正十二年（一九二三）八月十九日から二十日にかけて、東京・井の頭公園の「翠紅亭」で開催（花柳章太郎、名取春仙、伊東深水、英太郎、藤村秀夫ほか約百名が参加、幹事に喜多村緑郎、泉鏡花、平山蘆江、鹿塩秋菊）。

どちらも「都新聞」紙上で、蘆江の筆になるとおぼしいリポート記事が連載されているが、後者については、同年九月一日の関東大震災により、惜しくも中絶したまま終わっている。

ここには前者から二篇、後者から一篇を紹介する。

伊藤晴雨の怪談――「向島の怪談祭」より

画家の伊藤晴雨君の話は一寸《ちよつと》毛色の変っている、しかも二つある第一は極々《ごくごく》簡単で、極々打切棒《ぶつきらぼう》である。夜やや更けかかる夜、田端の停車場《ステーション》を通り過ぎていると、自分より一足先に、非常に気高く非常に美しい、非常に品の好い若い夫人が一人歩いていた。美しい人だなと思い思い歩いている鼻先へ、件《くだん》の美人が突然踵《きびす》をかえしバタバタと駆け戻って、アレーとばかり伊藤晴雨君に抱き付いた。伊藤晴雨君曰《いわ》く、私は御覧の通り見るかげもない武骨ものです。その武骨ものの私へ件の美人が抱き付いたのだから、不思議はこの上もない。私だって万更《まんざら》悪い心持はしない筈のが、非常に気味が悪かった。何です何です何事ですと、美人に問うと、美人は何とも云わず、あれあれと云っている。

美人の指さす方を見上げると、思いがけない一人の男が見るかげもない見すぼらしい姿をして空中に突立《つッた》っていた。着物はぼろぼろで襯衣《しやつ》さえも海松《みる》のようになっていた。その着物の織目まではっきり判るぐらいであったという。それは三年前の秋の夜の事であったそうだ。

体操の先生

伊藤晴雨君の話はまだ続いている。この空中の人間の事は何が故にそんなものが起《おこ》ったのか、突然自分に縋りついた美人と男との間にどんな連絡があるか、何事も知るよしはなかった。そのままでそれは済んだのだから、誠に張合のない怪談であるが、この次に物語るのは少し辻褄の合った物語りである。

或る学校の体操の先生がこの怪談の主人公である。誠に好い人であったが酒を飲んで暴れる癖があった。その上学校の先生としては余程不身持《ふみもち》な人であった。それも酒がさせる業《わざ》とは云え、結句《けつく》この不身持の為《た》めに、この先生は退職を命ぜられてしまった。先生は非常に口惜しがっていたそうだが、或時、ベロベロに酔っ払ってふらふらと学校へやって来た。学校にはその時三年生が居たが、予《かね》てこの先生には多少同情をしていた。

これで始めの中《うち》は先生に同情のある言葉をかけていろいろ慰めていたが、この先生の酒癖はこの慰めを真面《まとも》には受けなかった。生徒が下手《したて》に出れば出るほど伸《の》し上って、酢だ蒟蒻《こんにゃく》だと御託《ごたく》を並べた。その揚句《あげく》に手をあげて、暴れ始めさえした。生徒も、余りの事に怒り出して、この先生を突き出そうとした。先生は両腕を振りまわして乱暴した。体操の先生だけに中々《なかなか》力が強かった。二人や三人の生徒の手には制し切れなかった。生徒はたちまち総がかりで、この先生を袋叩きにしてしまった。そしてヘトヘトになったところを校門の外へ突出《つきだ》してしまった。先生はパッタリ倒れたまま、暫《しば》しは身動きも出来ず死んだようになっていたが、それでも何《どう》か斯《こう》か立上りよろめきよろめきその場を立去ってしまった。薄汚れたフロックコートを着ていたそうだが、それも叩かれた為《た》めにボロボロに破かれてしまった。その泥と破れとでクシャクシャになったフロックコートの姿で、ふらふらと歩いて行く姿を、学校の門の内から見送った生徒は、一斉《いっせい》に手を拍《う》ったそうだが、あれこそ正《まさ》しく幽霊と云う形だろうなぞと身慄《みぶる》いをしながら噂し合った。

さてこの先生はその後ポケットに残っている僅《わずか》のある間はそこで飲みここで飲みしていたが、到頭《とうとう》それも飲み尽してしまうと、全く乞食のようになり、その揚句にどこかの辻で野たれ死をしてしまったと云う事である。その先生が死んだという事は誰も知っているのではない。ただ誰いうとなく生徒間の噂になっていただけの事であるが、正に先生が死んだ事を証拠立てる事柄が、その後出来上った。

洋服の幽霊

或る晩、この学校の三年生が上野の山をぶらぶらと歩いていた。この学校は上野の山の近所にあった。動物園の前を通りぬけて五重の塔の近所まで来ると、五重の塔のかげに何やら動くものがある。人かと見れば音も何もせず、犬かと見れば正しく人の姿をしている。格別気味の悪いという程の事もない。ただ薄闇の星明りにぼんやりと人の影が見えるばかり。

いや、影と形の間《あいだ》というのがあれでしたね。その「影と形の間」をふと見透《みすか》しながら通りぬけた生徒は、三四丁通り過ぎてから始めて気が付いた。「影と形の間」

はフロックコートを着ていたようだった。そしてそのフロックコートが破れて泥まみれになっていたようだった。あの体操の先生ではなかったか、と考えた。その時居た三年生は三人連《づれ》だったが、三人ともその考えが一致して体操の先生だったという事に極《きま》ってしまった。と同時にぞうっと身慄《みぶる》いが出たそうだ。

昨夜、影と形の間のようになった体操の先生に遭《あ》ったぜと、翌日学校で噂をすると、この三人の外《ほか》にも体操の先生を見たという人が出た。一人は竹の台陳列館の角をずっと歩くと、ニョッキリ行く先に突立《つった》っていた。知らない顔で顔を背《そむ》けて通りぬけようとしたら、すっと搔き消すように消えてしまったと云い、一人は桜が岡のあたりで、歩きながらふとうしろ髪を引かれる心で振りかえって見たら、じっと此方《こっち》を見つめながら、あとから跟《つ》いて来た。急ぎ足で大通りへぬけようとしたら、矢張りうしろから跟いて来る。一散に大通りへ出《い》で、ふりかえって見たら、三宜亭《さんぎてい》の焼あとの山に突立って此方《こちら》を見送っているのが、ありありと見えたと云う。以来、体操の先生が死んだというのは事実で、幽霊になって現われて来たのだろうという事に極まっている。

今に至るまで、この幽霊は折々上野の山に現われる。しかも、この学校の三年生の目の前に限って現われる。決して他の級の生徒にも、他のあらゆる人にも出ないのだが、三年生に限って現われる。現在この怪談会の三日前に見たという手紙を友人の三年生から受取って、ここに持っておりますと、晴雨君は西洋紙に書いた一片の手紙を片手に高く上げて、ひらつかせながら席を下りた。晴雨君のあとに入れ変った人は酒がさせる妖術というような話をした。

泉鏡花の怪談──「向島の怪談祭」より

泉鏡花氏がこういう賑やかな人前へ現われる事は異数《いすう》な事である。それほど羞《はにか》みやの鏡花氏をこの場所へ引出したのも、つまり怪談の力であろう。もっとも泉さんは少しお神酒《みき》が廻っていた。そして心持に充分の脂《あぶら》が乗っていた泉さんが床の間へ現われると、赤坂の幇間米平《ほうかんよねへい》が湯呑に茶の色をした液体を注いですすめた。実は酒である。

泉さんはそれを横目に見てにここと笑った。突如として、あれは、あの男は私の幽霊です、いや私の幽霊のような男です、私の往《ゆ》く処へは随分付いて廻る。今私は怪談会へ出席しているから幽霊の名をあの男に脊負《せお》わしたが、云いかえれば隠し目付《めつけ》であります。隠し目付だから私の影身に添って歩きます。私にあの男を付けたのは無論私の家内です。私がこういう風に酔って来ると、ふらふらと歩きたがる、だから私が悪い処へ行かないように、あの男が私に付けてある。悪い処へ行ってもよいが、悪酔をしては不可《いけ》ない、悪酔をしてもよいが、介抱人を探しては不可ない、介抱人を探してもよいが、不仕鱈《ふしだら》をしては不可ない、不仕鱈をしてもよいが、その尻拭いの仕手《して》がないと不可ない。即ちあの男が私の尻拭いをする為《た》めに差添人となっているのです。

そこで今ここで話そうと思う怪談は、あの男にも引《ひっ》かかりがある。あの男に引かかりがあるが芸者でしょう。そして橋場の大将にも引かかりがある、だから名前を云う訳に行かない。橋場の大将というのは即ち喜多村君の事なんですが、まアそんな事はどうでも好い。兎《と》に角《かく》怪談の本題に入ります。もっとも怪談とは云っているが、実際怪談だか何だか判《わか》らない、私には怪談と名を付けられるものと思うから話すのです、と云った風に、泉さんの言葉がすらすらすらと、面白いほど滑り出る。

泉さんという人が怪談じみた小説ばかりを書く事は今更云うまでもないが、泉さんに云わせると、人と人とが相差し向いで話をしている僅《わずか》三尺の空間《あきま》にさえ、人間界以外の別世界がある。その別世界がお化《ばけ》の世界かも知れない。人は知らないから平気でいるが、人の着物の袖にさえ怪《ば》け物《もの》が隠れているかも知れないと云う。実に極端ですからねえと、仲よしの喜多村君も裏書《うらがき》をつけている位だから、この話はどんな奇怪な話であろうと聴衆の膝は思わず進んで来る。

幽霊の葉書

そもそも話というのは常磐津《ときわず》の女師匠が死んだ事なのです。橋場の大将の知り合《しりあい》で、いや、知り合というより、もっと深いのでしょうがまず知り合には違いないから、知り合としておきましょう。その知り合の芸者が稼業を止めて家を持ったんです。そのところへ昔の友達が一人訪ねて来た。尋ねたのが即ち常磐津の女師匠で、いずれ昔は、褄《つま》をとった身の上である事は云うまでもない。

女同士、しかも、経歴を同じくした年頃の女同士が久しぶりで落合《おちあ》ったのだから、話はそれからそれと尽きる様子もない。まア一寸《ちよつと》訪ねるつもりだったのに、つい日が暮れかかったわ、どうも、誠に済みません、と云ったような工合式で、さようならを云ったのが日の暮方。何のお構いもしませんね、またきっと来て下さいね、私もその中《うち》にお邪魔に行くわと云ったり云われたりして、女師匠は帰りました。

それっきりです。それっきり便りがないので、どうしたかと思っている矢先に葉書が来たのです。その葉書が、誠に妙な葉書で、宛名は書いてあるが、ところ書《がき》が書いてない。加之《おまけ》に出した人の名前もところも書いてない、という有様で、一体誰から寄起《よこ》したのだろうか、これじゃ何だか判らないが、それにしてもよく届いたものだ、と橋場の大将の知り合の芸者は首を捻って考えました。そこで、用向はと云いますと、紛れもなき女文字で何月何日の何時頃お暇《いとま》致しますから、さよならとあった。

さあいよいよ判らない。誰《た》れからもそんな葉書を受取るおぼえがないのですが、葉書に書いてある日付は、その葉書が着いた日の翌日になっていましたから、翌日になったら、どこかで、何かの便りがあるだろうと思っていました。するとその当日のその時間になると、件《くだん》の常磐津の女師匠が死にました。無論あとから知らせを受けたのでしょうけれど兎《と》に角《かく》、常磐津の師匠はこの無名で無住所のハガキに示した時間に死んだのです。

これが所謂《いわゆる》前兆というものだか、不思議と云うものだかは知らない。怪談という名前をつけるにしても、話らしい話になるのはこれからで、つまりこの話が（私の筆で）幾何《いくら》かになるんだけれど、まアここで種を割ってしまったわけですと、すらすらと弁じ立てた。ツッと席を立つ時、何番鶏《どり》かが高らかに啼《な》いた。そして喜多の家茶荘に於ける賑やかな怪談祭りの夜は明けた。

伊東深水の怪談――「翠紅亭の怪談会」より

名取君の話がすむと次に現れたのは伊東深水《いとうしんすい》君である。

深水君の話は二つあった。その中の一つは深水君がまだ学生時代で、ある夏の休み中に、四五人づれで避暑の為《た》めに東京の土地を離れた。丁度都合のよい家があったので、共同で借込んでそこに一夏《ひとなつ》を送る事にした。その家は八畳、六畳、四畳半、三畳という風に座敷が長細く並んで建《たて》られた妙な家であった。

その妙な建方《たてかた》の家の一間一間を銘々の寝間にして、深水君の一行は行李《こうり》を納めた。ところが一行の中には先輩が一人いた。その先輩が少し横暴なので、まず第一に自分が一番広くて、一番住みよく出来ている八畳の部屋を占領した。あとの連中には他の狭い部屋をあてがって、一人で好い心持そうに威張っている。狭い部屋へ雑居の形《かた》ちになった連中は不平満々としながらも、どうする事も出来ずに小さくなっていた。

六人斬執念

幾日かこうして不平の日がつづいている中《うち》に、その八畳に頑張った先輩先生が、僕は六畳に寝る事にするから、君たちの誰かが八畳に寝たまえと云い出した。珍しい事だとばかり、中の二人ほどが八畳を占領した。そして先輩先生は六畳に納まったが、それも束の間で、八畳に代った二人はまた他の二人に八畳を譲った。こういう風にして順に皆が一度ずつ八畳に入ったが、すぐに逃げ出してしまった。

深水君も八畳に入ったが、夜になると異様なものかげが見える。それが恐ろしい姿で部屋の入口から睨みつけるように思われる。到頭仕舞いには八畳は誰も寄りつかなくなった。のみならず、八畳に近い六畳にさえも居るのをいやがって、四畳半と三畳へ皆が固まって暑い思いをしていた。それでも気味が悪いので、そこそこにこの家を引払ってしまった。

この家を立去ってから始めて、その異様なものの姿の所謂《いわれ》が判った。いつの頃からかこの家にはこういう祟りがあるのだという。なおよく聞いてみると、いつぞや藤沢で六人殺しがあった家の古材木を買って来て建《たて》たので、その怨念が材木に残っていたのだそうだ。伊東深水君の次に現れた人は山口という人であった。

未曾有の天変地異の前兆でもあったのだろうか、翠紅亭での怪談会には、会の前後にもいろいろと怪しい出来事があったといい、幹事役の蘆江は、どこか嬉しげな筆致でそれらを書き留めている。ここには、先に紹介した「変態怪奇ローマンス密談会」から一話と、「都新聞」大正十二年八月二十四日付紙面掲載の「怪談の怪談」を収録する。

平山蘆江の怪談——「変態怪奇ローマンス密談会」より

平山　幽霊の絵で、僕に凄い怪談があるんですが、震災の年です。井ノ頭の翠光亭《ママ》という家《うち》で怪談会を花柳君と喜多村緑郎氏と僕と泉鏡花先生と四人が幹事になってやったんです。そのときに、何かお化《ばけ》の掛軸が欲しいからというので、井川洗厓《いかわせんがい》氏に頼んだ。『よし描《か》くよ』と引受《ひきう》けて貰って、それで後の準備は先方《むこう》でさせて置くからと、知らぬ顔をして、その日の来るのを待っていたんです。

そうすると、僕の近所に煙草屋が一軒出来た。この煙草屋に恐ろしく確《しっ》かりした山ノ手らしくない内儀《おかみ》さんがいる。これは縹緻《きりょう》自慢で貰った内儀さんだそうですが、眉毛を落して、いつも煙草屋の店に、立て膝をして坐っているんです。大した気取り屋です。『厭な奴だな。こんなのが間男《まおとこ》するのだ』と思っていた次第《わけ》ですな。ところが或る日の夢に、僕の家《うち》の近所に淋しい所があるんですよ。そこを通りかかった、すると三人ばかり人が立って、仔細らしく見て居る、何だろうと思ってヒョッと覗いて見たら、女が殺されて居るんです。それが斯《こ》う胸を出して、左の乳の下へ出刃庖丁が突き刺《さ》さって死んでいる。それから又ヒョッと見たら、それが煙草屋の内儀《おかみ》さんです。『やりやがったな。矢張《やっぱ》り此奴《こいつ》は間男が知れて殺されたに違いない』と思うたところで眼が醒めたんです。

その翌日、勤め先を終《お》わってその日の夕方の帰途《かえりがけ》、恰度《ちょうど》その場所へ来たんです。夢と同じような薄暗がりになって居る。『丁度この辺の位置だったがなあ』と思って、家《うち》へ帰ったんです。帰ると『井川先生から届き物がして居ります』と家《うち》で言うでしょう。『何だったろうかな』と思って、見るまでは忘れていたんです。明けて見ると掛軸で、幽霊が描《か》いてある。ところがこの幽霊が、眉毛を落《おと》した女で、左の乳の下に出刃庖丁を突き刺されて居るわけです。夢で見たのと井川君の描いたのとが、ピッタリ合って居る。これには少《すくな》からず私も驚きましたね。

怪談の怪談（平山蘆江）

小ぼたんのお膳／池をめぐるお百度自動車

井の頭の怪談会へ参加したいというので四谷村から早々と出かけた津の守《かみ》の小ぼたん、師匠の歌澤寅由喜《うたざわとらゆき》を誘って井の頭へ着いたのが、まだ開会に先立つ事二時間という早さ。あんまり慌てて来てそれから二三時間も待つのかという億劫《おっくう》さは兎《と》に角《かく》として、二人とも余り急いだので夕飯を食べずに来た。翠紅亭の帳場に相談して、何でも宜《よろ》しいが二人前腹ふさぎは出来ますまいかと一間《ひとま》を借《かり》て待受けている。

やがてどうやら間に合せの品物でというので料理が出来た。二人が仲よく膳に向ってみると、これはしたり紛れもなく二人と注文をしたのに三人前来ている。一人前多いようですが、といえば、いいえそんな筈はありません、と女中の返事。しかし現在三人前あるのだから、女中も驚いて、板場へ聞いてみると、確《たしか》に二人前造った筈だがというので、さあ小ぼたんも寅由喜も身の毛をよだたせながら、私たちはお怪《ばけ》に送られて来たのかしらとそれが怖くて、切角《せっかく》始まった怪談も耳に入らず、食べたものも腹にこたえず、朝になってから、アア腹が減った減った。

○

浅草の花子を始め三四人の連中、これも怪談会を楽《たのし》みに浅草村から自動車で出て来たのは夜の八時前。一時間半の道中と見ても定刻の十時には充分着くわけと走らせて来ると、吉祥寺駅のほとりまで来る間は何の事もなく、すらすらと心持よく走る自動車だわねえと車中語り合っていた。吉祥寺駅の側《そば》の踏切のところに来てから、運転手が会場への道を知らない、どっちへ行ったものかと四方を見まわしている目の前に、白い着物を着て赤い提灯を提《さげ》た老人がトボトボと歩いている。

この老人に道を訊ねると、踏切を越して、右へ真直ぐ行けば会場の門前へ出ますと教える。至極簡単な道なので、運転手その通り運転すると、物凄い池の端《はた》へ出てしまった。こんな筈ではなかったがとまた引返してぐるぐるハンドルをまわすと元の踏切へ出た。変だぞといいながら、踏切から改めて出発するとまた池の傍《そば》を、やり直しをすると踏切。何の事はない踏切と池とにお百度を踏んでいるようなもの。乗り手はじれる、運転手は呆れると云って、自動車はどこまで行っても池と踏切なので、ほとほと困ってしまって、しばらくハンドルをとめて心を静めた上運転すると、造作もなく会場へついた。着いた事は着いたが、もうその時は夜明の三時。

いま私の手元には、古新聞の紙面から複写した一葉の写真がある。和服姿で池の畔に茫然とたたずむ、小柄で痩身の男性――「都新聞」に掲載された「文壇カメラ行脚（22）泉鏡花氏」である。

井の頭公園の池畔に茫然とたたずむ泉鏡花

写真に付されたキャプションには「文士俳優連が集まっての怪談会の幹事とあって、その晩はお化《ばけ》に悩まされ通して一睡もせず、まだ明けやらぬ井の頭公園の池の畔に立って／○をくれ気《げ》やおはぐろとんぼはらはらと」

最後の句は、鏡花の自作だろう。このときの怪談会での見聞を作品化した趣の短篇「露萩」(「女性」一九二四年十月号掲載)は、「吉原新話」と並ぶ鏡花百物語小説の傑作だが、そのラスト・シーンには、次のくだりがあるのだから。

その池のまわりをしばらくして、橋を渡る、水門の、半ば沈んだ、横木の長いのに、流れかかる水の底が透くように、ああ、また黒蛇の大《おおき》なのが、ずるりと一条《ひとすじ》。色をかえて、人あしの橋に乱るるとともに、低く包んだ朝霧を浮いて、ひらひらと散ったのは、黒い羽にふわふわと皆その霧を被《かぶ》った幾十百ともない、おびただしい、おなじかねつけ蜻蛉《とんぼ》であった。

触ったもの。ただ見ただけでさえ女たちは、どッと煩《わず》らった。

蘆江の「怪談の怪談」では伏せられているが、自動車で道に迷った「浅草の花子」たちとは、実は吉原の芸者衆なのだった。後年、蘆江はエッセイ「丸子の自動車」(「劇と映画」一九二五年八月号掲載/「幽」第二十四号所収)で、次のように記している。

而《しか》も、この大がかりの迷児《まいご》たる吉原の芸者は、その日から幾日も経たぬ日に吉原の花園池《はなぞのいけ》で非業の死を遂げた。それはあの震災の日である。吉原の女は、即ち数万円の金を抱いて花園池へ入ったと伝えられている吉原の芸者丸子である。

愛する江戸の面影を留めた東京の下町が、震災によって潰え去る光景を、怪談会のしらじら明けに、鏡花は幻視していたのだろうか。

第五章
おばけずきの絆

目が醒めた……ような気がする。

枕辺にたくさんの人の気配を感じて、覚醒したらしい。

柳田さん（柳田國男）がいる。弴さん（里見弴）もいる。万ちゃん（久保田万太郎）も雪岱さん（小村雪岱）も……馴染みの面々、皆が皆、神妙な顔つきをして、狭い居間に所せましと畏《かしこ》まっているのが、なんだか可笑《おか》しい。

いやいや、面白がっている場合ではない、今日は珍しく体調も好いから、この場所ふさぎな寝床を隣の座敷に移して、せめても皆さんに寛《かげん》いでもらわねば。

その旨をかたわらに付き添う妻《すず》に告げると、心配そうな顔で、主治医《せんせい》や弴さんと相談している。

やがて先生の指示で、見舞客が数人立ち上がり、夜具の四隅を持って、私を寝かせたまま移動させようとする。

これは恐縮至極、と真横にいるその一人に声をかけようとして、私は絶句した。

俯《うつむ》いた鋭角の横顔にバサリ、垂れかかる前髪……芥川さんじゃないか⁉

「都新聞」に「怪談の会と人」が連載され、余勢を駆って向島で、泉鏡花、喜多村緑郎、平山蘆江らによる怪談祭が盛大に開催された大正八年（一九一九）の秋、「中央公論」誌上に「妖婆」と題する「我文壇に比類なき此《この》驚くべき芸術的新怪譚」（同誌編集主幹・瀧田樗陰《ちょいん》の評言）が連載された。作者は当時、漱石激賞の「鼻」や「羅生門」「地獄変」「蜘蛛の糸」などを相次ぎ発表し、文壇で注目の的となっていた新進作家・芥川龍之介である。

あなたは私の申し上げる事を御信じにならないかも知れません。いや、きっと嘘だと御思いなさるでしょう。昔なら知らず、これから私の申し上げる事は、大正の昭代《しょうだい》にあった事なのです。しかも御同様住み慣れている、この東京にあった事なのです。外へ出れば電車や自働車が走っている。内へはいればしっきりなく電話のベルが鳴っている。新聞を見れば同盟罷工《どうめいひこう》や婦人運動の報道が出ている。——そう云う今日、この大都会の一隅でポオやホフマンの小説にでもありそうな、気味の悪い事件が起《おこ》ったと云う事は、いくら私が事実だと申した所で、御信じになれないのは御尤《ごもつと》もです。

どことなく鏡花「黒壁」の冒頭を想起させる語り口の前置きに続いて、作者は大震災を間近にひかえた帝都東京、華やかな大都会の「夜の側面《ナイトサイド》」で、人知れず生起する妖異のあれこれを嬉々として活写してゆく。そのとき芥川の脳裡にあったのは、敬愛する先輩作家の、次のような言葉ではなかったのか。

私がお化《ばけ》を書く事については、諸所から大分非難があるようだ、けれどもこれには別に大した理由は無い。只私の感情だ。之《これ》については在来風葉君などからも、度々助言を辱《かたじけの》うしたのであるが、私のこの感情を止める事が出来ない。いつかも誰かから「君お化を出すならば、出来るだけ深山幽谷の森厳なる風物の中へのみ出す方がよかろう、何も東京の真中のしかも三坪か四坪の底（引用者註「庭」の誤植か？）へ出すには当るまい」と言われた事がある。がしかし私は成るべくなら、お江戸の真中電車の鈴の聞える所へ出したいと思う。

（泉鏡花「予の態度」一九〇八）

「妖婆」冒頭近くで印象的に描き出される市電の停留場の怪など、まさしく「お江戸の真中電車の鈴の聞える所」で起きる怪談そのものなのだから。

　みずからも参入してまもない文壇で、時ならぬ怪談ブームが盛り上がる趨勢を見て（「黒壁」執筆時の鏡花と同じく!?）乾坤一擲《けんこんいってき》ここぞとばかり投入したのが、「芸術的新怪譚」を企図した「妖婆」であったと位置づけることができそうである。

　すでに第三章で触れたように一高時代、柳田國男の『遠野物語』に傾倒して、みずからも『椒図志異《しょうずしい》』と名づけた怪談聞き書きノートを作成したり、山宮允《さんぐうまこと》の紹介で加入したアイルランド文学研究会で、西條八十や日夏耿之介（共に泰西怪奇文学愛好の先覚者）と知り合い、八十宅で深夜まで怪談話に興じるなど、早熟な「おばけずき」文学青年だった芥川としては、これは当然のなりゆきといってよい。

　ここでは『椒図志異』（ちくま文庫『文豪怪談傑作選　芥川龍之介集』所収）に芥川が、『遠野物語』を思わせる文体で書き留めた怪談実話の中から、母から聞いたという百物語の話と河童の話を紹介しておきたい。

百物語──芥川龍之介『椒図志異』より

狂歌師にて花の屋何某とよばれし人　同じく狂歌を弄《もてあそ》ぶ人々と百物語りせんとて日暮里の花見寺に会しつ　こはもと花の屋の宅にて催さんとせしを　生憎《あいにく》その母重病にてうちふしたれば　詮方《せんかた》なくここ花見寺とさだめしなり　形の如く百本の燈心に火を点じ　一人ずつ怪しき物語に狂歌一首よみてかの燈心を一つずつけしもてゆくに　やがて百番の数も終らんとする頃　傍の襖押《おし》ひらきて花の屋の母出来《いでき》りつ「夜もふけぬ　かかるいたずらもよきほどにやめよかし」と云う　花の屋は素《もと》より孝心深き男にて今宵《こよい》の催しも唯運座とのみ母に語りて来りしなれば　母の語《ことば》をききて逆《さか》わず「百番の数みたば直《すぐ》に帰るべし」と答う　母「さらばなるべくとくせよ」とて　再《また》襖をとざして入りぬ　時に花の屋の友なる男一人傍よりその袖をひきて云うよう「其許《そこもと》の母堂のいたつきあればこそこの寺に会したるなれ　さほどの病人の何とてかかる深更《しんこう》かかる寺などに来るべき」花の屋を始め座にあるほどの人々皆これをききて顔色をかえしが　誰人のあやまちにか燈さえきえて部屋うちくらくなりしかば皆互《たがい》に名をよびかわすに右よりするも左よりするも中に一人返事せざる人

あり　近よりてゆすり動《うごか》しなどするもたえて口をひらかず　始めに会したる人々の数よりその人一人多かりしかばいよいよ怖気立ちて大声にわめき立て　住僧を呼びて灯を点ずるに座にあるはありし人々にかわらず　さればかの幾度もよべど答えざりし人は如何にしけんと恐れまどいて　皆そこそこにかえり去りしが　花の屋も家に至りて見るに母は障《さわり》なく床ありて絶えて外出《ソトデ》せしさまも見えず　さては魔魅《まみ》のわざにこそと知りぬ　これより花の屋はかかる催《もよおし》に出づるをやめたりとぞ　万延文久頃の物語なり（花の屋より）　　　母の語れる

河童――芥川龍之介『椒図志異』より

京橋観世新路に植木屋《うえきや》喜三郎《きさぶろう》と云うひとすみけり　妻一人十《とお》ばかりなる男の児一人（妻は痘痕《あばた》ありて顔の色青かりしかば　夫　妻をよぶに青鬼と戯れけるとぞ）家内三人の暮しなりしが　偶々《たまたま》妻産をしたれば喜三郎己の手一つにて万《よろず》世話しけり　ある夜仕事より帰りて食事をすませ　四つすぎになりて赤子のおしめを　今の大根河岸《だいこんがし》へ（その頃桟橋ありき）洗いにゆきけり　褌一つの裸にて桟橋に下り　独り一生

背に懸命に洗いいたるに十あまりの小供《こども》と覚しきもの　忽《たちまち》後より来りてひたと抱きつきければ己の忰《せがれ》と思いて「野郎何をしやあがる　さっさとうちへ帰れ」と云いしかど少しも離れず　足を喜三郎の横腹にかけ　両手にて腋の下を擽《くすぐ》りはじめぬ　喜三郎或《あるい》はののしり或は身を悶えなどしけれど少しも離れず　さては河童《かっぱ》か川獺《かわうそ》の類にこそと知り　如何にもして離さんと思いければ次第に後ずさりして往来まで上りゆき　己は仰向きに仆《たお》れて背を地にすりつけ又は両手に力をこめて腋の下の手を払いのけなどしけるに　かの者遂にかない難くやありけん　忽ち背を離るると見る間に　水音高く河の中に跳り入りつ　喜三郎恐しくなりて　おしめなど桟橋になげすてしまま　家にはせ帰り　さて燈火の光にて己の背を妻に見せしむるに　腋の下より背のただ中まで一面に蚯蚓《みみず》瘇《ばれ》になりてありしとぞ　喜三郎自身より我母に語りぬ　慶応の初《はじめ》の物語なり

さて、遺憾ながら「妖婆」は、佐藤春夫や久米正雄といった作家仲間からも酷評を浴びてしまうが、芥川はこれに反発するかのように、東京駅や市電の停留場が主舞台となる「妙な話」（一九二一）や、両国駅周辺を舞台とする「奇怪な再会」（同）といった、文字どおり「お江戸の真中電車の鈴の聞える所」で起きるリアルな怪異譚を書き継いでゆく（前者には鏡花作品への言及があり、後者は震災による東京壊滅を予言した作品としても有名）。

一方、東大英文科の俊英でもあった芥川のおばけずき志向は、海外にも向けられていた。東京・駒場の日本近代文学館が所蔵する「芥川文庫」には、M・シェリー『フランケンシュタイン』からB・ストーカー『ドラキュラ』に至る欧米のゴシック小説、A・ブラックウッド、M・R・ジェイムズなどの怪奇小説集や怪談文芸アンソロジー、キャサリン・クロウやW・T・ステッドらの怪談実話集などが多数収蔵されていて、泰西怪奇文学に寄せる芥川の関心の深さを窺わせる。

蔵書に書きこまれた読了の日付から判断すると、芥川は「鼻」で文壇に出た大正五年（一九一六）前後から九年（一九二〇）あたりにかけて、集中的にそれらの書物を読み漁っていたらしく、特に大正九年の夏から秋にかけては『ドラキュラ』『無気味な物語』（マリオン・クロフォード著）『考古家の怪談集』（M・R・ジェイムズ著）などを次々読破している。その前年、「妖婆」の執筆に思いのほか難渋し、しかも不評だったことが影響を与えているのかどうかは定かでないが、その成果は大正十年（一九二二）発表の「近頃の幽霊」や「Ambrose Bierce」といったマニアックなエッセイ、さらには大正十三年（一九二四）に発刊された興文社版〈The Modern Series of English Literature〉の第三巻『Modern Ghost Stories』と第七巻『More Modern Ghost Stories』の編纂解説などに結実をみることとなる。

後年、東京創元社の〈世界大ロマン全集〉や〈世界恐怖小説全集〉で、『魔人ドラキュラ』（ストーカー著）『幽霊島』（ブラックウッド著）『怪物』（ビアスほか著）等々、あたかも芥川のチョイスを踏襲するかのように、英米怪奇小説の翻訳紹介を手がけることになる在野の英文学者・平井呈一が、「アンブローズ・ビアスをわが国で最初に紹介した人は、芥川龍之介であったと記憶する」（創元推理文庫版『真夜中の檻』所収「ビアスとラヴクラフト」）と証言しているように、当時いち早く、しかもこれほど系統立てて欧米の怪奇小説に親しんでいた作家は、先述の日夏耿之介や西條八十ら早大英文科系の学匠詩人を除けば、皆無に近かったと思われる。

ちなみに芥川とは一高時代からの文学仲間で、作家デビュー後も緊密な盟友関係にあった菊池寛が、W・W・ジェィコブズ「猿の手」の本邦初訳（一九二〇年刊行の

『文藝往來』所収）を手がけたり、フレデリック・マリヤットの「人狼」を翻案した怪奇時代小説「妖妻記」を新聞連載（一九三一）するなど、泰西怪奇小説に関心を示しているのも、芥川の影響によるところが大きいのではないかと察せられる。

震災発生の直前にあたる大正十二年（一九二三）一月に、菊池は私財を投じて「文藝春秋」を創刊するわけだが、当初は発売元が春陽堂書店となっていた。これは当時、菊池が春陽堂発行の老舗文芸誌「新小説」（かつては鏡花らのホームグラウンドでもあった）の編集に関与していたためである。

震災の翌年、その「新小説」誌上で、総勢十三名にのぼる文筆家（芥川龍之介、泉鏡花、菊池寛、久保田万太郎、小杉未醒、斎藤龍太郎、澤田撫松、白井喬二、長田秀雄、長谷川伸、馬場孤蝶、平山蘆江、畑耕一）を結集した「怪談会」が掲載（一九二四年四月号と五月号に分載）されることになるが、その際、菊池と芥川がホスト的な立ち位置で話を廻しているのも、それゆえかと思われる。

いや、むしろこれは両者を中心に企画されたものと考えるほうが自然だろう（参加者のひとり斎藤龍太郎は「文藝春秋」の編集者）。収録場所も、芥川と殊のほか所縁深い、田端の懐石料理店「自笑軒」である。

まずは、会の雰囲気を伝えるやりとりをひとつ、ご覧いただこう。

もの喰う幽霊——「怪談会」より

平山　変な話ですが幽霊がものを喰べることもあるのですね。

畑　御飯を喰ったという話があるのはほんとうですな。或《ある》人が長いあいだ病気になっておったがひょこっとやって来たから御飯を出した。そしたらその御飯を喰ったそうですよ。そうして帰ったその後へ電報が来た。不思議に思ってよくしらべてみたら隅《すみ》に御飯が置いてあったというのですが、それは本当ですかどうですか。

泉　しかし伝説ではお茶を出すと、後でみるとお茶を畳のへりの間にこぼしてあるということがありますよ。

芥川　そばを喰ったというのがあるですね、もっともそばを残してあったが。

平山　幽霊だって腹が空くんですね。合法院（引用者註　「摂州合邦辻《せっしゅうがっぽうがつじ》」のことか）にそういうのがあります、幽霊もひだるかろうと。

白井　白夜衣草紙《さよぎぬぞうし》というのに幽霊が吸物をたべる所がありますね。

畑　白夜衣草紙ではありませんか、幽霊が顔を上げて来るところのあるのは。非常に凄いと思いますね。二階へあがると白夜衣が居る。ハッと思ッてそッと見ているとその幽霊がだんだん顔を上げて来た。あッたまらないと思っていると、半分上げて来たときに幇間《ほうかん》が梯子段《はしごだん》から落ッこちるというのです。

平山　凄いのは玉島屋の一座の下廻りに居る名もない男ですが、それが吉原でぶッつかったお化《ばけ》があるのです。上ってみたが花魁《おいらん》はどこかへ行って独りぼっちなので、吊ッた蚊帳の中で寝ておった。そうすると枕もとにバタリバタリとあおるような音がする、ひょいと見ると蚊帳のそとへポッと人間の顔が浮いて来た。おやと思ううちにその顔がスーッと上へあがったのだそうです。そうしてそれにつれてこうやって見ていると、蚊帳の天井の方からじっと覗き込んでゲラゲラ笑ったんだそうです。凄かったそうですよ、たまらなかったと云っておりました。

芥川　男ですか女ですか。

平山　女です。この話をしていると他の役者がこういう話をしました。やはり独りぼっちになってどこかの女郎屋で寝ておって廊下の足音を気にしていると、暫《しばら》くするとバタリバタリと音がたしかにしたという気がする。来たなと思って耳をすましているとその音が向うへ消えてしまう。その次にまた足音がしたから今度はそうだなと思ったら案の定障子が開いた。ここで寝た振《ふり》をしてやろうというので狸寝入か何かきめたのです。半分目をつぶっているとその屛風のところへ入って来たらしいのです。それをきっかけに目を醒まそうかと思っていたのだそうです。そうするとその屛風のそとから「寝ているのですか寝ているのですか」と聞く。それでもグウグウとやっていると、「寝てるんですかよ」というて屛風の上からずっと覗き込んだというのです。ここまで（胸あたり）出ているのだそうです。覗いていやがる、馬鹿野郎、こう思ったが今に床に入って来るだろうと思っておった。そうすると寝てるんだなといいながらスーッと消えてなくなった。そうして唐紙を開けてパタリパタリむこうへ行ってしまった。

それだけで済んだのですがね。何でよく考えてみると兎《と》に角一間《かくいっけん》の高さの屛風なのでしょう、その上から乗出すようなからだがどうして女が持っているだろうと思ったらぞっとしはじめてどうしても寝入られない。とうとう夜半《よなか》にとび起きて帰ってしまったというのです。後から考えて怖かったのでしょうね。

泉　あれは一体、お化に会ったという人はそういいますが、その時は怖くはないのですってね。会ったあとで怖くなるのですってね。

話の後半は蘆江お得意の花街怪談になっているが、全体を通じて、怪談会慣れした蘆江が、率先して会の盛り立て役を務めている印象を受ける（もっとも、長々とマイペースで語りまくっているのは馬場孤蝶だが）。とりわけ「都新聞」三羽烏の一角で早世した伊藤みはるをめぐる次の話は、長谷川伸も同席しているだけに臨場感満点だ。

伊藤君の追善――「怪談会」より

平山　私の社に伊藤みはるという人が居りましたね。これが非常に酒飲で非常に遊び好きだったのですが、死ぬ前七年間まるきり酒を禁《た》って一生懸命金を溜めたのですが、こいつが死ぬ年の二月の初めに突然女郎買いに行きたいといいだしたのです。七年間女郎買いに行ったことがない、こちらからいえば苦々しい顔をしたのに自分からいいだすのは余程おかしいと思って、長谷川君と二人で伊藤が女郎買いに行きたいというから面白いからけしかけて行こうよといって二月の七日の晩に社の編輯《へんしゆう》会議がある、この編輯会議が八時で済む、済んだならば三人揃ってそうして電車一ぱいで引揚げることにしようよ。場所は品川にしてくれ、品川は海岸沿いの米清へ行きたい、そうして米清でもって昔の通り遊びたい、それは何処でもよい、なんでも君のいう通りにするということで決ってしまったのです。

二月五日に伊藤が社で変な顔をして椅子の上に座りこんで真丸《まんまる》くなって私の前に居って書いていた。それで「ぼやっとしているじゃないか」というと「どうもいかぬ」「死神に捉《つかま》っているのではないか」そうすると「馬鹿いえ」といっておりましたが、そのときはそれで済んだのです。翌日社から電話が掛《かか》ってきて昨夜十二時伊藤みはるが脳溢血で死んだという知らせがあった。僕は気持が悪くてしょうがないのです。死ぬ引導を渡したような気がして、六日の晩に長谷川君やなにかと駆け付けて、やっと品川浅間台のお寺に用意したり葬いの指図をしたり、葬儀委員長ですね、すっかり後始末をしてやることにして、二月七日の晩明後日お葬いを出すから明日の晩本通夜をしよう、はやく引上げましょうといって二人出たのです。それは八時頃でしたが青物横町から電車に乗って北馬場に降りた。

降りるときに今夜伊藤が女郎買に行こうといった日ではないか、あいつほんとなら今夜行って今頃騒ぎをやってるんだぜ、それじゃ行こうかという訳なのです。伊藤の追善のために行こう宜《よろ》しいというので二人で海岸沿いの米清という茶屋へぬっ

『蘆江怪談集』書影

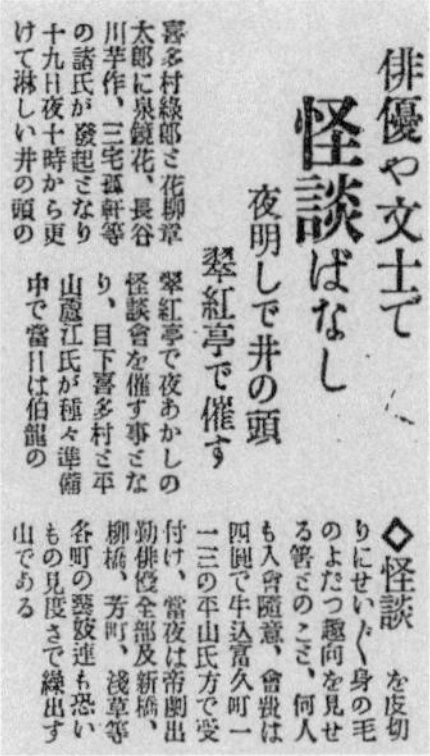

俳優や文士で
怪談ばなし
夜明しで井の頭
翠紅亭で催す

喜多村緑郎と花柳章太郎に泉鏡花、長谷川芋作、三宅孤軒等の諸氏が發起となり十九日夜十時から更けて淋しい井の頭の翠紅亭で夜あかしの怪談會を催す事となり、目下喜多村と平山蘆江氏が種々準備中で當日は伯龍の

◇怪談を皮切りにせい〴〵身の毛のよだつ趣向を見せる筈とのこと、何人も入會隨意、會費は四圓で牛込富久町一一三の平山氏方で受付け、當夜は帝劇出勤俳優全部及新橋、柳橋、芳町、淺草等各町の藝妓連も恐いもの見度さで繰出す山である

新聞に掲載された翠紅亭怪談会の告知

台湾旅行中の平山蘆江（後列右から二人目）。一人おいて甲賀三郎。前列右は本山荻舟、左は田中貢太郎。

と上ったのです。伊藤の出そうな晩だといいながらずっと上って部屋へ通された。部屋へ通ると座布団が三枚なのです。「おや二人なのだこんなものは入《い》らない」といってぽんと一枚蹴飛《けとば》したのです。お馴染《なじみ》さんは、なにもないよ、いいように頼む。やがてやって来た女郎が三人なのです。長谷川の傍へ座った女に長谷川君が「おい忙しいかい」とこういった。するとその女がずっと顔をそらした。そらした方に僕がいるのです。「まだ寒いね」というとまたこうやったのです。こうやったところへ廊下の方へ向いて「ええ」といって立上った。こういう調子で「ええ」と立上ると、向うの方で何とかさんといってその女の名を呼んでいるのです。その呼ばれないうちに「え」と立上った。耳敏《みみざと》いやつで、或はその前に声がしたのかも知れません。私たちは声も何も聞かなかったのですが、声のしないうちに「え」と立上って、その後で何とかさんと呼んだ。と、つーと立って出て行った。それきり戻って来ないのです。布団を三枚持って来たことといい、女郎が三人来たことといい、たしかに伊藤も一緒に来たのですよ。

それから丸山と僕と高沢の三人が伊藤君の初七日にもう一遍行ったのです。こういう話があったぜ、話してみるとこりゃあなんだか怪談になりそうな話だという訳なのです。そのときは長谷川君も何とも思っていなかったが、後から考えてみると怪談染《じ》みた話ですね。もう一遍追善会をやろうか、伊藤の念が残っているといけぬ、宜しいというのでまた長谷川と丸山と皆好きなやつですから行ったのです。すると、そこの家の前へ来ると、どうでしょう、半簾《はんれん》が掛っている。その真中に忌中《きちゅう》と書いてある。なんだいこの家で人が死んでいやがる、すっかり驚いてしまいました。もっともそれで縁起が悪いから止《よ》そうといいながら帰ればいいのに帰りはしませんでしたがね。

畑　あの人は艶種《つやだね》を書いた人ではありませんか。

平山　そうです。都新聞の艶種を書く人は皆死ぬのです。吉見君が四十二で死んで伊藤君も四十二で死んだのです。僕は四十二を越したからいいだろうと思うのですがね。吉見君は歳を少なくいっておりました。四十二で死んだといいますが実は四十四で死んでいるんです。伊藤君は四十一だったけれども一つ隠しているんです。艶種を書く人はどうもそういう傾向がありますね。しかし私はあから様《さま》に隠しはしません。

沢田　吉見君は前から身体を痛めておったけれども伊藤君は突然だったですね。

「新小説」に連載した『忍術己来也《じらいや》』（一九二三）などの伝奇小説が、芥川と菊池に激賞され注目を集めていた白井喬二の珍しい実見談から、芥川のドッペルゲンガー話へ至るあたりも、この「怪談会」のハイライト・シーンといえよう。

もう一つの顔――「怪談会」より

白井　私も一つお話ししましょう。直接に類する私のただ一つの話です。中学時代の話しですが、井上円了博士が私等の郷里に来たときに私も会ってその話をしましたら、学理的には説明が出来るという答を得たのです。

これは私の友人でエムというのですが、郷里ではかなりの金持の息子であった。エムは非常に体格の肥満した血色のいい常に快活な男で、学生の中でも愛嬌者、それが吾々の七人ばかりの文芸部の委員の中に入っていたのです。どういう訳で委員になったのか文芸の事など何も知らない男で、一番得意とするのは運動なのです。そういう体格をしております。運動はみな巧かったのです。その男が文芸部委員には不適任ばかりでなく殆ど反対な人間で、新聞でも三面は殆ど読まない、今の社会面ですね。いい加減読むは読むけれども別に政治方面に趣味がある訳でもなんでもない。小説など無論読まない。人の書いた考《かんがえ》というものは思想の糟《かす》だから読まないという考、極《ご》くそういう文芸方面には反対な方で、それがどういう訳か文芸部委員になった。金があった為かも分らない。そこでほかの七人があの男を一つ深刻にしてやろうじゃないか――その頃はやった言葉で深刻というのはもう少し快活を奪ってやろうというような意味――常にそういっておった。誰かあれを一つ小説でも読ませるように告げてやろうじゃないかという話を常にしておった。その話はそれで済んでしまって、その後そのエムは学校を卒業してしまって東京に出て修業していました。

十何年前になりますが私がある夏休みに国へ帰ることがありました。その頃まだ山陰方面は交通が不便で汽船の便などをたよったが、兎《と》にかく郷里の停車場に着いた。着いて停車場を出ようとすると同じく私の乗った列車に乗っておったと見えて私は俥に乗って行ったエムを見かけました。それが非常に痩せて蒼い顔をして、昔の快活な紅顔の美少年という面影はない。と、エムは私を見つけて、イヤ、といって挨拶をした。向うの倖が歩き出すとき、エムが振返って笑った顔というものは実に淋しそうな顔でした。どうしてああいう風に変ったのか、学生時代とかわって境遇の変化があるから、そういう金のある家に生れても病気ということもある。何かそういう変化があったのだろうとその時は大して記憶にとめずにおった。家へ帰りましていろいろの事で一ヶ月半ばかり留《とど》まりまして、学校も始まっておりますからいよいよ帰らなければならぬというので停車場まで行李《こうり》をまとめて駆け付けました。送って来たのはやはり同窓生の友人佐々木という男で、ふっと停車場に立つときに来ましたものですから、その時に丁度はじめて停車場に着いた時のことを思い出しまして、それで何気なくここでエムに会った、非常に蒼い顔をしていたが何か変った事はないかときいた。するとどうしたものか佐々木はサッと顔色を変えまして、そうして黙ってそこらを歩き出しておりましたが、待合室の隅の方に私を連れて行って腰掛にこしかけて、実はエムについてちょっと話がある。

非常に自分としては悪い事をしたのだか果してどうだかよく分らないが、誰にも話さないけれども一種の告白のつもりでそういう話が出たから今話すが、実は学校を出てから丁度学生時代に話があったようにエムを深刻にしてやろうという実行に取《とり》かかったというのです。それで常に小説とか読み物とかいうものを軽蔑しているから、他人の書いているそういう思想の糟《かす》は舐《な》めないというような考《かんがえ》をやめてどうかしてそういうものに興味を持たしてやろうと思った。で、この佐々木というのは非常に秀才でいろいろ中学時代には読書していた吾々仲間で最も嘱望《しょくもう》された男です。どういう話をしたかというとエムに向っていろいろ考えた末に支那の参相志《さんそうし》という本があるのだそうですが、そういう所から出たといっておりました。よく知りませぬがその中にこういう話があるのです。人間というものは自分の対者のいうことを聞かなければならぬ。何故聴かなければならぬかというとどんな人間でも自分の顔を見ることは出来ない、それは鏡に映して顔を見ることは出来るけれども、ほんとうの肉体というものはどんな偉い者でも見ることは出来ない、ということが書いてあるのだそうです。つまり自分というものを一番よく知っているのは他人である。だから他人のいうことを聴かなければならぬというような意味で、そこに物語があって、宮廷のお姫様が自分の顔を見たいと望んでも、見られないで苦しんだという話があるのである。その話を佐々木が非常にうまく話した。

ところがその話が非常にうまかったと見えてエムが感動したらしいのですな。まあそういう素朴な頭脳を持っているから初めて聞いた佐々木の話がうまかったと見えて非常に感動したのですね。それでその時はエムは喜んだ。ところがだんだんエムの様子が変って来たのです。どういう風に変って来たかというと以前より陰鬱に変って来たのです。で探ってみるとそこに一種の怪談的なことが存在しているらしいというのです。それで自分に対して非常に忌避するような形があるし、時にはまた親しく何か話したりすることもある。そこで佐々木は遂にエムの秘密を聞いたという。

その秘密というのがエムの話によると、第一番はじめの同窓会に出るために新調の仙台平《せんだいひら》の袴《はかま》を穿《は》こうと思って、箪笥の二番目の抽斗《ひきだし》か何かにあった仙台平の袴を出すと、新しいものだからピカピカと光る、光沢を感ずる、光沢を感じたと思うと、人の顔が横からジッと自分を見ている、ハッと思って見ると自分の顔という感じがその時にした。自分のもう一つの顔がじっと見ている、ハッと引いた時はそんなものはない。それで非常に驚いて、その時のことを詳しく聞きませぬでしたが、同窓会に出たか出ないか分りませぬがそういう事があったのだそうです。ところがその後またそういう事に出会《でく》わした。それは私の方に招魂社がある。そこに祭礼が毎年行われるのですが、エムはある時その招魂社のお祭に行って犬芝居か何か看板を見て、それから池があったり躑躅《つつじ》やいろいろな花の花壇があったりして、招魂社の境内は非常に明るい場所なのですがそこの広場をトットッと歩《あ》るいていた。それから誰も居ないような静かなところへ行くと、ひょっとまた顔が自分を覗いたというのです。そのときも瞬間に非常に驚いて急いで自分の家へ帰った。もう一遍ある。それは町に電話が通じて劇場で祝賀会があった。芸者の手踊《ており》か何かあって、その一番高潮に達したときに、自分もまた喜んでいるときにまたひょっと、自分の顔が覗いた。それで興ざめて家へ帰ってしまった。そういうことは三遍ばかり出会《でくわ》したというのです。

その後は非常に注意してお寺で法事がありまする時とか何とかいう時に、今出やしないか今出やしないかと思って注意する。そういう時には出ない、却って淋しい時に出ない、白昼賑《にぎ》やかなどちらかというと自分が得意になって喜ぶというような時にふっと顔を覗くというような話をした。そのためかどうか非常に健康を害して殆ど親のあとつぎもしないでブラブラしてあゝいう顔をしている。それでどうもその点が非常に自分としてはそういう話をして非常な感動を与えたためかどうかは、はっきり分らぬ。どうも悪い事をしたような気がしてその話は秘密にしているというようなことを佐々木は云うのでした。それは何でも私は見ませぬけれども円了博士の著述の中にそれが書き込んであるとかいう話ですが、ちょっと調べてみたけれども私の見たのにはそんなものは載ってありませんでした。つまり自分のもう一つの顔に悩まされるという話なのです。しかし井上博士はこれは学理的には説明がつくけれどもこれと同じ話は殆どないといっておりました。これに類似の話は沢山あるそうですが。

馬場　誰でしたか狂人になっているときに自分と同じ姿を部屋に見たという話がありますね。

畑　ゲーテにありますね、同じ姿を見たのは。

芥川　西洋でも自分と同じ顔を見ると後で死にますね。

白井　エムはもう死にましたかどうか大分会いませんので分りませんが。

芥川　独逸《ドイツ》人の話ですが、スルクの町の宝石屋なんだが、その男が町の角を歩いておってその角を曲ると向うから曲って来た人にぶつかった。顔を見合せたらそれが自分だったという話をしたそうです。その男が材木の山を持っているのだが、翌日になってその材木を伐出《きりだ》しているのを見ている時に、材木が自分の方へ倒れて死んだそうです。そんな話を集めた本がありますよ。

大正十三年（一九二四）三月七日——震災からわずか半年後というタイミングで開催された「新小説」の「怪談会」は、以上のように泉鏡花、芥川龍之介、平山蘆江、それに名短篇「怪談」（一九一三）で知られる畑耕一という近代怪談文芸の巨匠たちが一堂に会し、さらには「不思議譚」にも顔を出していた馬場孤蝶や、蘆江とは記者仲間である長谷川伸、澤田撫松らが加わるという、まさしく大正怪談黄金時代の掉尾を飾るイベントとなった。しかも冒頭で蘆江が「この間の晩の怪談会のときに」云々と口火を切っているところを見ても、文士たちの怪談熱は、未曾有の天変地異にも屈することなく、なお意気軒昂たるものがあったと察せられるのである。

菊池寛と芥川龍之介の凸凹コンビ（柳田國男いわく「この二人連れは背が高いのと横に平たいので、そのころ浅草の十二階とその横にあったパノラマにたとえて、『パノラマと凌雲閣』とよくいわれていた」『故郷七十年』より）は、鏡花に続いて柳田の引っぱり出しにも成功している。

「文藝春秋」昭和二年（一九二七）七月号に掲載された「銷夏奇談」——同誌の売り物のひとつとなった座談会形式の企画である。出席者は右の三者に加えて、歴史家・司法官の尾佐竹猛《たけき》。

この座談会では、ともすると韜晦癖のある柳田が珍しく直截な物言いで、自身の怪談観を寛いで開陳しているのが、実に興味深い。柳田の著作をよく読みこんでいた芥川の存在が好影響を及ぼしたのでもあろうか。ここには、そんなノリノリの柳田先生を偲ばせる、三つのやりとりを抽出してみる。

怪談の型と時代——「銷夏奇談」より

尾佐竹　新八犬伝でも出来そうですね。——この頃の怪談は、芝居や寄席へ、甥や姪を連れて行っても、怖がらずに笑っちゃうんですから、われわれとはまるで教育がちがうというか環境がちがうとでもいうのですね。

芥川　それは、一つは昔のように怖いものはやらないからじゃないですか。

尾佐竹　それは累《かさね》にしたって、お岩にしたって、昔は楽屋の連中ですら怖がったので、なるべく凄味があるようにするためにあれが舞台へ出るまでには、上へ何か被って姿を現わさないようにしたので、昨年の歌舞伎座でもそのようにしたとのことですが、われわれの姪や甥を連れて行っても、ちっとも怖がらない。この前に、神田の白梅へ、一時怪談があるということでしたから、近頃は寄席の怪談ばなしがなくなっちゃったのに珍しいというので、行ったんですが、僕なんぞは多少怖いような気がして、気にもかかっているけれども、若い奴はゲラゲラ笑っているんです。とても問題にならないですよ。涼み台の怪談ばなし時代と、概念がよほどちがっているんだ。

柳田　この頃の東京の怪談なんか、ほんの百年このかたくらいの発明です。前の怪談とは型がちがうんです。どうも怪談というやつは、ジジリジリに成長しては行かずに、時代の層みたいなものがあって、きりをつけて変って行ったようです。やはり怪談の天才が出てこなければ、追い追い怪談は凄くもなんともなくなるんじゃないかと思う。

菊池　一番古い怪談というのは、どういうのです。

柳田　怪談を書こうという意識を持って書いたもので古いのは、「今昔《こんじやく》」でしょうね。しかし「今昔」以前からだって、神怪なものはあります。現に「日本書紀」などにも、われわれから見ると、上乗《じょうじょう》の怪談がありますからね。たとえば、丹波の某という者の家の犬が、山へ行って狸をくわえて来た。その狸の腹の中から勾玉《まがたま》が出てきたという話がある。その話なんかは、怪談を書こうと思って書いたんじゃない。つまり自身がまず驚いて、これは伝えようという気持で伝えたんだ。ところが怪談意識――というと滑稽だけれども、怪談を聞かせてやりましょう、大いに怖れさせてやりましょうという気持は、やはり「今昔」でしょうね。「今昔」の中に二つか三つ、それは今考えてみても凄いものがある。

菊池 それはどういうものです。

柳田 それはたとえば、芥川君などはきっとよく知っておられる。屋敷の乾《いぬい》の隅の榎の木から板が飛んできて人を押え殺した話とか、油壺になって転がってきた話とか、いくらもある。嫌味も何もなく、ただスーッと凄いようなものですね。あの時代の人は怪談を聞こうという心持があり、また怪談は事実でなくともよいというふうになりかかっておったんでしょうね。

芥川 「日本書紀」の中に、天智天皇の御宇《ぎょう》かなんかに、水中に人間みたいなものがいる話がありますね。

柳田　それはもう少し前じゃないですか……それより私が一番面白いと思うのは……あれはどうかして間違って入ったのかも知れませんが、鶴だったか龍だったかに乗って、大和国の空を通ったという記事があるでしょう。あれなどは面白いですね。

菊池　それは何にあるのです。

柳田　やはり「書紀」ですよ。

尾佐竹　古いところの怪談と、仙人譚とはどういう関係がありますか。

柳田　仙人の話が、あの時分に盛んであったのでしょうね。支那でも非常に栄えた時代がある。それは例の「博異志」とか、「斉諧記《せいかいき》」とかいったふうな書物がいくらでも出ていますね。あの時代だから日本へも漢字を持ってきたんでしょう。ちょうど留学生を盛んに送っている時分が、あの怪談の多い時ですからね。けれども、私はどう考えてみても、怪談そのものは輸入ができないと思います。もう一ぺんこっちでも人が実見しなければ——ただしその実見はいと容易なことで、たびたび本を読んで頭を動かされておけば、自身その幻覚を起《おこ》すのは容易なことなんだけれども、とにかくもう一ぺんその怪を見なければ、支那の怪談をそのままこっちへ輸入しても真《ま》に受けてくれる人があるまい。ところが日本に似たような怪談があると、いかにも嘘つきが持って歩いたように言った人がありましたが、それはできぬことだろうと思いますね。そんなことをしたら、よほど上手な人がうまく騙したならば格別だけれども、たいてい聴く者は信じまいと思いますね。

芥川　鶴に乗った話で思い出したけれども、僕の親爺の友達なんですが、御維新前に本所で、明け方に空を見たら――それは元日の朝です、空を見ると白い鳳凰《ほうおう》が本所の空を大川の方へスーッと飛んで行ったというのです。

菊池　それは鶴か何か飛んだんじゃないかしら……。

柳田　それは完全な幻覚です。しかし佳《よ》い幻覚ですね。その幻覚の持てる人間が、まだそんな近い時代までおったんですかね、しかも本所なんていう所に。私は自分で読んだのじゃないが、南方（熊楠）君の話を聞いた受け売りなんだが、常陸《ひたち》の鹿島で鳳凰を見たという記事が何かにあるそうです。夜明け方に起きて見たら、屋外一ぱいの大きい鳳凰がおって、その鳳凰の尾や羽に珠玉みたいなものがたくさんついていて、キラキラと光っているのを見たというのです。非常に大きい鳥であったから鳳凰だろうというのですね。書物の名は覚えていませんが、探せばわかります。

それなんぞは凡人の夢、または想像力といったようなものが、非常に大きな可能性を持っている証拠ですね。

尾佐竹　それとは少しちがうですけれども、滋賀県の某牧師で——牧師だから決して嘘を言う人じゃないのですが、これは面白いので、鞍馬山から天狗が迎いに来るというんで、一月に一ぺんずつ先生には見えるらしいのです。

芥川　牧師だけに面白いですね。

尾佐竹　それはおかしいどころじゃない、本当に真面目に言うのですよ。

本所の馬鹿囃子——「銷夏奇談」より

柳田　尾佐竹君は明治以後の研究に進んできておられるけれども、僕は明治以前で止まっているから、最近そういう著述のあるということは知らなかった。（話題を換えて）本所という所は、元来ああいう不思議が多いんでしょうね。

芥川　どういうわけでしょうかね。

柳田　私には理由は説明できませんが、通例、不思議談が多い所は、型がきまっているんですね。信州でも高遠《たかとお》という所は、信州中で一番そういう話の多い所なんですが、高遠へ行って見ると、なるほど不思議話のありそうな所という感じがするんです。それからあの陸中の遠野なども一つの例ですね。ところが本所にいたっては、四面広漠で、おまけに近頃開いた埋立新田で、どういうわけで本所だけにあの話があるのか、どうも不思議です。

芥川　僕らが知っている限りでもありそうでしたね。何かお竹倉《たけぐら》から割下水《わりげすい》へかけて、非常に陰惨な気がありましたからね。

菊池　都会的に荒涼なんだ。都会でありながら荒涼なんだろう。

柳田　もし単に人家が少ないとか、家が淋しいとかいう所なら、山の手へんにもずいぶんあるでしょう。以前は森閑とした町家の少ない所だったのですから。

尾佐竹　番町にはお菊の皿屋敷がありますね。

柳田　番町にも七不思議があるそうです。

尾佐竹　なにしろ山の手は発達していて、屋敷といっても侍屋敷や大名屋敷ばかりですから、今で言えばビルジングが並んでいるようなもので、ちょうど三菱村に怪談が発生しなかったというように、七不思議というものは保存しておけないんですよ。その代り大名屋敷内における怪談がかえって発達していますね。

柳田　泉（鏡花）君がいると、面白がってする話なんだが、あの真夜中の馬鹿囃子ぐらい興味のあるものはないと思いますね。……本所の七不思議はみんな特種性を帯びて面白いが、馬鹿囃子は殊に面白いと思う。

芥川　僕も実際聞いたような気がして仕様がないんですよ。

柳田　それはちっとも不思議じゃありませんよ。私はまだ牛込では聞いたことはないような気がするけれども、泉君などはするのが当り前のように言っているのですよ。

尾佐竹　馬鹿囃子を題材とした泉君の立派な小説（引用者註「陽炎座」を指す）がありますね、本所あたりを題材にした……。

柳田　赤城あたりでも、始終馬鹿囃子が聞えたそうです。そうして金沢のものは笛が入っていると言ってました。東京のは太鼓だけだけれども。

尾佐竹「大菩薩峠」では、それを甲州の山奥へ持って行ってこしらえたんでしょう。

柳田　中里介山さんの馬鹿囃子は、だいぶいろいろな音響が入っているようですね。

尾佐竹　けれども、とにかく江戸では本所の馬鹿囃子ですが、田舎へ行けば、あれは天狗囃子ですね。

菊池　それは実際どこかで囃しているのが聞えるのじゃありませんか。

柳田　そうでもありませんね、深山なんかでもやるんですから。ヒューヒュードンドンという音を深夜の山の中で聞くということは、昔の人は嵐の音でも聞くようなつもりで当然と考えておったんでしょう。だから幻覚とは言いながら、普通の状態ですよ。病的状態じゃないのです。それから伐木坊などというような妖怪、カッキンカッキンバッサアンという天狗倒し、これなんかでもそうでしょう。

芥川　僕らにしても、子供の時に芝居から車に乗って帰ってくると、下座《げざ》の囃子がいつまでも聞えてくるようで、耳について忘れられないんです。いつまでも囃子をしているように聞えてくる。

柳田　それは江戸時代であるがゆえに、そうなんです。近代の田舎では汽車ですね。汽車ができた当座に、明治時代の怪談というものは、狸か狐が汽車に化けた話とか、現にいつどこそこでは、狸が汽車に轢《ひ》かれて死んだとか、どこそこの狸はいたずらだ、学校の生徒の騒ぎの真似を夜中にするという話がよくあるが、やはり日中に受けておいた印象が深いからそうなる。役場に当直していると、「電報電報」と言って夜中に戸を叩く、あの音を狸が真似るというのです。それは真似るわけだ。千年以来の平和な村には、そんな音は昔はない音楽なんだから。

菊池　それは本当の狸がするんですか。

柳田　村の人たちには電報電報は、よほど印象の深い声なのでしょうね。

芥川　あれは私の子供の時の家の新宿あたりではありましたね。私の実家が新宿にありましてね、近所がかなり広くて、狐の穴なんぞが実際あったのです。そこへとまっているものが、夜になると戸を叩く狸の音を聞くんです。

尾佐竹　狸は学校ばかりじゃありません。明治四年、新聞にある。常盤橋の兵営内において、狸がラッパを吹いたり、号令を掛けたりしたのですが、そういう話は今からは想像もつかんですね。それを新聞雑誌に麗々しく書いているんだから変でしょう。

芥川　近頃の支那で出た本を見ると、何とかいう学校に幽霊が現われたことが出ています。

日本人と想像力――「銷夏奇談」より

尾佐竹　僕は以前に書いたんですが、伊豆七島の新島《にいじま》の裁判所の宿直室にお化けが出るというのですから、裁判所と化け物、実に天下泰平と言うべきですね。その宿直室にどうしても寝られない、寝るときっと変がある。それからその村から他村へ越ゆる道に、耳もとにワッと大喝《だいかつ》される箇所がある。その話は学校教員から真顔に話された。

柳田　これは座敷わらしの話を私どもが書いてから後ですね。佐々木（喜善）君の村の小学校へ座敷わらしが出るという、非常な騒ぎで、生徒の中に誰も知らない子供が一人だけいるという、先生には見えないけれども、子供たちが騒いで仕方がないんです。それが座敷わらしは精神現象だなどとわれわれが言い出してから後なんです。……座敷わらしには、実に綺麗な話がありますね。大正九年の秋の終り頃に、ずっと座敷わらしのいる地帯を旅行したことがあります。話を聞いているうちに、時々陶酔するような感じがしましたよ。たしか八戸の小中野《こなかの》の色町だったか、夜、人のいない座敷へ行って見ると、行燈の前に、黄色の紗の着物を着た、色の白い女で、ここまで（頸を指す）の髪の女が、うつむいてしょんぼりと坐っておったという話がありました。黄色い着物などは、普通の日本人には想像もできない着物です。ただの凡人でも想像する時には、そんなものを想像するんですね。それから座敷わらしが、座敷の中をドタドタと歩くというのが、どんな着物を着ていたかと訊いて見ると、どんな色だったかわからないが、歩くときにはシャグシャグという音がしたという。そんな着物はある気づかいはないでしょう。しかし座敷わらしというものを想像すると、極度に繊麗なものを想像しなければならぬものだから、たいていは着物が透きとおっているとか、シャグシャグといったなどという。サラサラというよりは、もう少し重味のある音なんですね。

芥川　あの「三州奇談」か何かの中に、水の中から少女の出るのがありますね。手に網のようなもののついた……。

尾佐竹　あの本のなかでは天呉の話が一番変っていますね。

芥川　女の話なんかは、手へこう網のようなものがかかっているという話がありますね。

柳田　私はあの本の校訂者だけれども、二十五年になるからもう想い出せない。例の帝国文庫本（引用者註『近世奇談全集』一九〇三）で君も見たのでしょう。

芥川　ええ、何かレースを見た昔の人間が想像したように思われますがね。

柳田　これを要するに、日本の平民というものは、非常に想像力の豊かな、もっとも鋭敏な心の働きを持っている国民なんですね。おそらくは学問の優れた社会の表相にいる人ばかりを比較したら、それは外国の人に劣るかもしれないが、水準にいる普通農民の……智力と言っちゃ狭すぎますが、心の働きです、キャパシティみたいなものですね。そのキャパシティを比較したら、日本人ほど進んでいるものは世界中で少ないと思う。だからちっとも文人たちの手にかからない文芸が、かなり美しいところまで発達してるんですね。

尾佐竹　その代り、やはり大きなものはないんじゃありませんか。巨人伝説にしても、北欧のような深刻なところはないですね。

柳田　それは深刻なところはないかもしれませんね。

菊池　「雷魔王物語」（引用者註　田中貢太郎「魔王物語」を指すか）は支那の翻訳ですか。

柳田　稲生平太郎ですか、あれはどうもそうでないようですね。私は読んだことがありますがね。非常に大きな印象を与えたが、しかし雑駁《ざっぱく》なものですね。あれを書いた人にいくらか宗教的の忠実さが足りなかったように思います。あれは広島でしたかね。
菊池　三次《みよし》かどこかですね。
柳田　あの本はお化け話としては、あんまり長すぎるのが、とにかく純でないように思います。
菊池　お岩という怪談、それが一番面白い話のような気がします。
柳田　「老媼茶話《ろうおうさわ》」なんかもそうですね。
菊池　あれは日本人の創作ですか。
柳田　あれは事実を書いたものと思いますね。事実というと認識の問題になるけれども、「紫の草紙」という本もあるといいますね。その本はやはり同じ話を、ちがった調子で書いております。信じないまでも忠実に聴いたことを書いたんでしょう。あの本が一番率直なようですね。あの奇談全集の中では。
芥川　僕の友達でドッペルゲングの話を書こうとしている男があります。
柳田　外国の？

芥川　日本のです。自分で創作しようと思っている。その男にこの間会った時に話したのですが、あれもやはり仙台あたりの人の書いた「藻汐草」（引用者註　只野真葛《ただのまくず》『奥州ばなし』所収「影の病」のこと。芥川の記憶違いか）とかいうものがありますね。

柳田　そうですか、私は知りません。

芥川　あの中にドッペルゲングがありますね。侍が外から帰ってきて、自分の書斎へ入ろうとすると、書斎の机に向って自分の姿がある。それが立ったまま、うしろ向きのまま部屋を出てしまった。それから変に思って、自分のおっ母さんに話したら、おっ母さんが嫌な顔をした。その家は代々それを見ると、その主人が死ぬことになるというので、その人も間もなく死んだというのです。

菊池　しかし僕らも松坂屋へ行ってると、群衆の中に僕らがいはしないかという想像をする、それから出てくるんじゃないかね。

柳田　その話は支那の話じゃないですか、あまり型がよく整っているね。ことによると、支那の文学かもしれませんよ。どうも昔の人には、話の種を供給する方に熱心で、真実性をうけ合うことをしなかった人がその中にありますね。

尾佐竹　僕のはそれとちがって、むろんその範囲へ入りませんが、私の姉が死んだ時に、死骸の番をしておった。そうすると私の姉がスーッとそこから立って出て行く姿をありありと見たのです。着物を着て……。

柳田　その着物は何の着物です。

尾佐竹　ふだん着ておった着物です。馬鹿馬鹿しい話のようですが、とにかく昼の日中《ひなか》、確かに立って行くのを見ました。

柳田　とにかく、姉さんが亡くなられたというような時には、よほど気持も変っているにちがいないでしょう。第一心持が純になっている。それでそういうものを見得る準備ができているのですね。……私の家の祖母という人は今から十二、三年ばかり前に亡くなったのですが、実にそういう話をたくさん知ってる人で、今でも思い出すことがよくありますよ……。

芥川「山の人生」によれば、先生（柳田氏）も神隠しにお遭いになったそうですね。

この「銷夏奇談」に続いて、「文藝春秋」の翌八月号には「泉鏡花座談会」が掲載されている。出席者は、泉鏡花、柳田國男、久保田万太郎、里見弴、菊池寛……本来なら喜び勇んで列席しているはずの芥川は、「今日はちょっと差支えがあって」(菊池寛談)欠席している。怪談嫌いの久保田と里見が加わったせいもあってか、柳田も「お化けの話ももう気が利かないな、何か他の話をしようじゃないか」と言いだして、前半は講談などの話芸をめぐる話題、後半は硯友社時代の回顧談などに終始している。なかで唯一、興味深い鏡花の発言を引いておこう。

柳田　あなたが東京へ来た時分に、(三遊亭)円朝はもう死んでましたか。

泉　まだ生きていました。生きていましたが、忌憚《きたん》なく評しますと……。

柳田　円朝は邑井(引用者註　鏡花お気に入りの講談師・邑井一《むらいはじめ》)の側と張り合っていたのですね。

泉　サア……円朝のは細かい話ですが、上へ上らないで、ピタピタと下へくっついていましたね。ピタピタと湿り気のある所を這って、ずって行くような調子でしたね。一《はじめ》のは、しとしと、円朝はぴたぴた、これをかりに女にして御覧なさい。次に(橘家)円喬《えんきよう》となると、びたびた……それからべたべた、びちゃくちゃ、ワアワア、ばさばさ、がたがた、どんどんなどというのが、ざらにある。なにしろ円朝は、お旗本の三百石、五百石、せいぜいで一千石くらい……三万五千石以上は駄目のようでした。

柳田　円朝の世界は限られておったろうが、しかし自分の領分内のことは……。

泉　それはようござんした。

鏡花先生、なかなか辛辣である。

「お船蔵《ふなぐら》がつい近くって、安宅丸《あたかまる》の古跡ですからな。いや、然《そ》ういえば、遠目鏡を持った気で……あれ、ご覧《ろう》じろ——と、河童の児《こ》が回向院《えこういん》の墓原《はかばら》で悪戯《いたずら》をしています。」

「これ、芥川さんに聞こえるよ。」

私は真面目《まじめ》にたしなめた。

（泉鏡花「深川浅景」一九二七）

おそらくは「泉鏡花座談会」と前後する昭和二年（一九二七）の梅雨の頃——鏡花

は、関東大震災による惨禍から復興途上にあった東京・深川の街を、案内役の記者と二人でつぶさに散策した。「東京日日新聞」が企画した「大東京繁昌記」という震災復興ルポルタージュの一環である（鏡花のほか芥川龍之介、吉井勇、北原白秋、小山内薫、島崎藤村、田山花袋ら総勢十七名の著名作家が、それぞれ所縁の地を探訪したこの連載は翌年、春秋社から単行本としても刊行されている）。

右に掲げたのはその中の一節だが、同じ昭和二年の三月、雑誌「改造」に発表された芥川の小説「河童」および当の「大東京繁昌記」に寄稿された芥川の「本所両国」に見える回向院のくだり（「この墓地も僕にはなつかしかった。僕は僕の友だちと一しょに度《たび》たびいたずらに石塔を倒し、寺男や坊さんに追いかけられたものである」云々）を踏まえていることは歴然だろう。

芥川本人を連想させる「河童」と「回向院の墓原」という、受け取りようによっては不祥なる取り合わせは、なんとも皮肉なことに、時を措《お》かずして予言めく色合いを帯びることとなる。

まさに「深川浅景」連載中（七月十七日から八月七日まで「東京日日新聞」夕刊に掲載）の七月二十四日未明、芥川は卒然として薬物自殺を遂げたのであった……。

鏡花の自筆年譜、昭和二年の項より引く――「七月、期に遅るること八ヶ月にして、『全集』成る。この集のために、一方《ひとかた》ならぬ厚意に預《あずか》りし、芥川龍之介氏の二十四日の通夜の書斎に、鉄瓶を掛けたるままの夏冷《つめた》き火鉢の傍に、其《そ》の月の配本第十五巻、蔽《おお》いを払われたりしを視て、思わず涙さしぐみぬ」。

大正十四年（一九二五）春、春陽堂版『鏡花全集』の発刊に際し、芥川は編集委員を代表して壮麗なる「目録開口」の一文を起草し、鏡花をして「とる手も震え候ばかり感銘浅からず」（芥川宛書簡下書）と礼状に記すほど感激せしめる。

その全集がようやく完結（最終第十五巻奥付の発行日は昭和二年七月二日）をみた矢先の突然の訃報である。

「夢ではないか―鏡花老の驚きと嘆き―」（東京日日新聞）「『惜しい人を死なした』と泣きくずれる泉鏡花氏」（大阪毎日新聞）といった当時の新聞報道の見出しからも、かけがえのない若き理解者に先立たれた老作家の衝撃と悲痛のほどが窺われよう。

府立三中時代、鏡花作品に傾倒して「その悉《ことごと》くを読んだ」（「私の文壇に出るまで」一九一七）という芥川だが、彼が同時代に数多ある鏡花信奉者たちと決定的に異なるのは、鏡花文学に横溢する超自然性――すなわち「おばけ趣味」を積極的に評価し、そこにこそ鏡花文学の本質と独創性を見出している点にある。全集発刊に際して「東京日日新聞」に寄稿された「鏡花全集に就いて」より引用する。

「深沙大王」の禿げ仏、「草迷宮」の悪左衛門等はいずれも神秘の薄明りの中にわれわれの善悪を裁いている。彼等の手にする罪業の秤《はかり》は如何《いか》なる倫理学にも依るものではない。ただわれわれの心情に訴える詩的正義に依るばかりである。それにもかかわらず——というよりも寧《むし》ろその為に彼れ等は他に類を見ない、美しい威厳を具え出した。「天守物語」はこういう作品の最も完成した一つである。われわれの文学は「今昔物語」以来、超自然的存在に乏しい訳ではない。且《かつ》また近世にも「雨月物語」等の佳作あることは事実である。けれども謡曲の後《のち》シテ以外に誰がこの美しい威厳を彼れ等の上に与えたであろうか？

今でこそ、三島由紀夫や澁澤龍彦が先導した戦後の鏡花文学リバイバルを経て、「天守物語」や「草迷宮」を鏡花の代表作とする見方は一般にも定着をみているが、作者の存命中に、それら幻想文学系作品のただならぬ重要性に着目した評家は稀であった。あまつさえ、そこに跳梁跋扈する「超自然的存在」に、詩的正義に依る倫理観を体現した一種の妖怪至上主義を看取するとは！

鏡花に優るとも劣らぬ「おばけずき」文豪であり、古今東西の怪談文芸に通暁していた芥川の真骨頂といってよかろう（芥川の怪奇幻想文学を一巻に集成したアンソロジーに、ちくま文庫『文豪怪談傑作選　芥川龍之介集　妖婆』がある）。

芥川の死から一年を経た昭和三年（一九二八）、「主婦之友」八月号に掲載された「幽霊と怪談の座談会」は、鏡花が最後に出席した公式の怪談会となった（その後もラジオ番組での座談が二度あるが、内容の記録は残されていない模様）。

出席者は、泉鏡花、小林一三、小村雪岱、里見弴、橋田邦彦、長谷川時雨、平岡権八郎、そして柳田國男の八名である。小林は著名な実業家で宝塚歌劇団の創始者、橋田は医学者、平岡は、鏡花が談話中で「なかなかのおばけ好き」と折紙をつける洋画家。誌面には、雪岱が七点にのぼる怪異味秀抜な挿絵を描き下ろしている。

ここには鏡花怪談会の常連であった長谷川時雨の迫力ある文豪怪談から、疫病神をめぐる時雨、平岡、里見の話に至る、全篇の白眉というべき流れを採録する。

疫病神そのほか——「幽霊と怪談の座談会」より

時雨　赤城下《あかぎした》の路地裏にいた頃の話です。（里見氏の方を見て）御承知でしょう、詩人今井白楊《いまいはくよう》を。今でも銚子君《きみ》が浜《はま》に三富朽葉《みとみきゆうよう》、今井白楊二人の碑がありますが、その頃、あの人達は銚子の別荘に暮していまして、三上《みかみ》も（三上於菟吉《おときち》氏のこと）一緒にいっていたのですが、歯が痛くて東京へ帰って来た翌日、昨夕《ゆうべ》ステーションまで送って来た二人が水死したのです。その日あたしは鶴見の家までいって、帰って来たのは宵《よい》でした。細い路地を煉瓦塀に沿って行くと、覆いかぶさるように青葉が茂っていて、狭い潜戸《くぐりど》のあるところまで来ると、木戸の上の、青葉の中に、突然、こんな大きな——（手でかたちをして）今井さんの顔が、こう下を覗くようにして、皓《しろ》い綺麗な歯並を見せて、にこりと笑っているのです。（そう言いながら時雨女史は、皓い綺麗な歯並を見せて、にこにこ笑った。）今井さんは劇作をなさるので、あたしともよく話が合ったのです。銚子へ出立《しゆつたつ》の前日にも、長い間芝居の話をして、嫌だと出《で》しぶった三上を、二人して説きつけて、君が浜の別荘に行っていた三富朽葉のところへ二人でいったのでした。その顔を、青葉の中にありありと見たあたしは、妙

「幽霊と怪談の座談会」収録風景（昭和３年６月19日、新橋の花月で撮影）。
右から小村雪岱、里見弴、柳田國男、長谷川時雨、
橋田邦彦、泉鏡花、平岡権八郎。

「幽霊と怪談の座談会」挿絵（小村雪岱・画）

な気持で木《こ》の下暗《したやみ》をぬけて入ってゆくと、家の中は真っ暗で、しいんとしているのです。急いで電灯を灯《つ》けてみると、机の上の原稿紙に三上の筆蹟で、大きく、「三富と今井が死んだ。死骸を探しに銚子へ行く。」と書いてありました。

柳田　そのときはもう死んでいたんですね。

時雨　ええ。さあそうなると、先刻の青葉の中で笑った顔が目について、家の中にじっとしているのも嫌なら、といって、またあの潜戸のところの青葉の下を通って、外へ出ることもできず、困りました。

柳田　死の予感ということは、あり得べきことです。

平岡　長谷川さん、ついでに小田原であなたが見たという、「チフスの疫病神」のお話をなさいませんか。

時雨　あれは、今想い出してもぞっといたしますわ。（長谷川さんは、その物凄いお話を、ぽつりぽつりと語り出した。折から座敷の外でさらさらと音がして、五月雨《さみだれ》が降り始めた。怪談のまどいには相応しい情景である。）

疫病神《やくびょうがみ》を見た話

時雨　佃島《つくだじま》に住んでいた頃、妹が腸チフスで、離室《はなれ》の二階に寐《ね》ておりました。あたしはずっと枕頭《まくらもと》に附き切りで看病していましたが、或る夜、ふと、後ろを振返ってみると、あたしの後ろに……床の間のずっと隅に、十五六とも覚しい男の子が、腕組みをして、しゃがみこんでいるのでした。その髪の毛は、ひょろひょろと焦《こ》げついたようになっていて、顔は細長く、丁度茄子《なす》の腐ったような色艶《いろつや》をしているのです。

平岡　物凄くなって来たね。

時雨　はっとして、とても、もう一度見るだけの勇気はありません。怖かったんですが、ここであたしが負けたら、妹はこのまま死んでしまうのではないかしら、と思ったんです。

柳田　そうです。その眼に負けると最期《さいご》です。

時雨　うんと勇気を奮って、あたしはも一度、見てやったのです。すると、そこには、もう何も見えないんでした。ええ、それから妹の病気は、快《よ》くなりました。

泉　あなた、疫病神に勝ったわけですな。

時雨　それから暫《しばら》く後のことですが、あたしは箱根の家へ用があって行きました。

その頃はまだ国府津《こうづ》から電車が出ていました。あたしの乗った電車が小田原の幸町という停留所に止ったとき、何心《なにごころ》なく窓の外を覗くと、驚いたのです、あたしの眼の前に、停留所の名を書いた大きな電柱に凭《もた》れて、あの夜見たのとそっくりの男の子が、やはり腕組みをして、ぼんやりとこちらを見ながら立っているではありませんか。ぞっとしてしまって、そのときの方が一層《いっそう》無気味でした。

柳田　その子供が病人じゃないのでしょう。その家にチフスの病人か、死んだ人かがあったのでしょう。

平岡　鏑木さんの奥さんも、疫病神を見たそうですね。婆さんの疫病神を……

泉　疫病神には、婆さんと乞食と坊主とがあるという土地があります。このうち、坊主と乞食は、あくどくっても、ひつッこくても、まだ恢復《かいふく》の見込があるが、婆さんの疫病神は、多くの場合、むずかしいというのだそうです。

柳田　疫病神は婆さんが一番多いそうです。とにかく、人間よりは目下なんだから、これに負けてはなりません。

天井裏に消えたお婆さん

泉　また、鏑木さんのお照さんの話も凄い。平岡さん、話してください。

平岡　鏑木の奥さんが、お産をして、産褥熱《さんじよくねつ》が甚《ひど》かったので、夜中に、吊台《つりだい》で病院に運ばれて行ったことがありました。

泉　そのとき吊台の後になり先になりして、寒詣《かんまい》りの行者が一人、白衣《びやくえ》を着けて歩いて行く、卍《まんじ》ばかりの提灯を、ぶらぶらさしてるッていうんじゃありませんか、お照さんが、吊台の中から見て、厭な気持がしたそうです。

平岡　病院に着くと、既に刻限過ぎなので、裏門の、死骸の出入りする非常口から、吊台を担ぎ込んだそうです。

里見　気持が悪いね。

平岡　入院して二三日経った或る夜、奥さんがふと眼を覚すと、仰向きに寐《ね》た奥さんの頭の後ろの上に、物凄い婆さんが、髪を振り乱して坐っていて、上からじっと奥さんの顔を見下していたそうです。

泉　小紋の着物を着ていたそうですよ。

柳田　小紋の着物はいいですな。

平岡　つまり、その婆さんは、空《くう》に坐っていたわけですよ。奥さんは、こ奴《いつ》に負けてはならぬと、怖さを忘れて、睨みかえしていたそうです。
柳田　実に気丈な奥さんだな。
平岡　折悪しく病室には誰もいなかったので、誰かが来るまで、このままでいるつもりだったら、やがてその婆さんは、忌々《いまいま》しそうに舌打をして、「お前さんは剛情《ごうじよう》な女だね。」と捨台詞《すてぜりふ》を残しながら、すうっと、部屋の隅まで後ずさりして、天井裏へ掻き消すように見えなくなりました。
泉　その途端に、ばたばたと廊下を走る女の足音がして、慌《あわただ》しく入って来たのは受持の看護婦でした。「奥様、何か変ったことはありませんか。」と、息をはずませて訊ねるので、お照さんは、「別に何ともありません。」看護婦が、ほっとしたような顔附で、「実は、今、奥様のお部屋から、誰か出たような気配がしましたので、変だ……と思っておりましたら、一つおいた次の病室の患者さんが、突然、天井を指さして、『何か来た。何か来た。』と囈言《うわごと》を言いながら、息を引き取られました。」と話したそうです。これには流石《さすが》のお照さんも、思わずぞっとしたということです。
里見　そう言われると、僕にも思い当ることがありますよ。（今まであまり口を利かれなかった里見さんが、一膝《ひとひざ》乗り出されたので、一同は一層緊張して、固唾《かたず》を呑んだ。）

柳田　疫病神なのですか。

里見　疫病神というよりも、死神だったでしょうね。もう十二三年も前のことです。或るその頃、家族のものは大阪に住んでいて、私だけ東京の父の家におりました。或る晩、私が散歩に出て、麴町の家に帰って来る途中、或る寂しい横町の石垣の下に、折釘のように首ばかり前につン出した、白髪の婆さんが立っておりました。

泉　曲《くせ》ものだね。一件《いっけん》ものです。

里見　夏の宵のことで、まだ散歩の人もちらほら見えているくらいでしたから、私は別にその婆さんを怪しいものとも思いませんでしたが、ほんのちょっと通り過《す》がりに見ただけにも拘《かかわ》らず、今日でも判然とその姿を思い浮べることができるほど、強く印象されています。家に帰ってみたら、大阪の家内から電報で、長女の死を知らして来ました。

泉　死神だったんでしょうかしら。

里見　もっともこれは、もっと詳しく『夏絵』という作に書いておきましたが、まさか死神だとは、今が今まで考えてみたこともありません。そうと知っていたら、あのとき、ぎゅッと睨みかえしておいたものを。(里見さんは、如何《いか》にも残念そうに笑われました。）

最後にもう一箇所、鏡花と柳田による「美しい怪談」（小村雪岱談）のまことに絶妙なやりとり《コンビネーション》を、本書の締めくくりに掲げることにしよう。

在処の知れぬ白南天――「幽霊と怪談の座談会」より

平岡　泉先生、鏑木さんの奥様のお話をしてくださいませんか。

泉　清方君のお照さんが、南天《なんてん》を貰った話ですか。あれはこうなんです。お照さんが九つくらいのときのことだそうです。場所は磐木平《いわきだいら》、鹿嶋灘《かしまなだ》へ一里ばかり、縁側から、遠くに、ちらちらと浪の見えるところだと聞きました。秋の末ごろ、近所の農家の男の児で、十二三ぐらいなのが、重い病気に罹《かか》り、その頃は医者も、これというのがなかったので、お照さんのお父さんが、どなたか神様のお札をその児の家へ授けました、それを水に浸して飲ませ飲ませすると、熱がひいて、病気が治った。ところが、それから後というものは、その子供は、お照さん達と遊んでいて、村はずれへ行くと、いつの間にか姿が見えなくなる。子供たちでも気になって、誰ちゃんがいないよ、どうしたと、人々が騒いでいると、山の道から、にこにこ笑いながら帰って来たというのです。しかも両手には、この附近の山には見られない、南天や草花を沢山持って来て、お照さんも時折その実南天をわけて貰ったことがあるそうです。……時折という……一度あってからは毎々《まいまい》のことだったというんですが、「どこへ行って来たの。」と、その親たちなり、誰でも尋ねると、「お宮のない神様達と遊んで来た。」と、いったそうです。

小村　美しい怪談ですね。そんな怪談は、気が休まっていいですね。

柳田　伯耆《ほうき》の羽衣石《うえし》という山には、不思議な話が伝わっておるそうです。ここの城が落城のとき、金銀財宝を敵に奪われるのが口惜《くちお》しさに、城主はこれを地中に埋め、目標《めじるし》のために白南天を植えておいたというのです。久しい間金銀財宝は空しく地中に埋れているわけですが、村の人は如何《どう》かしてその白南天を探し当てようと、山の中を探しまわっても、如何しても白南天の在処《ありか》は判らないのだそうです。

記者　その山に、ほんとに白南天があるのでしょうか。

柳田　ところが、山へ草を刈りに行った若者達が、家に帰って草を解いてみると、知らぬ間に白南天を刈り込んで来ていることが、時々あるそうです。それを翌日、場所を目当《めあて》に探してみるが、如何しても見当らないというのです。

橋田　なるほど怪談ですな。

記者　南天というと、その名からして、ちょっと怪談染みていますね。

泉　待ってください。……伝説的に、そんなのがあるとすると、磐木の山のも、白南天だったかも知れません。ただ真紅《まっか》なのだと思っていましたが、これは一度、お照さんに聞いてみましょう。ハテナ、成程、柳田さんの化物の法則というお話も、握飯は食う筈なんですね。御著書の中にもあります、石魚《いわな》や鰻の坊主に化けたのは、粟飯などを食べることになっていますね。

枕辺の芥川さんと目が合った。含羞《はにかみ》を浮かべつつ、こちらに差し出された右手を、反射的に握りかえすと、ふわり、総身が浮いた。

そのまま軽々《かろがろ》と、板と板の隙間に目張りのされた茶の間の天井近くまで浮遊する。直下に、瞑目して横たわる我が身と、ひとりだけ喰い入るようにこちらを見上げる柳田さんの尊顔《かお》が見えた……。

気がつけば私は、あの「娑婆《しゃば》を逃れる河童」図そのままの姿にいつしか変じた芥川さんに導かれ、お供の鳥たちに守られながら、蒼穹《あおぞら》の高みを飛翔していた。

「北をさすを、北から吹く、逆らう風はものともせねど、海洋の濤《なみ》のみだれに、雨一《ひと》しきり、どっと降れば、上下《うえした》に飛《とび》かわり、翔交《かけまじ》って、

かあ、かあ。

ひょう、ひょう。

かあ、かあ。

ひょう、ひょう。

かあ、かあ。

ひょう、

ひょう。

…………

…………」

（泉鏡花「貝の穴に河童の居る事」より）

あとがき

百物語／怪談会関連の最初の編著となった『文藝百物語』（ぶんか社→角川ホラー文庫）を企画編纂したのが、平成九年（一九九七）のことだから、すでに二十年以上も、なにやら取り憑かれたように、このテーマをせっせと追いかけてきたことになる。

その間、百物語通史を企図した『百物語の怪談史』（同朋舎→角川ソフィア文庫）や、『遠野物語』誕生の原動力となった明治の怪談会ブームを追った『遠野物語と怪談の時代』（角川選書）などの著書はもとより、ちくま文庫の〈文豪怪談傑作選〉シリーズでも、『百物語怪談会』『鏡花百物語集』『文藝怪談実話』といった一連のアンソロジーによって、文豪たちと怪談会との関わりを跡づける文献資料の蒐集再編を折にふれ進めてきた。

本書がその延長線上にあることは申すまでもないが、今回はこれまでとは趣向を変えて、泉鏡花という稀代《きたい》の「おばけずき文豪」に視点を定め、明治後期に始まり大正～昭和初期にいたる時代を彩った、おばけずき文化人たちの群像を、かれらが演じた怪談ライブの模様を交えて描きだすことに注力してみた次第である。

小説家（泉鏡花）、劇作家（長谷川時雨）、学者（柳田國男）、画家（鏑木清方）、俳優（喜多村緑郎）、ジャーナリスト（平山蘆江）、ミュージシャン（鈴木鼓村）等々による、おばけずき豪華競演《アヴェンジャーズ》を御堪能いただけたら幸いである。

妖艶きわまる「さかしまの幽霊」と文豪群像を描き下ろしてくださった紗久楽さわ氏とは、二〇一九年三月十五日に深川江戸資料館で開催された「杉浦日向子と百物語」講演会の場で、初めてお目にかかった。現代における「百物語」復興に先鞭をつけて、さっさと愛する江戸の時空へ赴かれた日向子さんから、素敵な御縁を賜わったものと嬉しく思う。

ちなみに掲出作品の冒頭と文末に瞬く火の玉も、紗久楽さんの描き下ろしである。

末筆ながら、編集制作に尽力いただいた、ちくま文庫の永田士郎編集長と担当の砂金有美氏、〈文豪怪談傑作選〉から一貫して達意のカバーデザインを賜わっている山田英春氏のお三方にも、格別の謝意を表して結語に代えたい。

二〇一九年七月

喜多村緑郎（きたむら・ろくろう　1871-1961）初世。新派俳優

田島金次郎（たじま・きんじろう　1874?-1965）芸能史家、守田勘彌家支配人

長谷川時雨（はせがわ・しぐれ　1879-1941）劇作家、小説家

岩村透（いわむら・とおる　1870-1917）美術評論家

鰭崎英朋（ひれざき・えいほう　1880-1968）日本画家

小山内薫（おさない・かおる　1881-1928）演出家、劇作家、小説家

平山蘆江（ひらやま・ろこう　1882-1953）新聞記者、小説家、随筆家

伊藤晴雨（いとう・せいう　1880-1961）日本画家、時代考証家

伊東深水（いとう・しんすい　1898-1972）日本画家

芥川龍之介（あくたがわ・りゅうのすけ　1892-1927）小説家

菊池寛（きくち・かん　1888-1948）小説家、劇作家、文藝春秋創立者

白井喬二（しらい・きょうじ　1889-1980）小説家

畑耕一（はた・こういち　1896-1957）小説家、劇作家

里見弴（さとみ・とん　1888-1983）小説家

尾佐竹猛（おさたけ・たけき　1880-1946）　法学者、司法官、歴史学者

橋田邦彦（はしだ・くにひこ　1882-1945）生理学者、教育行政家

小村雪岱（こむら・せったい　1887-1940）日本画家

平岡権八郎（ひらおか・ごんぱちろう　1883-1943）洋画家

【主要登場人物紹介】

泉鏡花（いずみ・きょうか　1873-1939）小説家

尾崎紅葉（おざき・こうよう　1867-1903）小説家

江見水蔭（えみ・すいいん　1869-1934）小説家

柳川春葉（やながわ・しゅんよう　1877-1918）小説家

徳田秋聲（とくだ・しゅうせい　1871-1943）小説家

小栗風葉（おぐり・ふうよう　1875-1926）小説家

馬場孤蝶（ばば・こちょう　1869-1940）英文学者、評論家

鈴木鼓村（すずき・こそん　1875-1931）箏曲家、画家

浅井了意（あさい・りょうい　1612?-1691）仮名草子作者

條野採菊（じょうの・さいぎく　1832-1902）戯作者、新聞社主

鏑木清方（かぶらき・きよかた　1878-1972）日本画家

山本笑月（やまもと・しょうげつ　1873-1937）新聞記者、文化世相研究家

三遊亭円朝（さんゆうてい・えんちょう　1839-1900）初世。落語家

尾上梅幸（おのえ・ばいこう　1870-1934）六世。歌舞伎俳優

松林伯円（しょうりん・はくえん　1832-1905）二世。講釈師

鶯亭金升（おうてい・きんしょう　1868-1954）戯作者、新聞記者

依田学海（よだ・がっかい　1834-1909）漢学者、演劇評論家

柳田國男（やなぎた・くにお　1875-1962）民俗学者

水野葉舟（みずの・ようしゅう　1883-1947）小説家、歌人

佐々木喜善（ささき・きぜん　1886-1933）民俗研究家、小説家

河岡潮風（かわおか・ちょうふう　1887-1912）小説家

編集付記

本書は、ちくま文庫のためのオリジナル編集である。

本文表記は、原則として新字体・新仮名づかいを採用した。また新聞記事・座談会は、句読点を補い、小見出しを付したものもある。

今日の人権意識に照らして不当・不適切と思われる語句や表現については、作品の時代的背景と文学的価値とにかんがみ、そのままとした。

文豪怪談傑作選・特別篇
文藝怪談実話
東雅夫編
日本文学史を彩る古今の文豪、彼らと親しく交流した芸術家や学究たちが書き残した慄然たる超常現象記録を集大成。岡本綺堂から水木しげるまで。

文豪怪談傑作選
柳田國男集
柳田國男 東雅夫編
日本にはかつてたくさんの妖怪が生きていた。各地に伝わる怪しの者たちの痕跡を丹念にたどった柳田民俗学のエッセンスを1冊に。遠野物語ほか。

文豪怪談傑作選
三島由紀夫集
三島由紀夫 東雅夫編
川端康成を師と仰ぎ澁澤龍彥や中井英夫の「兄貴分」であった三島の、怪奇幻想作品集成。「英霊の聲」ほか怪談入門に必読の批評エッセイも収録。

文豪怪談傑作選
室生犀星集
室生犀星 東雅夫編
失った幼子への想い、妻への鬱屈した思い、幻惑される都市の暗闇……すべてが幻想恐怖譚に結実する。身震いするほどの名作を集めた珠玉の一冊。

文豪怪談傑作選・特別篇
鏡花百物語集
泉鏡花 東雅夫編
大正年間、泉鏡花肝煎りで名だたる文人が集まって行われた怪談会。都新聞で人々の耳目を集めた怪談会の記録と、そこから生まれた作品を一冊に。

文豪怪談傑作選
折口信夫集
折口信夫 東雅夫編
神と死者の声をひたすら聞き続けた折口信夫の怪談アンソロジー。物怪たちが跋扈活躍する「稲生物怪録」を皮切りに日本の根の國からの声が集結。

文豪怪談傑作選
幸田露伴集
幸田露伴 東雅夫編
鏡花と双璧をなす幻想文学の大家露伴。神仙思想に通じ男性的な筆致で描かれる奇想天外な物語は圧巻。澁澤、種村の心酔した世界を一冊に纏める。

文豪怪談傑作選・明治篇
夢魔は蠢く
東雅夫編
近代文学の曙、文豪たちは怪談に惹かれた。夏目漱石「夢十夜」はじめ、正岡子規、小泉八雲、水野葉舟らが文学の極北を求めて描いた傑作短篇を集める。

文豪怪談傑作選・大正篇
妖魅は戯る
東雅夫編
文化の華開いた時代、文豪たちは怪奇な夢を見た。鈴木三重吉、中勘助、内田百閒、寺田寅彦、そして志賀直哉。人智の裏、自然の恐怖と美を描く。

文豪怪談傑作選・昭和篇
女霊は誘う
東雅夫編
戦争へと駆け抜けていく時代に華開いた頽廃の香り漂う名作怪談。永井荷風、豊島与志雄、伊藤整、久生十蘭、原民喜。文豪たちの魂の叫びが結実する。

世界幻想文学大全
幻想文学入門
東雅夫 編著

幻想文学のすべてがわかるガイドブック。澁澤龍彦、中井英夫、カイヨワ等の幻想文学案内のエッセイも収録し、資料も充実。初心者も通も楽しめる。

世界幻想文学大全
怪奇小説精華
東雅夫 編

ルキアノスから、デフォー、メリメ、ゴーチエ、ゴーゴリ……時代を超えたベスト・オブ・ベスト。岡本綺堂、芥川龍之介等の名訳も読みどころ。

世界幻想文学大全
幻想小説神髄
東雅夫 編

ノヴァーリス、リラダン、マッケン、ボルヘス……時代を超えたベスト・オブ・ベスト。松村みね子、堀口大學、窪田般彌等の名訳も読みどころ。

日本幻想文学大全
幻妖の水脈
東雅夫 編

『源氏物語』から小泉八雲、泉鏡花、江戸川乱歩、都筑道夫……。妖しさ蠢く日本幻想文学、ボリューム満点のオールタイムベスト。

日本幻想文学大全
幻視の系譜
東雅夫 編

世阿弥の謡曲から、小川未明、夢野久作、宮沢賢治、中島敦、吉村昭……。幻視の閃きに満ちた日本幻想文学の逸品を集めたベスト・オブ・ベスト。

日本幻想文学大全
日本幻想文学事典
東雅夫

日本の怪奇幻想文学を代表する作家と主要な作品を、第一人者の解説と共に網羅する空前のレファレンス・ブック。初心者からマニアまで必携！

柳花叢書
山海評判記／オシラ神の話
泉鏡花／柳田國男 東雅夫 編

泉鏡花の気宇壮大にして謎めいた長篇傑作とそのアイディアの元となった柳田國男のオシラ神研究論考を網羅して一冊に。小村雪岱の挿絵が花を添える。

柳花叢書
河童のお弟子
泉鏡花／柳田國男／芥川龍之介 東雅夫 編

大正・昭和の怪談シーンを牽引し、「おばけずき」師弟でもあった鏡花・柳田・芥川。それぞれの〈河童〉作品を集めた前代未聞のアンソロジー。

名短篇、ここにあり
北村薫 宮部みゆき 編

読み巧者の二人の議論沸騰し、選びぬかれたお薦め小説12篇。となりの宇宙人／冷たい仕事／隠し芸の男／少女架刑／あしたの夕刊／網／誤訳ほか。

名短篇、さらにあり
北村薫 宮部みゆき 編

小説って、やっぱり面白い。人間の愚かさ、不気味さ、人情が詰まった奇妙な12篇。華燭／骨／雲の小径／押入の中の鏡花先生／不動図／鬼火／家霊ほか。

とっておき名短篇 北村薫・宮部みゆき編

「しかし、よく書いたよね、こんなものを……」北村薫を唸らせた、とっておきの名短篇。愛の暴走族／運命の恋人／絢爛の椅子／悪魔／異形ほか。

名短篇ほりだしもの 北村薫・宮部みゆき編

「過呼吸になりそうなほど怖かった！」宮部みゆきを震わせた、ほりだしものの名短篇。だめに向かって／三人のウルトラマダム／少年／穴の底ほか。

謎の部屋 北村薫編

不可思議な異世界へ誘う作品から本格ミステリまで、「豚の島の女王」「猫じゃ猫じゃ」「小鳥の歌声」など17篇。宮部みゆき氏との対談付。

こわい部屋 北村薫編

思わず叫び出したくなる恐怖から、鳥肌のたつ恐怖まで。「七階」「ナツメグの味」「夏と花火と私の死体」など18篇。宮部みゆき氏との対談付。

読まずにいられぬ名短篇 北村薫・宮部みゆき編

松本清張のミステリを倉本聰が時代劇に⁉ あの作家の知られざる逸品からオチの読めない怪作まで厳選の18作。北村・宮部の解説対談付き。

教えたくなる名短篇 北村薫・宮部みゆき編

宮部みゆきを驚嘆させた、時代に埋もれた名作家・長谷川修の世界とは？ 人生の悲喜こもごもが詰まった珠玉の13作。北村・宮部の解説対談付き。

教科書で読む名作
羅生門・蜜柑ほか 芥川龍之介

表題作のほか、鼻／地獄変／藪の中など収録。高校国語教科書に準じた傍注や図版付き。併せて読みたい名評論や「羅生門」の元となった説話も収めた。

教科書で読む名作
山月記・名人伝ほか 中島敦

表題作のほか、狐憑／幸福／名人伝など収録。高校国語教科書に準じた傍注や図版つき。併せて読みたい名評論や「山月記」の元となった説話も収めた。

教科書で読む名作
夏の花ほか 戦争文学 原民喜ほか

表題作のほか、審判（武田泰淳）／夏の葬列（山川方夫）／夜（三木卓）など収録。高校国語教科書に準じた傍注や図版付き。併せて読みたい名評論も。

教科書で読む名作
陰翳礼讃・刺青ほか 谷崎潤一郎

表題作のほか、信西・秘密・文章読本（抄）を収録。高校国語教科書に準じた傍注や図版付き。併せて読みたい名評論も収めた。

教科書で読む名作
夢十夜・文鳥ほか　夏目漱石

表題作のほか、現代日本の開化・硝子戸の中を収録。高校国語教科書に準じた傍注や図版付き。併せて読みたい江藤淳の名評論も収めた。

教科書で読む名作
セメント樽の中の手紙ほか
プロレタリア文学　葉山嘉樹ほか

表題作のほか、二銭銅貨（黒島伝治）／蟹工船（小林多喜二）など収録。高校国語教科書に準じた傍注や図版付き。併せて読みたい名対談も収めた。

教科書で読む名作
伊豆の踊子・禽獣ほか　川端康成

表題作のほか、油／末期の眼／哀愁／しぐれなどを収録。高校国語教科書に準じた傍注や図版付き。併せて読みたい三島由紀夫の名評論も収めた。

教科書で読む名作
走れメロス・富嶽百景ほか　太宰治

表題作のほか、猿ヶ島／女生徒／清貧譚／水仙／トカトントンなどを収録。高校国語教科書に準じた傍注や図版付き。併せて読みたい名評論も収めた。

教科書で読む名作
高瀬舟・最後の一句ほか　森鷗外

表題作のほか、文づかひ／阿部一族／安井夫人／寒山拾得などを収録。高校国語教科書に準じた傍注や図版付き。併せて読みたい名評論も収めた。

教科書で読む名作
一つのメルヘンほか　詩　中原中也ほか

表題作のほか、「レモン哀歌」（高村光太郎）／「永訣の朝」（宮澤賢治）／「甃のうへ」（三好達治）など多数収録。高校国語教科書に準じた傍注付き。

60年代日本SFベスト集成　筒井康隆編

「日本SF初期傑作集」とでも副題をつけるべき作品集である（編者）。二十世紀日本文学のひとつの里程標となる歴史的アンソロジー。（大森望）

異形の白昼　筒井康隆編

様々な種類の「恐怖」を小説ならではの技巧で追求した戦慄すべき名篇たちを収める。わが国のアンソロジー文学史に画期をなす一冊。（東雅夫）

70年代日本SFベスト集成1　筒井康隆編

日本SFの黄金期の傑作を、同時代にセレクトした記念碑的アンソロジー。SFに留まらず「文学の新しい可能性」を切り開いた作品群。（荒巻義雄）

70年代日本SFベスト集成2　筒井康隆編

星新一、小松左京の巨匠から、編者の「おれに関する噂」、松本零士のセクシー美女登場作まで、長篇なみの濃さをもった傑作群が並ぶ。（山田正紀）

70年代日本SFベスト集成3　筒井康隆編

「日本SFの滲透と拡散が始まった年」である1973年の傑作群。デビュー間もない諸星大二郎の「不安の立像」など名品が並ぶ。（佐々木敦）

70年代日本SFベスト集成4　筒井康隆編

「1970年代の日本SF史としての意味も持たせたいというのが編者の念願である」――同人誌投稿作から巨匠までを揃えるシリーズ第4弾。（堀晃）

70年代日本SFベスト集成5　筒井康隆編

最前線の作家であり希代のアンソロジスト筒井康隆が日本SFの凄さを凝縮して示したシリーズ最終巻。全巻読めばあの時代が追体験できる。（豊田有恒）

命売ります　三島由紀夫

自殺に失敗し、「命売ります。お好きな目的にお使い下さい」という突飛な広告を出した男のもとに、現われたのは？（種村季弘）

猫の文学館Ⅰ　和田博文編

寺田寅彦、内田百閒、太宰治、向田邦子……いつの時代も、作家たちは猫が大好きだった。猫の気まぐれに振り回されている猫好きに捧げる47篇!!

猫の文学館Ⅱ　和田博文編

夏目漱石、吉行淳之介、星新一、武田花……思わずぞくっとして、ひっそり涙したくなる35篇を収録。猫好きに放つ猫好きによるアンソロジー。

月の文学館　和田博文編

稲垣足穂のムーン・ライダース、中井英夫の月蝕領主の狂気、川上弘美が思い浮かべる「柔らかい月」……選りすぐり43編の月の文学アンソロジー。

星の文学館　和田博文編

稲垣足穂も、三浦しをんも、澁澤龍彦も、私たちはみな心に星を抱いている。あなたの星はこの本にありますか？　輝く35編の星の文学アンソロジー。

沈黙博物館　小川洋子

「形見じゃ」老婆は言った。死の完結を阻止するために形見が盗まれる。死者が残した断片をめぐるやさしくスリリングな物語。（堀江敏幸）

注文の多い注文書　小川洋子　クラフト・エヴィング商會

バナナフィッシュの耳石、貧乏な叔母さん、小説にひっそり隠れた〈もの〉をめぐり、二つの才能が火花を散らす贅沢で不思議な作品集！（平松洋子）

鬼譚　夢枕獏 編著

夢枕獏がジャンルにとらわれず、古今の「鬼」にまつわる作品を蒐集した傑作アンソロジー。坂口安吾、手塚治虫、山岸凉子、筒井康隆、馬場あき子、他。

ラピスラズリ　山尾悠子

言葉の海が紡ぎだす、〈冬眠者〉と人形と、春の目覚めの物語。不世出の幻想小説家が20年の沈黙を破り発表した連作長篇。補筆改訂版。（千野帽子）

増補 夢の遠近法　山尾悠子

「誰かが私に言ったのだ／世界は言葉でできていると」。誰も夢見たことのない世界が、ここではじめて言葉になった。新たに二篇を加えた増補決定版。

歪み真珠　山尾悠子

「歪み真珠」すなわちバロックの名に似つかわしい絢爛で緻密、洗練を極めた作品の数々。読んだらきっと虜になる美しい物語の世界へようこそ。（諏訪哲史）

絶望図書館　頭木弘樹 編

心から絶望したひとへ、絶望文学の名ソムリエが古今東西の小説、エッセイ、漫画等々からぴったりの作品を紹介。前代未聞の絶望図書館へようこそ！

トラウマ文学館　頭木弘樹 編

大好評の『絶望図書館』第2弾！　もう思い出したくもないという読書体験が誰にもあるはず。洋の東西、ジャンルを問わずそんなトラウマ作品を結集！

最終戦争／空族館　今日泊亜蘭　日下三蔵 編

日本SFの胎動期から参加し「長老」と呼ばれた伝説的作家の、未発表作「空族館」や単行本未収録作14篇を収録する文庫オリジナルの作品集。（峯島正行）

光の塔　今日泊亜蘭

地球上の電気が消失する「絶電現象」は人類を襲う未曾有の危機の前兆だった。日本SF初の長篇にして圧倒的な面白さを誇る傑作が復刊。（日下三蔵）

巨匠たちの想像力〔戦時体制〕
あしたは戦争　日本SF作家クラブ企画協力

小松左京「召集令状」、星新一、手塚治虫「悪魔の開幕」、昭和のSF作家たちが描いた未来社会。そこには私たちへの警告があった！（斎藤美奈子）

巨匠たちの想像力〔管理社会〕
暴走する正義　日本SF作家クラブ企画協力

星新一「処刑」、小松左京「戦争はなかった」、水木しげる「こどもの国」、安部公房「闖入者」、筒井康隆「公共伏魔殿」ほか9作品を収録。（真山仁）

巨匠たちの想像力〔文明崩壊〕たそがれゆく未来　日本SF作家クラブ企画協力

小松左京「カマガサキ二〇一三年」、水木しげる「宇宙虫」、安部公房「鉛の卵」、倉橋由美子「合成美女」、筒井康隆「下の世界」ほか14作品。（盛田隆二）

悪魔くん千年王国　水木しげる

途方もない頭脳の悪魔君が、この地上に人類のユートピア「千年王国」を実現すべく、知力と魔力の限りを尽して闘う壮大な戦いの物語。（佐々木マキ）

河童の三平　水木しげる

豊かな自然の中で、のびのびと育った少年三平と、河童・狸・小人・死神そして魔物たちが繰りひろげる、ユーモラスでスリリングな物語。（石子順造）

劇画 近藤勇　水木しげる

明治期を目前に武州多摩の小倅から身を起こし、ついに新選組隊長となった近藤。だがもしかしたら多摩で芋作りをしていた方が幸せだったのでは？

劇画 ヒットラー　水木しげる

ドイツ民衆を熱狂させた独裁者アドルフ・ヒットラーとはどんな人間だったのか。ヒットラー誕生からその死まで、骨太な筆致で描く伝記漫画。

のんのんばあとオレ　水木しげる

「のんのんばあ」といっしょにお化けや妖怪の住む世界をさまよっていたあの頃――漫画家・水木しげるの、とてもおかしな少年記。（井村君江）

悪魔くん　水木しげる

〝エロイム エッサイム……〟の呪文で現われ出た悪魔メフィスト。悪魔くんはメフィストの不思議な力を借り、ビチゴン、クモ仙人などの強敵と闘う。

鬼太郎のお化け旅行　水木しげる

日本の妖怪を退治した鬼太郎たち。今度は全人類のため、世界中の妖怪を滅ぼそうと立ちあがる。ドラキュラや魔女などを次々倒す鬼太郎だが……。

鬼太郎夜話　水木しげる

人の血を吸って育つ吸血木、霧や雨となってどこへでも現れる水神……不思議な力を持つ妖怪たちやニセ鬼太郎を相手に、鬼太郎親子が大活躍！

縄文少年ヨギ　水木しげる

大飢饉に見舞われた村を救うため、〝イネという草〟を求めて危険な旅に出たり、ヒトの生死を司る役割を担ったり、少年ヨギの使命に燃えた冒険譚。

幽霊艦長　水木しげる

太平洋戦争という巨大な人間ドラマの中で、それぞれの役を演じた人々の哀しみを、好戦・反戦をこえて冷静なタッチで捉えた戦記漫画の傑作集。

ゲゲゲの鬼太郎（全7巻）　水木しげる

ご存知ゲゲゲの鬼太郎とねずみ男をはじめ、妖怪たちがくり広げる冒険物語。水木漫画人気を一気に高めた時期の鬼太郎作品すべてを、全七冊に収録。

妖怪大裁判　水木しげる

「地獄流し」「だるま」「妖怪城」「おばけナイター」「見上げ入道」「猫娘とねずみ男」「さら小僧」「天邪鬼」「おりたたみ入道」「悪魔ベリアル」他。（渡辺えり子）

妖怪軍団　水木しげる

「猫仙人」「幽霊電車」「鏡爺」「まくら返し」「ぬらりひょん」「磯女」「妖花」「人食い島」「妖怪軍団」「死神」「あかなめ」「ダイダラボッチ」他。（舟崎克彦）

妖怪大戦争　水木しげる

「手」「水虎」「吸血木」「妖怪大戦争」「大海獣」「吸血鬼エリート」の6篇収録。（佐野史郎）

妖怪獣　水木しげる

「妖怪獣」「夜叉」「毛羽毛現」「峠の妖怪」「電気妖怪」「海座頭」「白山坊」「おどろおどろ」「ダイヤモンド妖怪」「鏡合戦」「朝鮮魔法」。（とり・みき）

妖怪大統領　水木しげる

「笠地蔵」「手の目」「モウリョウ」「コマ妖怪」「さざえ鬼」「ばけ猫」「ひでり神」「雪ん子」「げた合戦」「姑獲鳥」「穴ぐら入道」「妖怪関ケ原」他。（南伸坊）

妖怪反物　水木しげる

「朧車」「おどろおどろ対吸血鬼」「陰摩羅鬼」「牛鬼」「ほうこう」「髪の毛大戦」「妖怪反物」「かまぼこ」の8篇収録。（夏目房之介）

妖怪花　水木しげる

「後神」「雨ふり天狗」「泥田坊」「妖怪花」「土ころび」「釜なり」「ふくろさげ」「逆モチ殺し」「傘化け」「まぼろしの汽車」「赤舌」等15篇。（足立倫行）

水木しげるのラバウル戦記　水木しげる

太平洋戦争の激戦地ラバウル。その戦闘に一兵卒として送り込まれ、九死に一生をえた作者が、体験が鮮明な時期に描いた絵物語風の戦記。

京極夏彦が選ぶ！
水木しげるの奇妙な劇画集　水木しげる　京極夏彦編

熱烈水木ファンの京極夏彦が集めた、隠れた水木劇画の数々。鬼太郎シリーズやベートーベンなど、ちょっと奇妙でアダルトな水木ワールド！

ねぼけ人生〈新装版〉　水木しげる

戦争で片腕を喪失、紙芝居・貸本漫画の時代と、波瀾万丈の人生を、楽天的に生きぬいてきた水木しげるの、面白くも哀しい半生記。（呉智英）

あの世の事典　水木しげる

あの世にはいったい何が待ち受けているのだろうか？　世界中の人々が考えた〝あの世〟のイメージを文章と絵でまとめた、恐怖の大霊界事典。

妖怪天国　水木しげる

「古稀」を過ぎた今も締切に追われる忙しい日々をボヤキつつ「妖怪」と聞くだけで元気になる水木センセイの面白エッセイ集。（南伸坊）

水鏡綺譚　近藤ようこ

戦国の世、狼に育てられ修行をするワタルと、記憶をなくした鏡子の物語。著者自身も一番好きだったという代表作。推薦文＝高橋留美子（南伸坊）

合葬　杉浦日向子

江戸の終りを告げた上野戦争。時代の波に翻弄された彰義隊の若き隊員たちの生と死を描く歴史ロマン。第13回日本漫画家協会賞優秀賞受賞。（小沢信男）

ゑひもせす　杉浦日向子

著者がこよなく愛した江戸庶民たちの日常ドラマ。町娘の純情を描いた「袖もぎ様」、デビュー作「通言室乃梅」他8篇の初期作品集。（夏目房之介）

ニッポニア・ニッポン　杉浦日向子

はるか昔に思える明治も江戸も、今の日本と地つづきなのです。江戸・明治を描き続けた杉浦日向子が案内する〝ニッポン開化事情〟。（中島梓／林丈二）

百日紅《さるすべり》（上）　杉浦日向子

文化爛熟する文化文政期の江戸の街の暮らし・風俗・浮世絵の世界を多彩な手法で描き出す代表作の決定版。初の文庫化。（夢枕獏）

百日紅《さるすべり》（下）　杉浦日向子

北斎、娘のお栄、英泉、国直……奔放な絵師たちが闊歩する文化文政の江戸。淡々とした明るさと幻想が織りなす傑作。

二つ枕　杉浦日向子

夜ごとくり返される客と花魁の駆け引き。江戸は吉原の世界をその背景を含めて精密に描いた表題作の他に短篇五篇を併録。（北方謙三）

YASUJI東京　杉浦日向子

明治の東京と昭和の東京を自在に往還し、夭折の画家井上安治が見た東京の風景を描く静謐な世界。他に単行本未収録四篇を併録。（南伸坊）

ロルドの恐怖劇場　アンドレ・ド・ロルド　平岡敦編訳

二十世紀初頭のパリで絶大な人気を博した恐怖演劇グラン・ギニョル座。その座付作家ロルドが血と悪夢で紡ぎあげた二十二篇の悲鳴で終わる物語。

ねじ式／夜が摑む　つげ義春コレクション　つげ義春

つげ義春が妄想する夢と現実のハザマに生まれた傑作群。名作「ねじ式」や若い夫婦の日常に起きる事件を描いた「夏の思いで」などを収録。（川本三郎）

四つの犯罪／七つの墓場　つげ義春コレクション　つげ義春

つげ義春初期の貸本マンガをセレクト。エンターテイメント作品にも、最下層を生きる人物など、つげワールドの原点が潜む。（佐野眞一）

腹話術師／ねずみ　つげ義春コレクション　つげ義春

一九六〇年から六五年、衰退にむかう貸本雑誌を舞台に、つげ義春が発表した多様な作品群。SF・幻想から青春物までを収録する。（出久根達郎）

鬼面石／一刀両断　つげ義春コレクション　つげ義春

つげ義春による時代劇マンガの傑作群を集大成。忍者、浪人など、理不尽な身分制に負けずに生きようとする人々の姿を描き出す。（山崎哲）

アニマル・ファーム　石ノ森章太郎　ジョージ・オーウェル原作

巨匠が挑んだ世界的名作「動物農場」の世界。他に小松左京原作「くだんのはは」、牡丹燈籠に発想を得た「カラーン・コローン」を収録。（中条省平）

炎のタペストリー　乾石智子

〈火の鳥〉に魔法を奪われたエヤアルに突然生じた能力が、彼女を陰謀と戦火渦巻く世界に誘う。人気ファンタジー作家の新境地が文庫化。（池澤春菜）

星か獣になる季節　最果タヒ

推しの地下アイドルが殺人容疑で逮捕⁉　僕は同級生のイケメン森下と真相を探るが――。歪んだピュアネスが傷だらけで疾走する新世代の青春小説！

落ちる／黒い木の葉　多岐川恭　日下三蔵編

江戸川乱歩賞と直木賞をダブル受賞した昭和の名手、深い抒情性とミステリのたくらみに満ちた、単行本未収録作品を含む14篇。文庫オリジナル編集。

方壺園　陳舜臣　日下三蔵編

唐後期、特異な建築「方壺園」で起きた漢詩の盗作をめぐる密室殺人の他、乱歩賞・直木賞・推理作家協会賞を受賞したミステリの名手による傑作集。

緋の堕胎　戸川昌子　日下三蔵編

これは現実か悪夢か。独自の美意識に貫かれた淫靡かつ幻想的な世界を築いた異色の作家。常人の倫理を遥かに超えていく劇薬のような短篇9作。

あるフィルムの背景　結城昌治　日下三蔵編

普通の人間が起こす歪んだ事件、そこに至る絶望を描き、思いもよらない結末を鮮やかに提示する。昭和ミステリの名手、オリジナル短篇集。

夜の終る時／熱い死角　結城昌治　日下三蔵編

組織の歪みと現場の刑事の葛藤を乾いた筆致でリアルに描き、日本推理作家協会賞を受賞した警察小説の記念碑的長篇『夜の終る時』に短篇4作を増補。

熊撃ち　吉村昭

人を襲う熊、熊をじっと狙う熊撃ち。大自然のなかで、実際に起きた七つの事件を題材に、孤独で忍耐強い熊撃ちの生きざまを描く。

ブラウン神父の無心　G・K・チェスタトン　南條竹則／坂本あおい訳

ホームズと並び称される名探偵「ブラウン神父」シリーズを鮮烈な新訳で。「木の葉を隠すなら森のなか」などの警句と逆説に満ちた探偵譚。（高沢治）

ブラウン神父の知恵　G・K・チェスタトン　南條竹則／坂本あおい訳

独特の人間洞察力と鋭い閃きでブラウン神父が逆説に満ちたこの世界の在り方を解き明かす。全12篇を収録。新訳シリーズ第二弾。（甕由己夫）

生ける屍　ピーター・ディキンスン　神鳥統夫訳

独裁者の島に派遣された薬理学者フォックス。秘密警察が跳梁し、魔術が信仰される島で陰謀に巻き込まれ……。幻の小説、復刊。（岡和田晃／佐野史郎）

短篇小説日和　西崎憲編訳

短篇小説は楽しい！　大作家から忘れられたマイナー作家の小品まで、英国らしさ漂う一風変わった傑作を集めました。巻末に短篇小説論考を収録。

怪奇小説日和　西崎憲 編訳

怪奇小説の神髄は短篇にある。ジェイコブズ「失われた船」、エイクマン「列車」など古典的怪談から異色短篇まで18篇を収めたアンソロジー。

世界の犬の民話　日本民話の会 外国民話研究会 編訳

人間にとって最も身近な最良最古の友、犬。犬を始祖とする神話から人間への忠義を示す挿話まで「人間最良の友」にまつわる伝説・昔話を集成。

世界の猫の民話　日本民話の会 外国民話研究会 編訳

カワイイだけの動物じゃない！　悪魔的な力を持つと信じられ高い知性と自尊心で人間を翻弄する猫にまつわる伝説・昔話を世界各地から集成した一冊。

パルプ　チャールズ・ブコウスキー　柴田元幸 訳

人生に見放され、酒と女に取り憑かれた超ダメ探偵が次々と奇妙な事件に巻き込まれる。伝説的カルト作家の遺作、待望の復刊！（東山彰良）

ブコウスキーの酔いどれ紀行　チャールズ・ブコウスキー　中川五郎 訳

泥酔、喧嘩、二日酔い。酔いどれエピソードと嘆き節がぶつかり合う、伝説的カルト作家による笑いと涙の紀行エッセイ。（佐渡島庸平）

父と私　恋愛のようなもの　森茉莉　早川茉莉 編

「パッパとの思い出」を詰め込んだ蜜の箱。甘く優しく、それゆえ切なく痛いアンソロジー。単行本未収録16編を含む51編を収録。（堀口すみれ子）

こころ　夏目漱石

友を死に追いやった「罪の意識」によって、ついには人間不信にいたる悲惨な心の暗部を描いた傑作。詳しく利用しやすい語注付。（小森陽一）

官能小説用語表現辞典　永田守弘 編

官能小説の魅力は豊かな表現力にある。本書は創意工夫の限りを尽したその表現をピックアップした、日本初かつ唯一の辞典である。（重松清）

絶滅寸前季語辞典　夏井いつき

「従兄煮」「蚊帳」「夜這星」「竈猫」……季節感が失われ、風習が廃れて消えていく季語たちに、新しい命を吹き込む読み物辞典。（茨木和生）

絶滅危急季語辞典　夏井いつき

「ぎぎ・ぐぐ」「われから」「子持花椰菜」「大根祝う」……消えゆく季語に新たな命を吹き込む読み物辞典。超絶季語続出の第二弾。（古谷徹）

ちくま文庫

文豪《ぶんごう》たちの怪談《かいだん》ライブ

二〇一九年八月十日　第一刷発行
二〇一九年九月十日　第二刷発行

編著者　東　雅夫（ひがし・まさお）
発行者　喜入冬子
発行所　株式会社　筑摩書房
東京都台東区蔵前二―五―三　〒一一一―八七五五
電話番号　〇三―五六八七―二六〇一（代表）
装幀者　安野光雅
印刷所　株式会社精興社
製本所　加藤製本株式会社

乱丁・落丁本の場合は、送料小社負担でお取り替えいたします。

本書をコピー、スキャニング等の方法により無許諾で複製することは、法令に規定された場合を除いて禁止されています。請負業者等の第三者によるデジタル化は一切認められていませんので、ご注意ください。

© MASAO HIGASHI 2019 Printed in Japan

ISBN978-4-480-43612-2　C0193